MALA MUJER

A MI MADRE,
EL MAYOR REGALO QUE
ME HA DADO EL UNIVERSO
Y LA MALA MUJER QUE
ME ENSEÑÓ A SER LIBRE.

Autoras representadas por Silvia Bastos, S. L. Agencia literaria

Lunwerg es un sello editorial de Editorial Planeta, S. A.
Avenida Diagonal, 662-664 - 08034 Barcelona
Calle Josefa Valcárcel, 42 - 28027 Madrid
lunwerg@lunwerg.com
www.lunwerg.com
www.facebook.com/lunwerg
http://twitter.com/Lunwergfoto

Primera edición: abril de 2019
Primera reimpresión: mayo de 2019
Segunda reimpresión: mayo de 2019
Tercera reimpresión: junio de 2019
Cuarta reimpresión: octubre de 2019

ISBN: 978-84-17560-89-8
Depósito legal: B. 1.057-2019
Imprime: Macrolibros

Impreso en España

El papel utilizado para la impresión de este libro es cien por cien libre de cloro y está calificado como papel ecológico.

MALA MUJER

LA REVOLUCIÓN QUE TE HARÁ LIBRE

Noemí Casquet
ilustrado por Andyn

LUNWERG
EDITORES

NACER DE LA REBELDÍA

Bebo vino de una copa llena todas las noches. Amanezco desnuda en mi cama, y sola, a veces. Desnuda siempre, eso sí. Me pinto los labios de rojo cada vez que salgo a la calle y me da igual lo corta que sea mi falda o lo largo que sea mi escote. Callo a los hombres que me piropean porque no tienen derecho a juzgar mi apariencia. Sonrío a los niños que se me quedan mirando fijamente en el metro. Bailo a solas en un piso pequeño. Pongo *jazz* todas las noches en el tocadiscos antes de dormir. Me despierto con energía para empezar el día y agradezco enormemente poder vivir veinticuatro horas más. A veces llevo el pelo sucio y me salen granos por el calor. Tengo una teta más grande que la otra. Quizás me masturbo demasiado. Sí, definitivamente, me masturbo demasiado, y qué. Adoro explorar mi cuerpo junto con otros cuerpos, entrelazados. Amar en plural. Adoro las palomitas caseras y la alegría que me provoca ir al cine y ver los *teasers*. Lloro algunas noches porque me siento sola. Conecto cada madrugada con mi naturalidad. Tomo decisiones un tanto desacertadas porque nunca quiero arrepentirme de nada, y eso conlleva consecuencias. Aunque también, mucha felicidad, claro está. Me tomo chupitos en una barra un tanto grasienta de una discoteca demasiado oscura y bailo hasta que me duelen la espalda o los pies. La resaca a los veintiséis es mucho peor que a los dieciocho. Me prometo que nunca más volveré a beber... hasta la próxima vez.

De entre todas las cosas que pude escoger, elegí ser libre. Y cada día, absolutamente cada día, agradezco estar en esta piel y quererme tal y como soy. Pero no siempre ha sido así.

Era buena. Sí, la niña buena. Me sentaba con las piernas cruzadas. Me callaba cuando por la calle me silbaban cual perro. Lloraba todas las noches por no sentirme a gusto con mi cuerpo. Odiaba mi menstruación y el ciclo menstrual. Adoraba los dramas repentinos en las relaciones, los portazos y los llantos seguidos de polvos de reconciliación. ¿Sexo en grupo? Jamás. Llevaba sujetador cada día de mi existencia porque tenía un pecho más grande que el otro y se marcaban los pezones con el frío. Qué vergüenza ir sin sostén. La gente sabría que tengo pezones. Estuve en una relación extremadamente tóxica y de maltrato psicológico durante seis años. Me pilló demasiado joven, a los catorce, justamente cuando empezaba a explorar mi sexualidad. Me negué durante demasiado tiempo mi bisexualidad. Creo que me negué todo lo que conllevara follar y dejarme llevar, en general. Me veía fea y gorda y estúpida. Quería seguir el camino establecido como la que más: casarme, tener hijos, un trabajo estable en una oficina y una casa propia. Era celosa e impulsiva, dramática y egocéntrica. Me importaba lo que decían los demás. Tenía una ansiedad tremenda y a veces no quería salir de la cama. Las palomitas y los *teasers* siempre me han gustado, eso sí. Y darlo todo en una discoteca, también.

El viaje que hice a mi interior me sirvió de experiencia y aprendizaje. Eso, y los años de investigación en el ámbito sexual como periodista, me han llevado a ser quien soy: una mala mujer.

BIENVENIDA A ESTE AQUELARRE,
HERMANA.
BIENVENIDA SEAS,
MALA MUJER.

Esto es una fábrica de zorras. De mujeres malas. De malas mujeres. De personas libres. De brujas sin príncipes azules. De salvajes. De guerreras. De madres solteras. De solteras que no quieren ser madres. De aquellas que bailan por las noches hasta que les duelen los pies. De a las que no les importa follarse a uno o a veinte. De las que son dueñas de su cuerpo. De las que deciden abrirse y cerrarse. De las que se conocen por sí mismas. De las que, como yo, nacieron de la rebeldía.

Si has llegado hasta este libro, significa que hay algo en ti que necesita cambiar. Que busca deliberadamente una salida a este sistema patriarcal de mierda que nos aflige y asfixia. No sé si lo que vas buscando lo encontrarás aquí, entre estas palabras que se amontonan y aglomeran en tinta y papel. Siéntete libre de saltar, moverte y leer el libro a tu antojo. Eres libre. Cada vez que cojas este manual, eres libre. De pensar, de vivir, de bailar, de fluir. Táchalo, dóblalo, apunta lo que quieras, escribe en él..., hazlo tuyo. Porque este ejemplar es tuyo y aquí hay una gran parte de mí y de mi totalidad. En estos momentos, mientras me lees, estoy a tu lado.

No sé qué expectativas tienes con este libro, pero olvídalas todas. Las expectativas no sirven para nada, simplemente traen frustración y dolor. Pero eso ya lo descubriremos más adelante. Quiero que estés abierta a escuchar, sentir y viajar. Viajar en ti a través de mí, de mis palabras y ese conocimiento que he ido cultivando a lo largo de los años (lleno de fracasos y éxitos, de grandes hostias y de inolvidables victorias).

Lo que vas a encontrar en las próximas páginas es una mezcla de vivencias, experiencias y de información contrastada. De aquellas cosas que una aprende a base de caerse y levantarse. De ejercicios que te harán ser más tú y más poderosa. De abrir muchos libros y cerrar a tiempo la boca. Pero tampoco busques un manual milagroso con el cual hacer que todos tus problemas se esfumen. No, el ingrediente secreto de este libro está en ti, y es tu voluntad. Si tienes ganas de cambiar, de explorarte, de romper con lo establecido, de nada sirve que leas únicamente. ¿Quieres un cambio real? Vamos a conseguirlo.

Esta guía no pretende ser buena. No quiere seguir el protocolo. Es un grito a las libertades, una ruptura con lo establecido. Es una hostia al patriarcado, una alusión a la exploración sensorial más allá de los tabúes y las creencias. Aquí no se habla sobre sexualidad; eso se hace. Aquí no se utiliza el vocabulario correcto; las palabrotas están presentes. Aquí no se quieren princesas; se buscan brujas. Aquí no se aceptan mujeres prefabricadas por un modelo opresivo; se encuentran las malas mujeres dispuestas a luchar por su libertad.

En tus manos tienes un manual, el camino para conectar con tu esencia. Está dividido en cuatro partes. La primera te resuelve todas las dudas en cuanto a tu orientación sexual, relacional y tu identidad de género. Se rompe con la femineidad y la masculinidad, buscando el fluir entre los géneros y dejando a un lado la genitalidad.

La segunda parte pretende que conectes definitivamente con tu ser. Te ofrezco herramientas que me ayudaron a tratar los complejos, a superar la ansiedad y a conectar con el ciclo hormonal (para aquellas mujeres que menstrúan). Herramientas que me enseñaron a ser quien soy, a liberarme de todos los prejuicios, a luchar por quererme libre, a no tener miedo de ser en mi totalidad.

La tercera parte habla sobre sexualidad. La masturbación con la alcachofa de la ducha y con vibradores, aprender a hacer una eyaculación femenina (o *squirt*), o provocar orgías y tríos y aprender a sobrevivir en ellos son algunas de las temáticas que se abordan. Sin olvidarnos de las prácticas no convencionales como el BDSM o el tantra, para las que se ofrecen breves pautas de introducción. Al final de esta sección se aborda la pornografía y muestro la realidad del sector basándome en la experiencia que tuve como directora y productora de cine para adultos.

Finalmente, el cuarto apartado está dedicado a la inteligencia emocional y rompe con el amor romántico y esas creencias que nos imponen a través de la cultura y que son sumamente tóxicas. Se identifican conductas dañinas y se dan las claves para corregirlas. Además, no podía faltar un apartado consagrado a la gestión emocional, la comunicación empática y el modelo de acuerdo que toda relación debería discutir.

Al final del libro podrás encontrar un kit de emergencia con todas las ideas claras y concisas para que nunca te pierdas en el camino. Siempre que te necesites, allí te vas a encontrar.

Por cierto, casi se me olvidaba. Estas páginas albergan un ser maravilloso que hemos bautizado como Mía. Ella nace de la mano de Andrea, creadora de su imagen y responsable de darle vida en cada rincón. Mía es mi *alter ego* y será tu guía. Te sacará sonrisas, lágrimas o te enseñará el coño. Porque Mía es salvaje y no la podemos controlar. Una bruja espiritual conectada con su alma y con la Madre Tierra, pero, al mismo tiempo, sumamente terrenal y sexual, seductora y coqueta, capaz de comerse una *pizza* en mitad de una orgía o de masturbarse con un calabacín para luego hacer crema de verduras. Porque a Mía le gustan estas pequeñas cosas de la vida, qué se le va a hacer.

Sin más dilación, doy paso al libro, querida lectora. Que una se enrolla y no para de escribir (y ya voy notando que estás cansada). Pero quisiera añadir simplemente una cuestión: me da igual lo que tengas entre las piernas. Este ejemplar está pensado para todas las mujeres, sean cisgénero o no. Porque existe una diversidad que no podemos ignorar. Porque siempre ha estado ahí, latente y callada. Y ya no nos callan más. Pero quiero que tengas en cuenta que soy una mujer cisgénero, así que, por favor, perdóname si a veces no soy inclusiva. Te juro que lo intento con todas mis fuerzas.

En este libro hablaremos del ciclo hormonal y de la opresión que todas las mujeres cisgénero sufrimos. Me temo que no puedo hablar sobre la vejación que viven las mujeres trans, porque no ha sido mi experiencia, y seguramente haya voces mucho más poderosas que luchan por visibilizar al colectivo. Te invito a que las leas a ellas también para tener una mayor amplitud de conocimiento.

Bueno, venga, va. ¿Empezamos este viaje?

EN.CU.ÉN.TRA.TE

A veces, sin querer, nos perdemos. Y no es culpa nuestra tampoco. La cuestión es que vivimos en una sociedad con demasiados estímulos y excesiva información, y nos olvidamos de procesarla. Es sencillo. Cada día te llegan miles y miles de mensajes por todas partes: en tu móvil, en las redes sociales, en la publicidad que hay en la calle o en el panfleto que decides coger al salir del metro. Todo eso son detalles, información, conocimiento que debería procesarse en nuestra cabeza para después decidir si lo asimilamos o no. Si descatalogamos o no. Pero no es así. La inmensa mayoría de las ocasiones no hacemos caso de nada. Es más, hemos creado tal barrera de indiferencia que podemos ver un vídeo sobre maltrato animal y a los pocos segundos reírnos con un meme que nos acaban de enviar.

Eso nos pasa a todas, y por eso, en muchas ocasiones, tampoco nos paramos a pensar dónde estamos. Si a todo esto le sumamos que esos estímulos nos condicionan en una sociedad perfectamente delimitada, el resultado es que consiguen que ni tan siquiera conozcamos qué pensamos o qué queremos. Parece que todo el mundo busca el mismo objetivo: estudiar, sacarse una carrera, encontrar trabajo con contrato indefinido, vivir con su pareja, casarse, tener hijos y morir. No dudo que haya gente cuyo ideal de vida sea ese, pero ¿es el de todo el mundo? O más importante aún, ¿es el tuyo?

Por eso es fundamental saber quién eres. De dónde vienes. A dónde vas. Y, sobre todo, vivir el ahora, sabiéndolo aquí, en este momento, y permitiéndote fluir. Siempre te vas a tener que encontrar a ti misma, eso tenlo claro. Las circunstancias de la vida hacen que cambies de visión, de parecer, de cuerpo, de entorno, de persona. Así que mantente alerta, escucha cuando tu alma te pide ese cambio y fluye. Sin miedo. Sí, serás tú, pero actualizando la última versión de tu *software*.

No te limites. Las etiquetas son excelentes porque sirven para comunicarnos y englobar mucha información en una sola palabra o en un conjunto de ellas. Eso es genial, un avance brutal en el lenguaje. Por ejemplo, es mucho más fácil decir «soy poliamorosa jerárquica» que decir «tengo una relación no monógama sin exclusividad afectiva o sexual, con pleno consenso y consentimiento por todas las partes y con una relación principal que tiene una serie de privilegios frente al resto». ¿Notas la diferencia? Por eso son importantes las etiquetas. Pero que no te asfixien. Deben servir como punto inicial para poder desarrollarte a tu antojo.

Olvídate de seguir el patrón establecido. Si queremos romper con todo, tenemos que romper con lo que se espera de nosotras. Que nos identifiquemos con unas etiquetas no significa que seamos todas iguales. Decir que eres gorda o delgada no se traduce en que todas las gordas o delgadas tienen exactamente la misma complexión, ¿verdad? Por eso mismo, decir que eres bisexual no significa que siempre te apetezcan por igual hombres o mujeres. Debes partir de la etiqueta para encontrarte a ti misma. Ella te da el camino, recórrelo sin miedo.

1.1. IDENTIDAD DE GÉNERO

¿Qué es el género? Podríamos filosofar durante horas para llegar a conclusiones muy distintas. Para la sociedad actual, el género está asociado a la genitalidad. Si tienes pene eres un hombre. Si tienes vagina eres una mujer. Tan sencillo como esto, ¿no? Pero la realidad es mucho más compleja, y es que el género no es lo mismo que el sexo. Es más, existe la intersexualidad, una variación que presenta características, tanto genéticas como fenotípicas, del hombre y de la mujer. Es algo que se contempla a nivel externo y que se manifiesta en la presencia de genitales alejados de lo normativo, ofreciendo una escala de variaciones entre el pene y la vagina. Así hay quienes quizás tienen la abertura más pequeña con el clítoris más grande o un pequeño pene con testículos y abertura. Las posibilidades son muy extensas. Pero, entonces, ¿qué género tienen dichas personas?, se pregunta la sociedad. Pues es tan sencillo como dejar que ellas se definan.

El género es, en realidad, una construcción social y especialmente cultural. Podríamos asegurar que es un estado. Nos definimos en base a un modelo binario que además tiene asignada a cada uno de sus elementos toda una serie de normas llamadas «roles de género». Esta es la ley del género que tienes que cumplir. De hecho, la llevas estampada desde que naciste. Si viniste al mundo con vagina, seguramente te pusieron una maravillosa diadema (aunque tuvieses una mierda de pelo en la cabeza). Te hicieron los agujeros para llevar pendientes, pintaron tu habitación de rosa y te plantaron miles de vestiditos monísimos. De ese modo, la gente por la calle podía diferenciar tu género. O, al menos, el que socialmente te había sido asignado. ¡Y, por favor, no nos vayamos a equivocar! Si de repente dices que es una niña y resulta que el cachorrito tiene pene, te disculpas en seguida. ¿Cómo hemos cometido ese gravísimo error?

Los roles de género te siguen acompañando. Mira a tu alrededor. Mujeres con tacones y falda, hombres con camisa y corbata. Mujeres con las piernas cruzadas, hombres despatarrados en los asientos del metro. Mujeres a las que se les pasa el arroz, hombres que pueden vivir como les salga de los cojones el resto de su vida. Mujeres que tienen que ser limpias y organizadas, hombres que, bueno, son hombres y no saben cómo fregar. Mujeres perfectamente depiladas, hombres que nacen con pelo y en los que, por lo tanto, es natural. Y podría estar así el resto del libro, pero, créeme, sería profundamente aburrido. La conclusión es que nuestra forma de hacer es una interpretación de ese género. Cómo tú eres actualmente es la representación de algo que se te ha asignado al nacer. Quizás nunca te hayas preguntado quién eres, cómo te sientes o cuál es tu género. Quizás en su día lo hiciste y te diste cuenta de que tener pene no significaba ser hombre.

La genitalidad no debería definir nuestro género. Eso es un concepto demasiado complejo como para reducirlo a su mínimo exponente. Y mucho menos a la ropa. Es absurdo mirar raro a un hombre que lleva las uñas pintadas, ¡las uñas! Estamos hablando de color en una parte de nuestro cuerpo. ¿Por qué debería ser un símbolo de femineidad o de masculinidad? ¿Por qué debería ser exclusivo de mujeres? O, peor, ¿por qué debería denotar una orientación sexual? Es tremendamente estúpido asignar un color a un género, algo que cada persona ve de forma diferente y, lo que es mejor, algo que en realidad es un reflejo de la luz en la materia. ¿Qué colores ves cuando no hay iluminación? ¡Ninguno!

Deberíamos empezar a asumir que la complejidad de ser quienes somos va mucho más allá de nimiedades como colores, prendas de ropa, cortes de pelo o formas de caminar, entre otras cosas. Y que, al mismo tiempo, la combinación de todo ello es la forma que tenemos de exteriorizar nuestro interior. Exprésate como te salga del coño o de la polla. De verdad. No te dejes guiar por una ley intangible, no perpetúes la censura de expresión en el género y rompe con lo que se espera de ti. Cumple solo contigo, con lo que quieres ser, con lo que quieres mostrar. Construye tu género y fluye, joder, que no hay nada más bonito que la complejidad.

1.1.1. Géneros binarios versus no binarios

Blanco o negro. Derecha o izquierda. Arriba o abajo. Vivimos en un mundo binario. O, al menos, eso es lo que quieren hacernos creer. Todo lo que está establecido está dividido en dos. Sí, incluido el género: hombre o mujer. ¿Pero no nos damos cuenta de la escala de grises que hay en medio? ¿Que entre derecha e izquierda hay un centro? ¿Que entre arriba y abajo hay un punto neutro? Simplificar la vida resulta más fácil. Y, en parte, sí, es más fácil de manipular. Si reduces

toda la complejidad a algo binario, las personas solo pueden escoger entre dos opciones: *a* o *b*. De ese modo, es mucho más sencillo dirigir a la sociedad. Si ofreces dos polos opuestos, la gente debe decidir entre uno u otro. No hay término medio porque no interesa que las personas pensemos. En el momento que empecemos a construir nuestros propios valores, la sociedad actual habrá muerto y el sistema caerá.

Soy de las que piensan que tenemos la capacidad de escoger más de una opción, de debatir y filosofar, de pensar. Si la sociedad sigue el patrón establecido actual es porque nos están acostumbrando a eso, porque desde bien pequeñas nos enseñan lo mismo: a escuchar, no cuestionar, asentir, empollar y vomitar el conocimiento previamente delimitado. No hay más. Insisto, no interesa que seamos racionales. El poder no sería tan eficaz.

Por eso siempre se nos han presentado dos alternativas al género: hombre o mujer, asociadas a una genitalidad, para que la gente no pueda cuestionarse nada. Para que no podamos pensar en quiénes somos o cómo nos sentimos.

Pero las personas van a estar siempre por encima de la sociedad. Y eso es algo que el poder no puede evitar. Por más que quieran inculcarnos géneros normativos y binarios, la realidad es la que es. En el mundo existen varias culturas con diversas catalogaciones de géneros. Como ejemplo tenemos regiones de Tailandia, México o Indonesia. Cada lugar tiene sus propias consideraciones y utiliza nombres específicos para cada tipo de persona, aunque podríamos realizar un catálogo internacional sobre algunos de los géneros más conocidos:

- **CISGÉNERO** Las personas cisgénero son aquellas cuya genitalidad y género concuerdan a nivel social. Es decir, una mujer con coño y un hombre con polla. Pero como ya hemos dicho antes, el género es un estado, así que añadiría que, además de la concordancia de genitales, implica el sentirse mujer u hombre.
- **TRANS** Pueden ser transexuales o transgénero. La transexualidad significa que esa persona que según la sociedad ha nacido hombre se siente mujer (y viceversa). Pero todo en términos binarios. Ser transgénero significa que no te sientes identificado con el género que se asocia a tu genital, pero tampoco con el opuesto. Se rompe con el binarismo.
- **GÉNERO FLUIDO** Son personas que pueden fluir entre estados de género, es decir, un día sentirse hombre y al día siguiente (o al cabo de unas horas o semanas), mujer. Algunos estudios incluso afirman que esas personas pueden notar miembros fantasmas dependiendo del género que sean. ¿Eso qué significa? Pues que si no tienes pene, pero te sientes hombre, puedes llegar a percibir que lo tienes.
- **GÉNERO *QUEER*** El término *queer* engloba a aquellos que no se quieren identificar con ningún género, rompiendo así con los modelos binarios de hombre-mujer y ofreciendo una libertad en cuanto a expresión. Aunque engloba principalmente al género, también puede tener relevancia en términos de orientación sexual. Esto implica una lucha contra un sistema establecido con anterioridad y normativo.
- **AGÉNERO** No se identifican con ningún género actual.
- **PANGÉNERO** Son personas que sienten la unión de varios géneros a la vez, pero no de forma fluida, sino de forma fija.

Hay una lista interminable de géneros, pero estos son los más comunes y conocidos que se salen de los convencionalismos sociales. Eso sí, a esta fórmula tenemos que añadir un pequeño ingrediente. Más allá de la identidad de género encontramos la expresión de género. ¿Qué significa esto? Bien, ¿te acuerdas de que hemos hablado sobre los roles de género? Pues digamos que está muy cerca de eso. Es una construcción social basada en el comportamiento, la vestimenta, la forma de hablar, la apariencia... directamente relacionada con el género. Y aquí entra algo muy importante: la femineidad y la masculinidad.

1.1.2. Femineidad y masculinidad

En un sistema segregado y binario se atribuyen una serie de atributos a cada uno. La mujer tiene cualidad de femenino (femineidad o feminidad) y el hombre, de masculino (masculinidad). Esto se traduce en una serie de obligaciones, comportamientos, expectativas y un largo etcétera que podríamos englobar en una lista cuyo título sería «Mierdas que nos han metido en la cabeza» (y créeme que sería interminable).

Si pudieras hacer una lista de valores de cada grupo, seguramente saldría algo parecido a esto:

- **FEMINEIDAD:** suave, elegante, sofisticado, bello, maternal, delicado, dulce...
- **MASCULINIDAD:** fuerte, poderoso, luchador, con valores, áspero, rudo...

De hecho, esta polaridad se traslada a todos los sectores. En el ámbito artístico, las líneas más femeninas son curvadas, y aquellas más masculinas, rectas. Está bien utilizar etiquetas para comunicar, pero ¿qué hemos dicho antes? Que nos ayuden, pero que no nos limiten. Y estas nos están limitando.

Lo cierto es que todas las personas, independientemente de nuestro género, presentamos en nuestro interior dicha polaridad. Si quieres que hablemos en términos energéticos, la energía femenina y la masculina siempre están luchando por encontrar el equilibrio perfecto. En términos científicos, podemos recurrir a las hormonas femeninas y a las masculinas; aquellas que todos tenemos en diferente medida. Energías u hormonas (o el conjunto de ambas) hacen que nosotras seamos como somos. Y no hay nada malo en ser diferentes, las hormonas femeninas ofrecen unos atributos de las que las masculinas carecen. Lo mismo pasa con la energía. El inconveniente viene cuando todo esto está delimitado por las expectativas o los roles de género, es decir, por cómo tienes que actuar siendo mujer u hombre.

¿Cómo ve la sociedad al hombre que se pinta las uñas? ¿O qué pasa cuando notamos que un hombre habla de manera «afeminada»? Automáticamente se le relaciona con una orientación sexual: la homosexualidad. Pocos, por no decir nadie, se plantean siquiera que la identidad de género y la sexualidad de cada uno están bien lejos la una de la otra. En la sociedad, la expresión de género de esa persona conlleva una idea relacionada con si le gusta comer pollas o no. Y eso es absurdo.

El sistema patriarcal también se ha encargado de establecer unos buenos límites y de oprimirnos a todos. Si un hombre, heterosexual, decide pintarse las uñas o llevar una falda, automáticamente recibirá un grado indeterminado de rechazo social. Es más, en muchas ocasiones, ¡ni contempla el poder hacer eso! ¿Cómo va a ser un hombre si se pone falda? Pero no hace falta que nos vayamos a casos tan «extremos». Simplemente con la frase «los hombres no lloran» ya podemos oler la mierda que sale del sistema actual.

Otro ejemplo es la jerarquización de los géneros. Por supuesto que hay géneros mejores y peores. No es lo mismo que una mujer se vista de hombre que un hombre se vista de mujer. ¿Cuántas veces hemos halagado en la alfombra roja la vestimenta de una famosa con esmoquin masculino? O, mejor aún, ¿cuántas veces hemos visto esa imagen? Centenares. Y está bien visto. ¿Por qué? Muy sencillo: porque estamos subiendo un peldaño en la jerarquía social. Los hombres, concretamente aquellos cisgénero, blancos y heterosexuales, reinan en la cadena de la vida. Tienen una serie de privilegios que nosotras quizás algún día descubramos, pero ya te aseguro que no será mañana (ni pasado). A ojos de la sociedad, por lo tanto, es normal que una persona, inferior en cuanto a jerarquía, quiera llegar al primer puesto. Pero ¿qué pasa si es un actor el que recorre la pasarela con un vestido o una falda, o con los labios pintados o con un esmoquin rosa? Ajá, exacto. Estaría bajando un puesto y, perdona, ¿quién quiere bajar un puesto en la sociedad de «si no tienes éxito no vales nada» o «lucha para ser el primero»? NADIE.

Por suerte, a raíz del feminismo y especialmente gracias a la ruptura de las expectativas sociales, cada vez están surgiendo más hombres identificados con las nuevas masculinidades. Sí, aquellos que planchan, cocinan, van de rosa o llevan falda *«because yes»*. Algo que hemos hecho las mujeres toda nuestra puta vida (porque era genial tenernos como esclavas domésticas y sexuales), ahora se premia porque lo hacen los hombres. Y se llama «nueva masculinidad». No seré yo quien eche por tierra este soberano esfuerzo de romper con lo establecido, pero creo que la expresión de género va mucho más allá de la equidad básica que debería existir entre todas las personas, ¿no? Más allá incluso de la ruptura de la esclavización silenciosa (y no tan silenciosa) de un género a lo largo de los siglos por el miedo y el conformismo del contrario. Del oleaje del #NotAllMen donde muchos han querido ser, o, mejor aún, han querido seguir siendo los reyes de una fiesta llena de privilegios y facilidades, al discurso de las nuevas masculinidades y la deconstrucción de un género que no acaba de entender lo que significa igualdad y equidad (por más que intentemos explicarlo). Parece que, al final, eso de que «no nos escuchan» va a ser verdad, fíjate.

Ahora debes de estar pensando que soy una tirana del género y una misándrica acabada, pero las cosas no van por ahí. La cuestión es que no entiendo por qué se premia la ruptura de la masculinidad y no la ruptura de la femineidad. *That's the point*, amiga mía. Las mujeres cisgénero nos dejamos pelos donde queremos, o intentamos acceder a altos cargos de poder, o denunciamos la cantidad de abusos y acosos que recibimos por la calle, y, en vez de aplaudirnos (o ponernos un puto *hashtag*), nos tachan de feminazis y de exageradas. Mientras, en el caso contrario, se alaba cuando un hombre hace exactamente lo mismo: deconstruir una expresión de género. ¿No nos damos cuenta de lo que seguimos perpetuando? La desigualdad, una y otra vez.

No, no se me ha ido la cabeza, tranquila. Sigo hablando de femineidad y masculinidad. Pero ambas van de la mano de un sistema hegemónico y establecido: el patriarcado. Y mientras eso exista, será sumamente difícil romper con la limitación de cada etiqueta y dejar que los géneros fluyan y se expresen a su antojo. Aunque, al mismo tiempo, si no rompemos con eso seguiremos conservando la sociedad tal y como está establecida.

Eres libre de dejarte pelos en los sobacos y de subir tu foto a Instagram, donde recibirás miles de *likes* y mensajes de gente agradeciéndote que normalices. Te puedes pasear por la alfombra roja con un esmoquin y creer que estás destrozando todo lo instaurado. Pero, sobre todo, recuerda que no hace falta hacer todo esto para plantear la expresión de género y la naturalidad. Si te quieres depilar, hazlo; y si te quieres dejar pelo, hazlo también. Quiero que seas tú misma y que tengas presente que no vas a ser más o menos. Ni más feminista ni menos.

Tu género es un estado, un sentimiento y el inicio de tu autoconocimiento. No lo llenes de estereotipos que no aportan nada y sé consciente de dónde nace todo. Solo la verdad nos libra de la ignorancia.

1.2. ORIENTACIÓN SEXUAL

Si hay algo más estereotipado que el género, es la orientación sexual. Parece que conlleva un reflejo en la forma de actuar, de vestir y de comportarse. Algo que se ha ido perpetuando a través de la cultura, por supuesto, y de la representación de las orientaciones en la pantalla. ¿Cuántas veces has visto el mismo papel de «hombre gay» una y otra vez en televisión? Mucha «pluma», sorprendentemente exagerados y con una capacidad sexual fuera de lo normal. Y esto hace un flaco favor al colectivo LGTBI+ y a su diversidad.

Pasa exactamente igual con el término «lesbiana». Cuando vemos a una mujer con el pelo corto, camisa hawaiana o pantalones anchos, automáticamente pasa a ser lesbiana. Y me parece un error que todas las personas de este planeta hemos cometido en algún momento de nuestra vida.

Más allá de basarnos en estereotipos, parece que la orientación sexual adquiera relevancia en determinadas ocasiones. Nadie dirá nunca que ha contratado a un chico heterosexual, por ejemplo. Pero ¿qué ocurre con las personas homosexuales? Siempre van acompañadas de su orientación sexual, de algo tan sumamente privado e íntimo, expuesto de forma gratuita y sin fundamento. «Ha entrado un miembro nuevo en la banda que es gay y toca la batería», o «Me he encontrado al vecino gay en el ascensor». ¿Qué información ofrece esto? ¿Qué relevancia tiene? Quizás estés pensando que también se hace cuando alguien es rubio o tiene el pelo rapado o la piel negra. Bien, sí. Recuerda que son atributos físicos que se ven claramente. ¿Acaso se ve una orientación sexual? ¿Identificarías a una persona por eso?

No podemos olvidar el desconocimiento que todavía persiste en torno a la bisexualidad y que ha dado lugar, y lo sigue haciendo, a toda una serie de ideas preconcebidas equívocas. Se establece que todas las mujeres tienen que ser bisexuales. Todas. Y, en cierto modo, la bisexualidad es algo que todos llevamos con nosotros. Aunque no te atraiga una mujer, puedes acostarte con ella en un trío o una orgía. O simplemente en un encuentro fortuito donde, de repente, has encontrado a la persona de tu mismo género que te vuelve loca. El problema es que a veces andamos con tantos prejuicios que no nos dejan ver la realidad, y no paramos de tropezarnos una y otra vez con ellos, sin darnos cuenta de la naturaleza interior de todo el mundo. Pero ¿qué pasa con los hombres cisgénero? ¿Ellos también son bisexuales? Gracias a la deconstrucción de género que estamos viviendo y al resurgimiento de las nuevas masculinidades, cada vez hay más hombres que se plantean su orientación sexual. El patriarcado ha sido el mayor opresor en ese sentido. Si un hombre desde pequeño ha vivido el ser «maricón» como un insulto, jamás se planteará su heterosexualidad, a no ser que ya a cierta edad únicamente le gustaran las personas de su mismo género y lo tenga muy claro. La bisexualidad en los hombres es una estrella fugaz: si encuentras uno, pide un deseo.

La opresión del sistema ha hecho que casi ningún hombre se plantee su orientación sexual hacia la bisexualidad. Que no se den besos con amigos. Que expresen asco y rechazo por cualquier escena de sexo homosexual o que eviten ciertos complementos porque eso «es de gay». O que directamente tengan la puerta cerrada a cualquier encuentro con otro hombre. Hay un rechazo absoluto hacia su género y hacia la bisexualidad. Tanto es así que hasta jugar con su zona anal ya lo consideran como algo de «maricones». Esto tiene que cambiar, especialmente a través del feminismo y de la diversidad.

Se ha instaurado un manual que no hemos elegido, en el cual no hemos participado (directamente). En él está escrito cómo deben vestir un hombre gay o una mujer lesbiana, se define cómo debe ser la bisexualidad y se establece la hegemonía de la heterosexualidad como máximo exponente de la sexualidad. ¿Recuerdas cuándo firmaste ese manual? Yo tampoco, pero llevamos años cumpliéndolo. Cada vez que atribuyes una orientación sexual a alguien que no conoces de nada, estás siendo partícipe de este juego, de estas leyes, de esta sociedad. Quítate la venda.

1.2.1. Tipos de orientaciones sexuales

Al igual que ocurre con las identidades de género, hay muchas orientaciones sexuales muy diversas y diferentes. Te invito a que encuentres aquella que más te defina, pero que no te limite, por favor. Ya lo sabes.

Existen algunas orientaciones que son las más comunes y con las que más personas se sienten identificadas.

- **HETEROSEXUALIDAD** Se refiere a aquellas personas que se sienten atraídas por su identidad de género opuesta, independientemente de su sexo. ¿Esto qué significa? Si eres una mujer cisgénero te sentirás atraída por los hombres, y lo mismo sucederá si eres una mujer transexual.

- **HOMOSEXUALIDAD** Hace referencia a aquellas personas que se sienten atraídas por su misma identidad de género, independientemente de su sexo. Si eres una mujer cisgénero te sentirás atraída por las mujeres, y lo mismo si eres una mujer transexual.
- **BISEXUALIDAD** Concepto que define a aquellas personas que se sienten atraídas por su misma identidad de género y la opuesta, independientemente de su sexo. Es decir, seas una mujer transexual o cisgénero, te atraerán tanto mujeres como hombres en toda su diversidad y expresión.
- **PANSEXUALIDAD** Término que se ha incluido en nuestra sociedad hace relativamente poco a raíz de la visibilidad de las nuevas identidades. Son aquellas que se sienten atraídas por las personas, sin importar ni el género ni el sexo.

Aunque actualmente existe cierta polémica, ya que hay quienes afirman que la bisexualidad ya abarca esa diversidad en sí y que negarlo resulta bifóbico. Las personas pansexuales defienden que la bisexualidad lo único que hace es perpetuar los binarismos existentes. Lo cierto es que creo que la sociedad está cambiando y que la bisexualidad abarca mucho más que antes, pero también creo que puede ser positiva la inclusión de nuevas terminaciones para darle foco al resurgir de nuevas expresiones e identidades.

- **ASEXUALIDAD** Diría que es la orientación sexual más ignorada y malinterpretada. Las personas asexuales son aquellas que no presentan deseo sexual y que se suelen aburrir fácilmente del sexo. Puede ser que no mantengan relaciones sexuales o que, cuando lo hagan, no les satisfagan demasiado. A veces pueden tener descargas eléctricas y eyacular, pero sin llegar al orgasmo como tal. A menudo se sienten incomprendidas por la sociedad hipersexualizada en la que vivimos y no entienden qué les puede suceder. La asexualidad no significa celibato o rechazo absoluto hacia el sexo. Simplemente que la sexualidad no es algo principal en su vida.
- **DEMISEXUALIDAD** Podría ser una categoría dentro de la asexualidad, en realidad. Se trata de aquellas personas que únicamente sienten atracción sexual si se enamoran o crean un vínculo afectivo con la persona en cuestión.
- **SAPIOSEXUALIDAD** Se refiere a aquellas personas que para sentir atracción sexual necesitan primero una atracción cultural, ideológica y/o mental con la otra persona. Está muy relacionada con el aprendizaje que pueden adquirir a través del otro o de las

conversaciones filosóficas e intensas que pueden mantener. Para esas personas esto resulta el mayor estimulante.

Es posible tener varias orientaciones a la vez, por supuesto. Puedes ser demisexual y heterosexual a la vez, o puedes ser asexual y bisexual. Lo más importante es no limitarse. Encuentra qué es lo que te gusta, qué sientes, y adéntrate en tu interior para conocer tu deseo. Olvídate de los prejuicios, empieza a ser tú.

1.3. ORIENTACIÓN RELACIONAL

El amor, ay, el amor. Está en todos los rincones de nuestra vida, en cada esquina y en nuestro interior. Pero a veces no sabemos verlo, no sabemos cuidarlo y hacerlo tangible. Y si con las identidades y orientaciones sexuales nos han metido estereotipos, con la orientación relacional directamente no nos han dado ninguna opción: la monogamia como la normatividad absoluta.

La sociedad se ha encargado de perpetuar una monogamia muy ligada con la heterosexualidad. Cuando las personas homosexuales se movieron y reivindicaron, empezaron a ser aceptadas y a ser integradas. Ahora estamos viviendo cada vez más ese proceso debido al cambio generacional que poco a poco estamos experimentando y donde la bisexualidad o la homosexualidad ya forman parte de las posibilidades que se presentan a lo largo de nuestra vida. Pero no te salgas del dos. No te salgas de la monogamia, de la fidelidad, del amor romántico, y cumple con las expectativas que el mundo ha depositado sobre ti (y sobre el resto de la humanidad). Da igual el género o el sexo, lo que no puede ser es la pluralidad.

No vemos la no monogamia como una posibilidad real. Ni tan siquiera se habla de las orientaciones relacionales que pueden existir. Y esto lo podemos trasladar a la vida real. Todo está hecho para parejas. Hoteles, camas, comida, planes de viajes, matrimonio, hospitales y un largo etcétera. Párate un día a pensar. Todo a tu alrededor te lanza el mismo mensaje: «Busca esa puta media naranja y emparéjate ya, payasa». ¿Y por qué tengo que limitarme a otra persona? ¿Por qué no puedo vivir con más de una persona o mantener una familia con un grupo?

Lo cierto es que todavía falta voz dentro de las orientaciones relacionales. Los colectivos LGTBI+ han sabido visibilizarse y mostrar su realidad durante muchos años hasta ser cada vez más aceptados. Pero las alternativas románticas están empezando a manifestarse ahora. Por lo tanto, queda todavía mucho camino, mucha lucha y mucha concienciación por delante.

Aquellas personas que se plantean las alternativas reales existentes tienen la misma pregunta en la cabeza: «Pero... ¿somos no monógamos por naturaleza?». Lo cierto es que la antropología lleva muchos años formulando esa pregunta, y las respuestas suelen ser muy diversas. La hipótesis más consolidada es que, efectivamente, los seres humanos somos no monógamos a nivel sexual, pero monógamos a nivel familiar. ¿Qué significa esto? Nos atraen otras personas y sentimos deseo cuando estamos en relaciones con exclusividad, pero necesitamos una unidad familiar (que puede ser con otra persona, con dos o con una comuna, da igual). Precisamos de un sitio al que volver, de un hogar. Aunque, sinceramente, ¿de qué sirve saber cómo somos por naturaleza? Lo más importante es saber qué queremos en este momento, cómo nos sentimos y qué nos gustaría experimentar.

1.3.1. Tipos de orientaciones relacionales

No existe un manual que diga cómo es cada tipo de relación, así que voy a exponer mi forma de ver las cosas en base a investigaciones y charlas con otras personas no monógamas.

- » **MONOGAMIA** Relación donde se requiere una exclusividad afectiva y sexual, es decir, los miembros no pueden acostarse con otras personas ni sentir emociones afectivo-románticas fuera de la relación. También se le puede llamar «relación cerrada».
- » **NO MONOGAMIA** Relación donde se rompe con algún tipo de exclusividad, ya sea la afectiva, la sexual o ambas. También se le puede llamar «relación abierta».

  Dentro de la no monogamia, encontramos diversos tipos:

  - → *Swinging*. Relación donde se rompe con la exclusividad sexual, pero se mantiene la afectiva. Es un modo de vida que implica la visita a clubes especializados y el conocimiento de un conjunto de señales que sirven para dar consentimiento o no.

En la gran mayoría de los casos suelen ser parejas que intercambian con otras parejas o que experimentan fantasías sexuales juntos.

- No exclusividad sexual. Relación donde se rompe con la exclusividad sexual, pero se mantiene la afectiva. La diferencia con la anterior es que, en este caso, no hace falta la presencia de la pareja para mantener sexo con otras personas y tampoco hay un modo de vida alrededor.

- Poligamia. Relación que amplía la exclusividad sexual y afectiva con más de una persona. Está muy ligada a las tradiciones y a las culturas. Existen dos tipos: la poliginia (hombre que se casa con varias mujeres) y la poliandria (mujer que se casa con varios hombres). En algunos países árabes y en el Nepal se practica la poligamia. La diferencia principal con el poliamor es que, en este caso, se amplía la relación, pero sigue siendo un vínculo cerrado.

→ Poliamor. Relación donde se rompe con la exclusividad sexual y afectiva. Hay pleno conocimiento y consenso por todas las partes. En el poliamor, todos los miembros pueden tener otras relaciones, y esas pueden conocer a otras personas generando así una cadena de vínculos. Aquí también entrarían las triejas (relaciones de tres miembros). Podemos encontrar diversas categorías:

- Poliamor jerárquico. Existe una relación principal y después relaciones secundarias, terciarias, etc. La categorización se realiza en base a privilegios y no está ligada a los sentimientos. Es decir, la relación principal conserva privilegios que el resto no tiene, como pueden ser vivir juntos, tener hijos o dedicarse más tiempo.
- Poliamor no jerárquico. Existen diferentes relaciones sin jerarquías. Todas están a un mismo nivel. Se utilizan etiquetas para definir mejor el tipo de relación que se mantiene (afectivo-romántica, de amistad, sexual, etc.).
- Anarquía relacional. No se etiquetan las relaciones ni se mantienen las jerarquías. Se entiende que cada vínculo es único en sí mismo y, por lo tanto, no se puede definir o categorizar. Eso hace que relaciones románticas y amistosas queden a un mismo nivel, prescindiéndose de las etiquetas sociales (sus obligaciones y derechos) y creando en su lugar nuevas fórmulas.

→ Polifidelidad. Concepto muy relacionado con la poligamia, pero sin la base cultural y tradicional. Es un tipo de relación donde se mantiene exclusividad sexual y afectiva con más de una persona. Puede ser una trieja en la que sus componentes únicamente quieran estar los tres juntos y no se permita conocer a otras personas. O también puede tratarse de un grupo de personas que solo mantengan relaciones entre ellos.

Como siempre digo, las etiquetas están genial para identificar rápidamente qué tipo de relación tiene una persona, pero en modo alguno deben ser limitadoras. Es posible que exista una combinación de varias orientaciones. Lo más importante es saber qué te funciona mejor y cómo te sientes más cómoda. En mi caso, por ejemplo, me siento genial con la jerarquía, ya que soy una persona muy complaciente, y la clasificación me ayuda a saber quién tiene prioridad en mi vida. Pero, al mismo tiempo, me siento muy vinculada con la anarquía relacional, puesto que intento romper con las etiquetas tradicionales y crear nuevas fórmulas que me permitan exprimir todas las posibilidades.

1.3.2. Monogamia versus no monogamia

Existe una lucha absurda entre ambos modelos relacionales que, sinceramente, no entiendo. Ninguno pretende desmerecer al otro y, sobre todo, ninguno es mejor que el otro. Lo único que se quiere conseguir es que ambos modelos relacionales estén a la par, con igualdad de aceptación en la sociedad. Que no nos tengan que mirar mal por amar a más de una persona. Ni que los poliamorosos se crean más modernos por la forma de relación que tienen. Encontramos de todo, en todas partes. Es por eso por lo que tenemos que dejar a un lado aquello que nos hace diferentes y ver lo que nos hace únicos. Valorar las diferencias y encontrarnos en las cuestiones en común.

Contra lo que tenemos que luchar es contra la normatividad. Hemos de entender que existen diferentes opciones y que todas ellas deben estar integradas de igual modo en la sociedad actual.

LIBERA
TU SER

A ti,
que te escondes de los espejos.
Que siempre te ves a lo lejos.
A ti, que tienes la mirada perdida
entre la realidad y lo que habría de ser.
A ti, que te odias y no te crees que tu cuerpo
sea un templo y que tú serías nada sin él.
A ti, que quisiste que te amaran otros antes que amarte
a través de tus ojos.
A ti, que desde niña te dicen lo que está bien y lo que está
mal. A callar, a besar y ¿a correrte? ¡Jamás!
A ti, que miras los carteles publicitarios pensando en
estereotipos y recortes innecesarios.
A ti, que se te caen las tetas y te conoces todas las grietas.
A ti, que ves oscuridad donde yo veo alabanza.
A ti, que no sabes verte sin complementos y no valoras todo lo
que llevas dentro.
A ti, que a pesar de ser humana parece que siempre tengas
que estar mitificada.
A ti, que un día te diste cuenta de que no te querías así.
Libera tu espíritu, revolucionaria, y que les jodan
a las miradas.
Vas a morir arrugada, gorda o delgada.
Vas a morir como todos los que te criticaban.
Pero al menos muere libre.

Muere libre, hermana.

Una de las cosas que mejor ha hecho el patriarcado ha sido minimizarnos. Reducirnos a simples esclavas. Buscando escobas para barrer (en vez de volar) o chupando pollas para servir (en vez de hacernos gemir).

Una de las cosas que mejor ha hecho el patriarcado ha sido dejarnos a un lado. Y criticarnos. Y oprimirnos. Hasta ver cómo nuestras cenizas quedaban ahí, en tierra de nadie.

Cuenta la leyenda que de las cenizas resurgió un fénix, un ave gloriosa capaz de renacer de su propia muerte. Un fénix morado llamado Revolución.

Nos hemos encontrado siguiendo linajes imposibles de cirugías para entrar en un estereotipo que no nos representa. Que nos aleja. Que nos enfrenta. De complementos, porque, si no, no estamos guapas. De maquillaje, sujetadores, coños pelados y sobacos bien depilados. Nos obligamos a ello en vez de dejarnos escoger aquello que nosotras queremos. Lo que nos representa y con lo que nos sentimos más cómodas. Lo que queremos llevar cuando lo queramos llevar.

No soy de las que les dicen a las mujeres lo que tienen que hacer. Si deben utilizar maquillaje o deben ir con la cara lavada. Si deben dejarse pelos en las piernas o llenar su habitación de cuchillas (mucho más caras). Si deben meterse un tampón o probar otras alternativas a la «higiene» menstrual. No seré yo quien hable de lo que es más feminista o menos. Porque el feminismo no va de símbolos de identificación, ni de competitividad. Va de un movimiento global y, como tal, todas estamos en la lucha.

Pero sí que seré quien diga y reafirme que debemos liberarnos. De la publicidad, de los conceptos preconcebidos, de la imposibilidad de alcanzar un modelo. Liberar tu ser y empezar a amarte. Aquí y ahora.

Recuerda que eres humana.

2.1. AUTOESTIMA

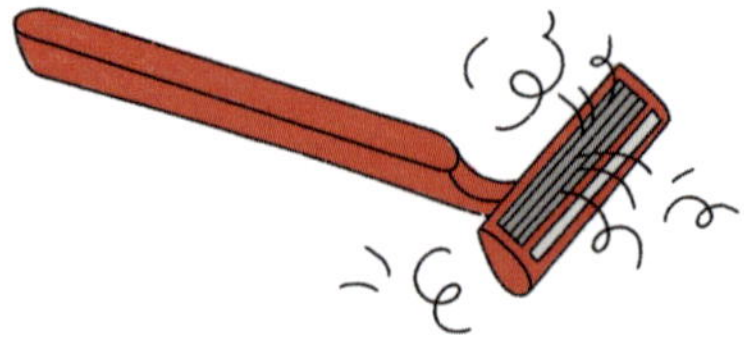

2.1.1. Cómo quererte más y mejor

Me temo que no existe una fórmula milagrosa para aprender a amarte. O una pastilla que borre de tu mente todo lo impuesto. La mala noticia es que tienes por delante un largo recorrido que espero que empiece hoy y termine quién sabe cuándo. No será fácil, ni rápido. Lo bueno es que el proceso es sanador. Te vas a encontrar a ti, tan pura y tan natural. Y eso, de verdad, no lo cambiarás por nada. Debes tener presente que te costará, por eso sé paciente contigo misma. Ámate y respétate incluso en los momentos más difíciles. Solo así lo conseguirás.

He estado en tu punto de inicio. En tu lugar de salida. He estado en la mierda, seguramente como tú. Con tanto odio que me llegué a pegar, arañar e insultar. A llorar todas las noches y a intentar sonreír todos los días. Cuando era pequeña no me veía guapa. Para nada. Tenía una frente prominente y los niños me pegaban mientras me llamaban «frontón». A otros les llamaban «gafotas». A otras, «gorda de mierda». Y así pasamos nuestra infancia, adoctrinadas, mostrando que la inocencia tiene una fecha de caducidad. Señalando que la educación está enfocada en discriminar las diferencias antes que en enseñar igualdad.

Me desarrollé rápido. Y no era la niña marginada, al contrario. Era bastante popular. Pero estaba amargada. Ya de pequeña sentía que tenía que estar guapa, seguir unas normas y representar un modelo que se perpetuaba por todo mi alrededor. Antes de generar complejos, vivía muy feliz. Me ponía lo que me daba la gana y me veía increíble con el pelo recogido. Llevaba siempre coleta, bien alta. Y mis rizos rubios salían disparados con el paso de las horas. Parecía un sol. Pero nos fuimos haciendo mayores y teníamos que entender que no nos podíamos sentir bien. Que mi pelo recogido dejaba al aire mi frente. Y que esta no era normativa. De ahí fue naciendo un pensamiento y me empecé a fijar en que, exactamente, mi frente no era pequeña. Era ancha, amplia. Con el centro siempre iluminado. No sé cuándo nació mi complejo. Sin embargo, sí recuerdo haberlo bautizado a mis catorce años, llenando mi cara de flequillos y sombras que la disimulaban.

Hasta el día de hoy no he podido superarlo. Me cuesta meterme en la bañera con alguien y mojarme el pelo. O ir a la playa sin un turbante que me reduzca la frente. Hacerme una coleta alta o, simplemente, quitarme el flequillo. Me cuesta grabarme o hacerme fotos donde se note ese algo ¿diferente? Siempre corto el plano para que no salga. Me fijo mucho en esa parte y alguna vez he pensado en operarme.

Pero luego pienso en las diferencias. En mi unicidad. En lo que me hace a mí ser yo. Mi frente es algo muy característico, aunque ahora la lleve tapada. Y si le doy valor y me enfoco en esa parte de mi cuerpo, todo se expande. Se extiende.

Lo mismo pasa con mis tetas. Tengo un pecho más grande que el otro. Se nota; si te fijas, claro. Ninguna de las personas con las que me he acostado me ha rechazado por tener una

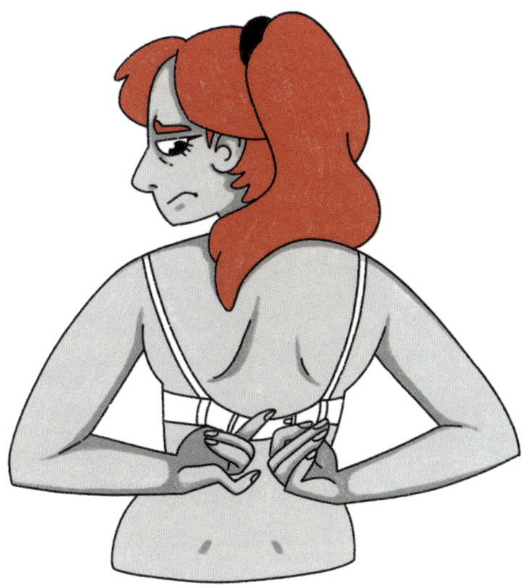

asimetría en mis pechos, ninguna. Al contrario, siempre han aludido a su belleza natural, su forma y su tamaño. Por suerte, esto hace tiempo que lo tengo superado. Decidí reírme de mi complejo y mostrar la diversidad. Dejar el sujetador a un lado y salir a la calle con mis tetas botando. Comentar que, lejos de tener gemelas, tengo a dos preciosidades que permiten escoger lo que te apetece hoy: ¿teta grande o teta pequeña? Porque esta soy yo, con todo mi ser. No puedo más que empatizar y comprender, como tú seguramente lo hayas hecho hasta ahora conmigo. Estarás pensando en tu mayor complejo. Si no, piensa en él. Enfócate. ¿Las piernas? ¿El peso? ¿Tu nariz? ¿Tus dientes? ¿La piel?

Si todas fuéramos iguales, qué mierda de mundo tendríamos. Aunque lo intenten, sí. Aunque pretendan que nos rijamos por unos modelos, medidas y modas exactas. Sería aburridísimo saber que no existe nada que nos haga únicas. Qué peñazo ser todas altas, delgadas, simétricas, con el culo gordo y las tetas tiesas. ¿Dónde está la diversidad? ¿Dónde estás tú?

¿Sabes cuándo me di cuenta de la tremenda tontería de los complejos? Cuando supe que iba a morir. Estaba saliendo de comprar el pan, tendría unos quince años, cuando de repente caí en que iba a morir. Como cuando te acuerdas de que no has entregado ese trabajo tan importante. Igual. Sí, podía pasarme toda la vida castigándome por haber nacido así, con esta frente, mis asimetrías, mis ojos verdes o mis pies pequeños; o, por el contrario, podía aceptarme y utilizar mi cuerpo como un pasaporte. El pasaporte que tengo en esta vida.

De nada sirve que te castigues día y noche. Lo único que te aporta es sentir cómo te recreas en tus propios complejos, una y otra vez, cuando, oye, ¡estás aquí! Sentada o tumbada, en el metro, en la bañera o en la sala de espera, leyendo mis palabras. Pero estás viva. VIVA. Tu cuerpo es la herramienta que tienes para que todo tu interior salga. Para expresar toda tu personalidad. Para convertir algo intangible en algo tangible. Y eso es algo por lo que tenemos que estar tremendamente agradecidas. Por tener la oportunidad de vivir, el tiempo que tengamos que hacerlo.

Qué más da cómo tengas que ser. Ama cómo eres ahora. Sin un patrón, un modelo o una simetría. Igual que adoras esas partes de ti que consideras positivas o virtudes, también deberías adorar aquellas que consideras que no lo son tanto y preguntarte por qué son defectos. ¿Quién dicta lo que es un defecto?

¿Qué es un defecto en realidad? Son rasgos propios que salen de la normatividad. Y siempre son físicos. Como si nuestra corporalidad fuese lo único que le interesa al resto del mundo. Como si nosotras, como mujeres, solo fuésemos eso: un cuerpo al que adorar o rechazar. Eres mucho más, hermana. Y estás por encima. Ama tus atributos únicos y deja de clasificarlos en la carpeta del «sí» o del «no». Déjalas a un lado y empieza a verlo todo como un «yo». «Yo» soy así. «Yo» me amo. «Yo» solo voy a vivir una vez. El tiempo que dedicas a castigarte por haber nacido como has nacido podría ser tiempo que inviertas en exprimir la sensación de estar viva; yo qué sé, ¿masturbándote quizás?

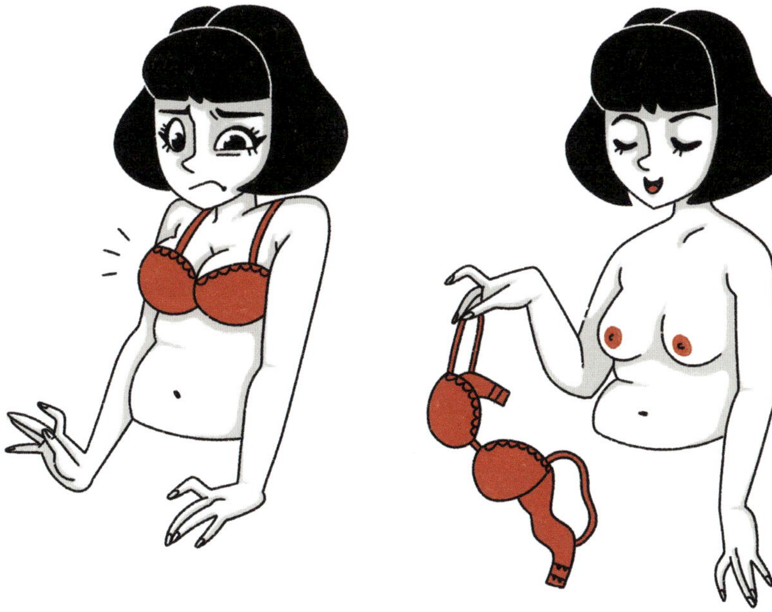

Entiendo que la teoría suena sencilla pero que romper con todo esto resulta sumamente difícil. Lo sé, estoy en la misma lucha que tú. Pero siento rabia en mi interior cuando veo que todas las mujeres tenemos unos complejos que nos afligen, nos agobian y no nos permiten vivir. Dejamos de hacer cosas y rechazamos planes por los estereotipos, que pesan. No disfrutamos del sexo por no ser de un modo en concreto. Como si la vida fuese exclusiva para gente «guapa».

Me niego rotundamente a formar parte de esta fábrica de muñecas que solo sirven al sistema. No quiero que mi vida, la única que tengo, esté al servicio de un grupo de personas que no tienen ni puta idea de lo que es ser mujer en esta sociedad. Por lo tanto, la próxima vez que te odies, piensa en por qué lo haces y a quién beneficias. Ellos quieren que te odies. Quieren que nos odiemos todas. Solo de esta forma pueden manipularte (a ti y a todas). Pueden hacer de ti una rata consumista, ansiosa por comprar ropa nueva, tacones, maquillaje, ceras para depilarte y adelgazantes. Con esto no quiero decir que no lo hagas, en absoluto. Soy la primera que se maquilla, se pone taconazos y mantiene una dieta saludable y equilibrada en la medida de lo posible (venga ya, no me lo creo ni yo). Pero lo hago por mí, porque me gusta y me apetece. Me depilo el coño cuando me da la gana y no porque tenga que acostarme con alguien esa noche. Me maquillo porque me encantan los labios rojos tan potentes que deslumbren el día. Y me cuido porque mi cuerpo es mi templo y tengo que mantenerlo limpio. Aunque nunca rechazo una buena ~~picha~~ *pizza*, una noche de borrachera o un buen atracón de helado con las amigas. Porque esas cosas hacen que mi templo disfrute y coleccione recuerdos. Ten consciencia de dónde nacen las cosas en ti. Por qué las haces. Qué te aportan. Solo de esa forma pensarás en ti en vez de hacerlo por el qué dirán. La sociedad está diseñada por y para una minoría. El resto solo nos frustramos intentándolo. ¿Qué tal si dejas de hacerlo? ¿Qué tal si sacas todo lo que tienes dentro y empiezas a ser tú? Sin miedo, sin límites. Sin adoctrinamiento, rompiendo cada creencia arraigada y establecida en ti. Libérate, joder.

2.1.2. Ejercicios de amor propio

Puedes hacer cosas prácticas para empezar a amarte un poquito más (y mejor). De ese modo llevas estas palabras que parecen intangibles, efímeras, directamente a la realidad, al presente. A tu lado.

» Escribe mensajes bonitos

Uno de los ejercicios que más me gustan es escribirme mensajes bonitos. Mensajes que me dicen que todo saldrá bien y que soy maravillosa. Intento ponerlos en lugares que vea constantemente, de ese modo nunca se me olvida lo que siento por mí. Y sí, claro, hay veces que necesitas que alguien te diga que todo va chachi piruli. ¿Por qué no ibas a ser tú?

Llena tu espejo, tu ventana, tu cuarto o el baño de *post-it* con mensajes que te funcionen. «Eres sexy», «¡Qué bonita!», «Me encantas», «Sigue luchando», «Todo saldrá bien» y un largo etcétera. Tú te conoces y sabes lo que quieres escuchar. Ponlo por escrito. Si no tienes *post-it* o no te gusta tener todo lleno de papeles, utiliza un pintalabios y pinta las baldosas de tu baño. O escribe esos mensajes en un papel y enmárcalos en la pared. ¡Hay tantas posibilidades! Lo importante es que te remuevan, te saquen una sonrisa y los veas día tras día. De esa forma te recordarás lo imprescindible que eres en tu vida.

» Dibújate

Coge un lápiz y dibújate. Da igual si lo haces mejor o peor. Quiero que lo hagas con ese complejo tuyo presente, en tu cabeza. ¿Cómo te ves?

Bien. Lía a tu amiga, a tu pareja o a tu familia para que te dibuje justamente desde el otro lado. ¿Verdad que, quizás, ese algo al que le dabas tantísima importancia no es para el resto del mundo más que tu forma de ser? Tu personalidad, tu cuerpo. Tú.

Ten presente siempre que los demás te ven por tu unicidad, no por un complejo. Eso forma parte de ti y, sin él, no serías tú.

» Ten un diario de complejos

Invierte en una libreta y escribe cada vez que tengas ese complejo presente. Escribe exactamente en qué piensas y qué estás dejando de hacer por tu ¿defecto? Puede que no te hayas depilado y no hayas quedado con esa persona que tan cachonda te pone. O quizás tengas mucha frente y no te hayas metido en la piscina. Puede que hayas follado con la luz apagada porque no quieres que te vean esa cicatriz o esa celulitis.

Transmite cómo te sientes y, sobre todo, sincérate con el momento y con el rechazo (o el no vivir plenamente) de la experiencia. Aunque esto te suponga una tontería, con el paso del tiempo verás todas las cosas que has dejado de experimentar, explorar y exprimir. Cómo un complejo físico se ha implantado tanto en ti que ha hecho que modifiques tu vida. ¿Estás dispuesta a seguir permitiendo que eso te limite?

» Cómprate la pulsera del no-pensamiento

Cualquier pulsera puede ser del no-pensamiento en realidad. La magia se la atribuyes tú. Este recurso es genial para dejar de darle vueltas a la cabeza. Cada vez que lleves la pulsera significará que tienes que parar de pensar en tus complejos, tu cuerpo o tu autoestima. Solo te la puedes quitar diez minutos al día e intentar dedicar ese tiempo al pensamiento que tengas. El resto tendrás que aprender a ignorar ese juicio.

» Dedícate tiempo

Es tan importante reservar tiempo para nosotras mismas, ¡tanto! Olvídate del trabajo, del móvil o de los problemas. Desconecta para conectar contigo. Date un baño de espuma mientras escuchas tu música preferida. Sube el volumen del altavoz y ponte a bailar frente al espejo. Apúntate a algún curso que te llame la atención o sumérgete en un buen libro. Dedicarte tiempo es vital, ya que solo de esa forma podrás amarte más.

Hay personas a las que les da cierto temor estar solas porque les aterra estar en contacto directo con sus pensamientos más internos. Para mí, esto es un error. Escúchate. Es imprescindible escuchar lo que tu alma, tu mente y tu cuerpo te quieren decir. De nada sirve evitarlo y mirar para otro lado. Únicamente vas a perpetuar el problema. Vives en ti, eres tú. Pasa tiempo contigo y verás que, poco a poco, empezarás a sentirte mucho más a gusto.

» Tócate

Adoramos que nos acaricien o que nos hagan masajes y no vemos nunca el momento de que eso ocurra. Oye, ¿sabes que tú también tienes manos? Acaríciate. Siente el tacto de tu piel, hazte un masaje con aceite en los pies. Prueba a hacerte un automasaje facial o descubre tu cuerpo como si fuese la primera vez. Sentirte hace que conectes mucho más contigo misma y, sobre todo, que te mimes como lo haría otra persona (o ese *crush* que tienes en mente).

Tocarte el coño también es importante, para qué engañarnos.

2.1.3. Gestión del ego

Está presente allá donde vayas. Está ahí, en ti. Y aunque *a priori* no es nada malo, el ego a veces puede hacerte actuar de forma negativa o problemática. Otras, te puede salvar el culo. Pero ¿dónde está el límite? ¿Cómo poder gestionar el ego para que aporte y no reste? En realidad, deberíamos empezar por el principio: ¿qué coño es el ego? El ego es el «yo», esa voz que habita en tu cabeza y que seguramente estés escuchando ahora mismo mientras lees estas palabras. ¿La oyes? ¿Sí? El ego es el pilar fundamental de tu personalidad, es tu totalidad, la conciencia que tienes sobre ti misma, el recorrido de sucesos y momentos que has experimentado en tu vida. Todo construye el ego. Todo afecta al ego. Es él quien nos dice cómo actuar, qué decir o qué hacer. A través del ego puedes conocerte mucho a ti misma, ya que tiene una gran parte de ti. Es la consciencia del «yo», del «ti». Pero en muchas ocasiones, ese poder que reside en él se vuelve en tu contra y te hace actuar mal. Créeme, la gran mayoría de las personas no sabe cómo gestionar el ego. ¿Por qué? Porque a la sociedad de consumo en la que vivimos no le beneficia. Si nos enseñaran a gestionar esa parte de nosotros, no gastaríamos tanto y nuestras relaciones interpersonales serían muy distintas. Y eso no interesa.

Todo lo que nos rodea está directamente vinculado al ego. Cuando te compras ese pintalabios o ese móvil nuevo es por querer ser mejor, estar comunicado con el resto del mundo o empoderar esa parte de ti. Cuando hablas con una persona la usas de espejo, puesto que en realidad quieres contar tu experiencia. ¿Cuántas veces te ha pasado estando en un grupo que hablaban de un tema y querías intervenir? Por supuesto, te morías por hacerlo. Lo que quieres decir seguramente ayude o aporte a los demás, pero ¿en realidad lo haces por eso? Piénsalo.

El ego no es malo, siempre y cuando se le tenga presente en la gestión emocional. Muchas veces, sin darnos cuenta, actuamos mediante este. Y si únicamente pensamos en nosotras mismas, los actos son egoístas, irresponsables y poco acertados en la gran mayoría de las ocasiones. Por eso necesitamos equilibrar la balanza a través de una herramienta valiosísima de la que todos los humanos (en general) disponemos:

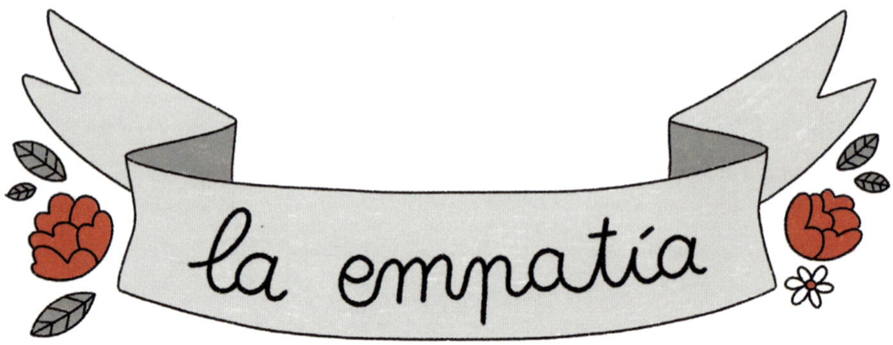

La empatía es el freno del ego. Es ella la que nos puede indicar cómo nos podríamos sentir si estuviéramos en una situación contraria o qué podemos decir para que alimente a nuestro ego y al conocimiento de la otra persona. Es ella la que nos guía en el camino de las relaciones interpersonales, y debemos tenerla presente en cada momento.

Ego y empatía van de la mano. Cuando él tira, ella calma. Cuando ella tira y quieres agradar a todo el mundo y actuar de forma altamente caritativa sin tenerte en cuenta, el ego te recuerda que estás aquí y que nadie mirará por ti más que tú misma. Es un baile y una constante lucha por mantener el equilibrio de la balanza.

Nos sirve también para escucharnos activamente y saber qué estamos haciendo y por qué. Qué queremos conseguir, cuál es el interés que hay detrás, qué nos aporta a nivel personal. Todas estas cuestiones son vitales para reforzar el ego y alejarlo de toda la toxicidad. Debes mirar por ti, por supuesto. Pero actúa en base a la escucha de tu ser y de tu interior. Aunque a veces la verdad duela demasiado. Sabes que está ahí, ¡la estás escuchando como oyes ahora mismo la maldita voz en tu cabeza mientras lees! Hazle caso. Hazte caso.

El ego se puede ver destruido o reforzado con una velocidad apabullante. Una de las herramientas que más extremos genera son las redes sociales, especialmente Instagram. La fábrica de egos (y de la falsa felicidad). Capaz de aumentar tu autoestima porque tu *crush* le ha dado un *like* a tu foto. Capaz de destrozarla porque tu vida es una mierda en comparación con la *influencer* de turno. Y así vivimos, día tras día; en una rueda que no para de girar y girar, donde a veces nos dan comida y, otras, nos la quitan.

¿Quieres saber una cosa? Es todo falso. Absolutamente. El secreto de Instagram se construye a través de la envidia y la esperanza. Por un lado, sientes envidia porque no puedes alcanzar los viajes de lujo, las cifras de euros en su cuenta bancaria o su culo redondo jodidamente perfecto que no debe cagar nada más que purpurina. Pero por otro está la esperanza. La esperanza de que si una chica de barrio (sin apenas estudios) se ha convertido en la *influencer* más importante de España, tú también puedes lograr lo que te propongas. La esperanza de la chica que adelgazó y se puso tan *fitness* que se olvidó de lo buena que estaba la *pizza*. Pero, oye, tú también puedes. Ya puedes tirar todos los libros de *marketing*. Acabas de descubrir el secreto de la humanidad.

El ego posee una visión distorsionada de la realidad. Todo lo que sentimos y pensamos es para nosotras imprescindible, la única verdad. No nos damos cuenta de nuestra ínfima presencia en el universo y lo absolutamente minúsculas que somos para la historia. No somos nadie y seguramente no dejaremos huella en este mundo. Pasará un siglo y nos habrán olvidado, muertas y enterradas bajo toneladas de experiencias y vivencias de otros egos. No eres nadie. Nada. Átomos, agua y carne envasada.

Con esto no quiero reventar tu autoestima, ni mucho menos. Llevo un capítulo intentando levantarla y de golpe, ¡pum!, a la mierda. Con todo, creo que cuando reducimos nuestra existencia a la escala que se merece, vemos la vida con cierta perspectiva. Y todo se vuelve minúsculo, como nosotras. De repente, que te haya dejado tu pareja no es tan grave. O que tengas tu tarjeta de crédito en números rojos... ¡Qué más da! Te vas a morir igualmente.

Cuando empequeñecemos nuestra vida pasa algo mágico: surge el ahora. Y te das cuenta de que no eres eterna, de que morirás y de que debes vivir. Aquí. En este momento. Todo adquiere sentido, tomas decisiones correctas porque piensas en ti. El ego se sana y funciona como un mecanismo perfecto y calibrado que te conduce a tu propia felicidad. Porque no tienes tiempo que perder. Ni te importa demasiado la huella que vayas a dejar. Prefieres nutrirte de experiencias, vivir en base a tus ideales y llevarte ese coño o esa polla que tienes entre las piernas tan gastado/a a la tumba que no puedan ni identificar tu sexo.

A través de este ajuste puedes ver cómo tu filtro mental se alinea con la empatía y la comprensión. Aquello que tú veías como «tu verdad» se presenta como «una percepción posible de la realidad». Y entiendes que la gente interprete la vida, los actos y el presente de un modo muy distinto, aplicando muchos filtros que distorsionan la objetividad. Ten en cuenta esto cada vez que te comuniques dentro de cualquier relación. Tu filtro, tu realidad, tu perspectiva son una serie de condicionantes que se expresan en tu ego.

Con todo esto, ¿a dónde quiero llegar? Al autoconocimiento personal. A la escucha activa. A ponerle nombre a las cosas. Vas a vivir contigo a lo largo de estos años y debes conocer cómo actúas para poder exprimirte y sacar lo mejor de ti. Para poder practicar la autocrítica y dejar a un lado la autodestrucción. Para conseguir llegar a donde quieras y ser auténtica, valiente y única. El ego es la fuerza que te hace grande, pero hay que aprender a domarlo y gestionarlo. Y, sobre todo, a ponerlo en el lugar que le corresponde y crear consciencia de ello.

2.2. EL CICLO MENSTRUAL

Nos han domesticado. Nos han metido en la cabeza la vergüenza, la higiene y la aberración que supone. Nuestra naturaleza. La tuya, la mía. Han somatizado las fases menstruales y nos han drogado por ello. No quieren escucharnos. No nos quieren fuertes.

Hay toda una industria y un interés detrás de nuestro ciclo menstrual. Empresas de ¿higiene? femenina que se lucran con nuestra sangre. Y luego tenemos que sentir vergüenza porque nos ha bajado la regla. ¿Cuántas veces has ocultado un tampón o una compresa para que no la viese el resto? ¿Cuántas veces has tenido miedo de manchar el pantalón o la silla? ¿Cuántas veces has dejado de follar porque tenías la regla y a tu pareja le daba asco? ¿Cuántas veces has odiado tu regla?

Nuestra menstruación es historia. Forma parte de tu vida, de tu modo de concebir el mundo. Llevas en ti la magia ancestral del resto de las antepasadas. El ritmo del universo. La conexión con la Madre Tierra, querida Pachamama. Esto es un poder muy grande. Y conlleva una gran responsabilidad. No quieren que nos hagamos fuertes a través de ella porque saben de lo que somos capaces. Saben que su negocio, su industria y su patriarcado se iría a la mierda.

Recuerdo la primera vez que me bajó la regla. Tenía once años, a punto de cumplir los doce. Fui al baño por la mañana y, cuando me limpié, salió sangre. Pensé que me sangraba el culo (vale, no me juzgues, eran las siete de la mañana). Luego caí: era la menstruación. Se lo dije a mi madre y vino corriendo, emocionada. La primera compresa me la puso ella. La segunda, una amiga. La tercera, yo. Y lo hice tan jodidamente mal que acabé enganchando los pelos del coño con las alas adhesivas, que no había colocado bien. Pasaban los meses y mis ovarios empezaban a doler. Mucho. Muchísimo. Cada vez que sangraba tenía que ir a casa, tomarme tropecientas pastillas y dormir todo el día.

Odié mi regla. Odié ser mujer y sangrar cada mes. Odiaba tener que esconderme para que nadie se enterara de mi situación. O volver a casa al mediodía porque no me aguantaba de pie. Odié los cambios de humor, la hinchazón, viajar con la regla o follar con ella. Odié mancharme las manos, esos días en verano, el olor repugnante y los productos caros. Quedarme sin compresas o no poder bañarme en la piscina porque me dolían los tampones. Para mí era una condena. Algo que tendría que llevar conmigo parte de mi vida, con resignación.

Empecé a tomar la píldora para acabar con el dolor menstrual. Y sí, se redujo bastante. Podía controlar mi ciclo hormonal y mi ciclicidad pasó a ser lineal. Pero mi cuerpo odiaba esa mierda. Mi deseo sexual se fue a tomar por culo y mi ansiedad se disparó. Estaba de

mal humor todos los días y no me notaba, no me sentía. No era yo. He tomado la píldora tres veces en toda mi vida. La última, la dejé al mes siguiente. Desde el primer momento mi cuerpo la estaba rechazando. Y decidí escucharlo, por fin.

Hace unos años empecé a leer a otras mujeres. Escuchar otras voces y perspectivas más allá del ginecólogo, que solo quería enchufarme pastillas. Entendí que somos cíclicas. Entendí por qué no encajaba en esta sociedad patriarcal. Entendí el dolor de mis ovarios, la sangre de mi cuerpo. Y eso me empoderó hasta el día de hoy. Adoro mi menstruación. Mi ciclo hormonal, mis cambios. Mi totalidad. La comparto siempre con mis parejas más íntimas de un modo u otro. Están en contacto directo con ella, ya sea a través del sexo, del conocimiento de las fases menstruales o del uso de métodos como la copa menstrual. Me encanta enseñar cómo se pone, se quita y que lo hagan ellos, especialmente si son hombres cisgénero. Eso ha supuesto que también se eliminaran todos los tabúes y que la menstruación pasara a un plano mucho más presente en la relación.

Ojalá que después de leer este capítulo te adores a ti misma de ese modo. Porque te aseguro que es una de las herramientas clave para encontrarte y liberarte.

2.2.1. Menstruación sostenible

La industria de la «higiene» femenina es una de las pruebas más evidentes de la industrialización y comercialización de nuestra sangre y del negocio que hay detrás. En nuestra sociedad se nos presentan dos métodos para no manchar los pantalones de regla: el tampón y las compresas. Dos herramientas que hemos visto anunciadas en grandes pantallas, en enormes carteles y en revistas impresas. Chicas sonriendo, haciendo el pino y manchando las bragas con sangre azul. Saltando por el cielo, llevando pantalón blanco y lanzándose a la playa. Nubes. Flores de colores. Azul, «porque este amor es azul como el mar, azul». Mujeres radiantes. Faldas cortas. Más pantalones blancos. Música *New Age*. Brincos y contoneos de cadera. Pero ninguna de esas personas me representa. Mis reglas son dolorosas, tengo poca energía y lo único que quiero es enrollarme en una manta e hincharme a helados, *pizza* y mimos. Nada más. Mi sangre es roja. No huele a nada. Y no me aporta la capacidad de hacer el pino puente, de volar o de caminar como la niña de *The Ring*. ¿Estamos locos o qué? ¿De qué va todo esto? ¿Qué hay detrás? Muy sencillo: intereses. Consumismo, capitalismo y productos químicos. Productos químicos que te metes en tu coño y que te crean infecciones. ¿No me crees? Haz la prueba. Coge un tampón, ponlo en un vaso de agua y déjalo un rato. Verás una cantidad de filamentos que hay alrededor, los mismos que se quedan en el interior de tu vagina. Qué risa, ¿verdad?

Nunca me ha gustado la oferta de productos para evitar que mi coño manche el pantalón. El tampón me hacía muchísimo daño. Así que utilizaba la compresa, pero al final de la regla me picaba la zona, se me irritaba y me pasaba con la vulva roja otra semana más. Era horrible. Me olía a peste y me parecía asqueroso a la par que engorroso. Pero es que eso, precisamente eso, es lo que quieren. Echan sustancias químicas, perfumes y mierdas a las compresas que están en contacto con tu pH, mucho más delicado. Eso hace que se cree una infección y la sangre huela muy fuerte (y muy, muy mal). Por lo tanto, utilizas más esos productos con más perfume, más productos químicos y más mierdas para que se neutralice ese olor. Y lo que hace es que huela más. Es el ciclo sin fin (que lo envuelve todo(ooo), como dice *El Rey León*).

La sangre no huele a nada, como mucho a hierro. Nuestra regla no apesta. En absoluto, cero. Si tiene un olor fuerte o desagradable es porque hay algún tipo de infección. Pero esto lo descubrí cuando tuve que utilizar otros elementos alejados del tampón, de las compresas y de las mujeres contorsionistas que vuelan.

Una amiga me habló de la copa menstrual. Era algo que había leído por internet, pero no conocía a nadie que la utilizara. De esto hará unos ¿cuatro años? Me animé a utilizarla. Total, eran diecisiete euros lo que costaba. Si no me funcionaba, tampoco me iba a arruinar. El primer día fue un caos. No sé cómo me metí todo eso por el coño sin estar cachonda. Todavía me sorprendo. Lo llené todo de sangre, manché las braguitas e hice malabarismos para quitármela. Pero poco a poco fueron pasando los meses y me enamoré completamente del invento. Lo viví como una revolución: por fin había encontrado mi aliada perfecta para mi sangrado. Podía irme a la playa o a la piscina sin problema, aguantaba doce horas y mi piel no se irritaba. De repente, mi regla dejó de oler, mi sangre caía roja y fluida por mi pierna cada vez que me duchaba, y me manchaba los dedos con ella cuando la vaciaba. Y ese contacto hizo que me diese cuenta de mi naturaleza. Me acercó más a ella, a su pureza; alejada de la publicidad, la ficción y la vergüenza.

Junto con la copa menstrual llegaron las compresas de tela, las braguitas que absorben la regla y el control sobre mi cuerpo a través del *free bleeding* (o «sangrado libre» en español). La consciencia sobre las fases menstruales, el empoderamiento de mi persona y la gestión de mi energía y de mi estado de ánimo. Ese contacto que se me había negado durante años era, ahora, mi fuente de poder. Ya no sentía vergüenza, y eso, de verdad, me cambió la vida.

La menstruación sostenible es la alternativa más ecológica a la cantidad de plástico y productos químicos que tiramos (y fabrican) con las compresas y los tampones. Una copa menstrual puede durar perfectamente más de cinco años y el único cuidado que necesita es su esterilización mensual, poniéndola en agua hirviendo durante tres minutos (le puedes añadir vinagre o limón para una limpieza más profunda). ¡Eso es todo! Inviertes una media de veinte euros en un producto que te durará unos cinco años. ¿Cuánto invertirías en compresas teniendo en cuenta que la media por paquete es de cuatro euros y gastas uno cada dos meses (o más)?

Nuestra sangre no debería ser un problema para la Madre Tierra. No debería suponer un aumento de la basura y los desechos, ni debería tardar años y años en poder desintegrarse. Nuestra sangre es vida, alimento para muchas plantas, invisible para los mares y océanos.

Si tienes dudas con respecto a la copa menstrual, olvídalas. Entre tu sangre y tú no hay barreras. Es tu fluido que cae por tu coño una vez al mes. Ámala, cuídala y haz que su impacto en este mundo sea el mínimo posible. Pero, sobre todo, no la sometas a un negocio que lo único que quiere es tu dinero a cambio de tu salud.

¿Qué complementos sostenibles para mi menstruación hay en el mercado?

Copa menstrual

Es un recipiente de silicona médica que se introduce en la vagina y sirve para retener la sangre. Se cambia cada doce horas y se esteriliza una vez al mes. Existen diferentes tallas y formas que se adaptan mejor a cada vagina. Se empezaron a industrializar en 1930, aunque en 1867 ya existían copas menstruales muy rudimentarias.

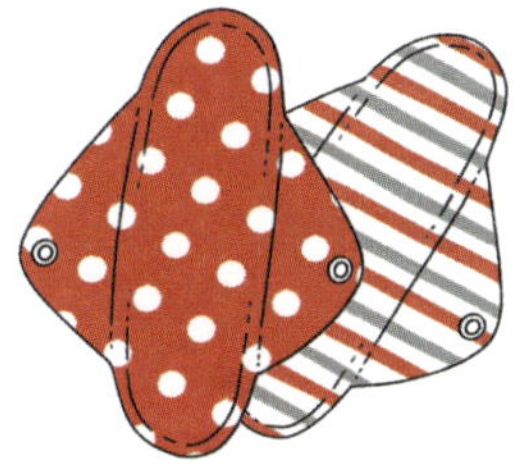

Braguitas absorbentes

Un invento del siglo XXI nacido en Estados Unidos y comercializado también en España. Las braguitas absorbentes tienen una combinación de algodón, tejido técnico y, a veces, «lycra»; depende del modelo y de la marca. Una vez usadas, puedes lavarlas en la lavadora (sin suavizante) y ya están listas para la próxima vez. Para mí es la mejor alternativa para el segundo día de regla, cuando es más abundante y a veces se escapa de la copa menstrual.

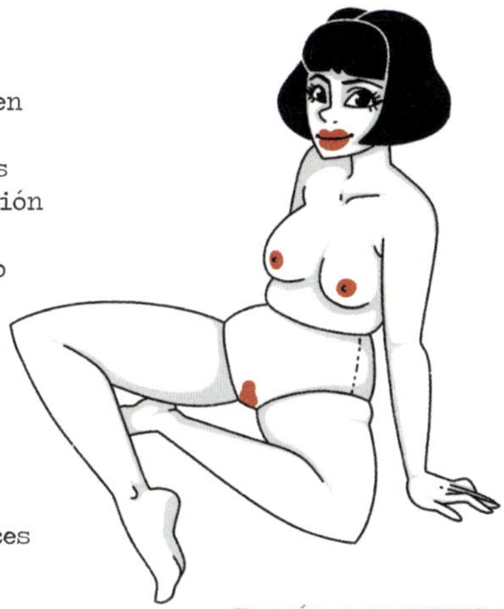

Compresas de tela

Son trozos de tela que absorben la regla y se pueden reutilizar tras lavarlos (en lavadora o a mano). A principios del siglo XX se empezaron a industrializar, pero las compresas de tela se llevan utilizando desde muchísimo tiempo atrás.

Tampón y compresa ecológicos

Sí, los mismos métodos que ya conocemos, pero sostenibles con el medio ambiente. ¿Cómo? Muy sencillo: utilizando un aplicador de papel y no de plástico, sin ningún tipo de tratamiento para blanquear las fibras o productos químicos que puedan irritar tu zona íntima.

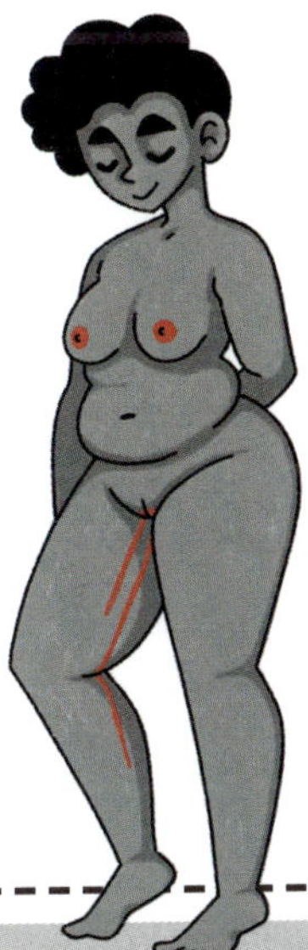

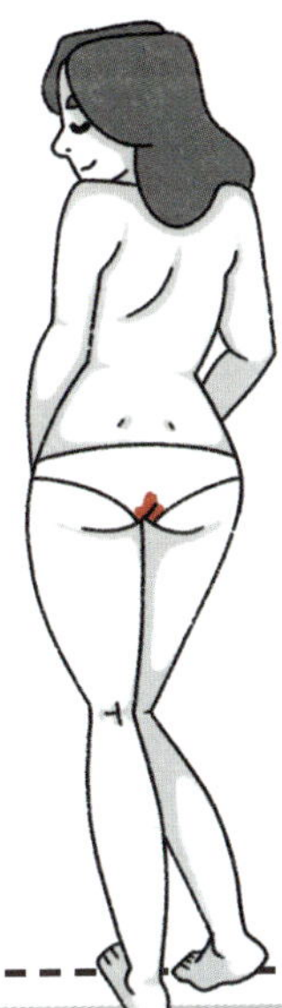

«Free bleeding»

El «sangrado libre» se basa en no utilizar ningún método para evitar que la sangre manche. Únicamente se utiliza la consciencia corporal y ejercicios del músculo pélvico para retener la sangre cuando estás fuera del hogar, por ejemplo. En realidad, estoy segura de que alguna vez lo has practicado. ¿Cuántas veces te ha bajado la regla y has apretado la vagina para que no saliese la sangre, puesto que no tenías ningún tampón o compresa a mano? En eso se basa el «free bleeding». Y sí, por supuesto, a veces manchas. El pantalón, las sábanas o la silla. ¿Y qué?

» Pon un copazo en tu vida

Al principio, cuando me planteé utilizar la copa menstrual, se me hizo un mundo. Había algo de información, pero no tenía con quién comentar estos temas. No sabía qué talla utilizar, qué modelo sería mejor o qué color elegir. Así que, como no me gustaría que pasaras por lo mismo, te daré unas pistas ahora que tengo experiencia.

Existen diferentes tipos de copas menstruales que se adaptan a cada vagina y cuerpo. Mi consejo es que elijas la más sencilla, clásica y sin muchos rodeos. Esas nunca fallan. También encontrarás que de cada modelo hay varias tallas, normalmente S, M y L. Quizás veas algunas que son *sport*. Bien, nada de qué preocuparse. La talla S suele ser para aquellas personas que nunca han mantenido relaciones sexuales con penetración o que son menores de dieciocho años. La talla M es ideal para aquellas personas menores de treinta años y que no han tenido ningún parto vaginal. Y, finalmente, la talla L se recomienda para mayores de treinta o para quienes sí han tenido parto vaginal (independientemente de la edad). Si eres una persona que practica deporte de competición, encontrarás algunas copas que te ofrecen una silicona más dura, ideal para un suelo pélvico más fuerte.

A diferencia de lo que una podría pensar, la talla de la copa menstrual no depende de la cantidad de flujo que se tenga. No varía en capacidad de almacenaje, sino en diámetro y dureza del material. Por lo tanto, si tienes flujo muy abundante, tendrás que vaciar la copa más veces. Eso es todo.

Hay una amplia gama de colores en el mercado. Con el paso de los años, tu menstruación acabará tiñendo la copa con un tono amarillo o marrón que hará que parezca sucia. Para evitarlo es mejor que elijas colores oscuros o no transparentes como el lila, el rosa o el rojo.

Finalmente, otra duda que puedes tener es con el «cabo», la parte inferior de la copa que te ayudará a sacarla de tu interior. Normalmente se encuentra con forma de palito, pero si eres primeriza en este mundillo, te recomiendo que tenga forma de anilla. Eso hará que puedas sujetarla mejor y estirar para extraerla de tu vagina.

En cuanto a los cuidados, únicamente debes enjuagarla cuando la vacíes durante la regla, lavarla con jabón neutro (si tienes ocasión) y volverla a meter. Una vez al mes, preferiblemente antes de utilizarla, sumérgela en agua hirviendo y déjala durante tres minutos, eso sí, ¡sin quitarle ojo! Debes moverla para evitar que la silicona se queme o se pegue en la olla. Échale limón o vinagre para mejorar su esterilización. Si estás de viaje o no has podido esterilizarla, no te preocupes. Puede pasar un mes sin ese proceso, pero tampoco te acostumbres.

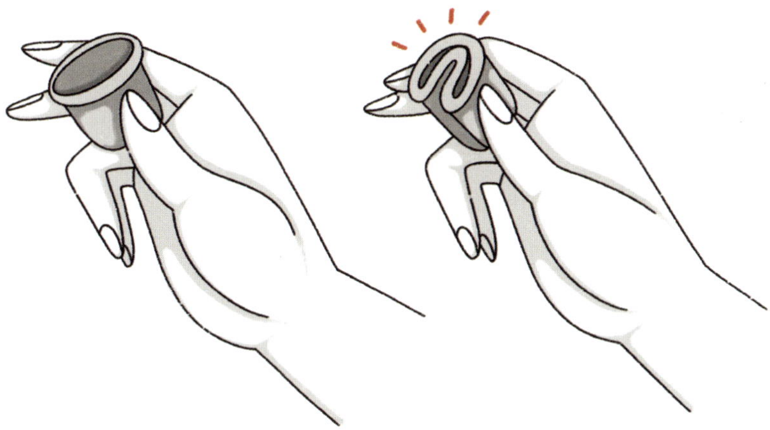

Para introducirla hay diferentes métodos. Uno de los más sencillos es doblándola para que quede en forma de «U» e insertándola en la vagina. La copa se abre en tu interior, creando un vacío que evita que salga la sangre de tu menstruación. Al principio tendrás la sensación de estar manchando todo el rato. Es normal, te adaptarás a ello. Debes conocer el ritmo de tu cuerpo, la cantidad de sangrado y las veces que vacías la copa. Eso sí, no deberías dejar pasar más de doce horas sin limpiarla. Para sacarla, metes un dedito, la empujas a un lateral para quitarle el vacío y tiras toda la sangre a la ducha, al retrete o la utilizas para regar las plantas..., ¡lo que quieras!

No tengas dudas con ella, de verdad. Te cambiará la vida.

2.2.2. Las fases menstruales

Nunca entendí cómo funcionaba mi cuerpo. Por qué de repente estaba bien y, luego, mal. Días antes de bajarme la regla me entraba un humor horrible y no paraba de estar frustrada, discutir y llorar. ¿Y toda mi vida estaría condenada a esto? ¿En serio?

Entender que somos cíclicas me hizo conectar conmigo misma y exprimir la energía en cada fase menstrual. Me hice un diario menstrual a través de una aplicación para el móvil llamada Clue. En ella ponía exactamente cómo me sentía a nivel emocional y físico. Y de repente, con el paso de los meses, descubrí un patrón muy claro. E incluso, con el paso de los años, he podido evidenciar cómo inician y acaban mis fases menstruales. Cómo me voy a sentir. Qué me pasará a nivel físico. Y lo más importante: cómo aprovechar esto para ser la puta ama.

Un ciclo menstrual tiene una duración de veintiocho días. Esos días se dividen en cuatro fases: preovulatoria, ovulatoria, premenstrual y menstrual. Podríamos decir que cada una dura una semana, aunque no siempre tienen que tener una duración simétrica. En mi caso, por ejemplo, la fase preovulatoria es muy corta y rápidamente entro en la ovulatoria. La fase más larga, sin duda, es la premenstrual. Mi preferida.

En cada fase tu cuerpo libera una serie de hormonas que te hacen estar más cachonda, más activa, más susceptible o más sincera. Un patrón que se refleja en la gran mayoría de las mujeres que menstruamos. Así que, de algún modo, estamos todas conectadas a través de nuestra sangre, como nuestras antepasadas.

En términos espirituales, estas etapas se pueden nombrar de otro modo: fase de la bruja, de la virgen, de la madre y de la hechicera (o chamana).

¿Todo esto qué significa? Pues que en cada momento tienes una energía y una personalidad muy diferentes. Es por eso por lo que debes adaptar tu alma, tu mente y tu cuerpo a cada ciclo. Parece muy complejo al principio, pero créeme cuando te digo que acabarás actuando por instinto. Tu cuerpo siempre te pedirá lo que necesita, solo tienes que escuchar.

» Fase de la bruja, el sangrado

Es momento para la introspección, para escucharte y entenderte a ti misma. Normalmente empieza con la fase de sangrado y finaliza cuando acaba el mismo, pero a veces puede iniciarse unos días antes. Durante este período, las barreras entre el subconsciente y el consciente están bajitas, por lo tanto es mucho más fácil acceder a tu interior y ver cómo interactúa con tu corporalidad. Esto implica cierto grado de intimidad y retiro, por eso el cuerpo te pide estar sola, en tu cama o con tus propios asuntos. Pocas veces querrás estar rodeada de gente o en grandes fiestas y eventos cuando tienes el sangrado.

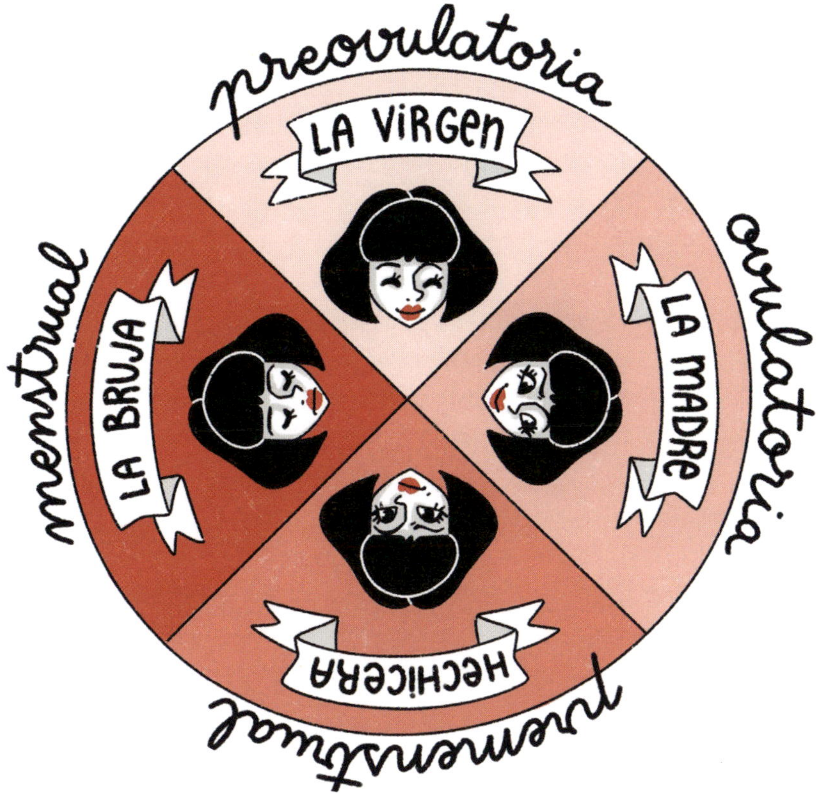

Tienes menos energía física, se te hinchan la tripa y las tetas y te salen granitos. La piel y el pelo son más grasos y el cuerpo te pide dormir mucho. A nivel mental vas más lenta y necesitas cierta quietud, mientras que las emociones revolotean a sus anchas por tu vida. Por lo tanto, estás mucho más sensible y empática, te afecta el mundo exterior y los problemas propios o ajenos.

¿Y el sexo? Muchas mujeres están más cachondas en esta fase. Sí, es normal. Aunque las relaciones sexuales pueden ser un poco dolorosas, ya que el cuello del útero está más bajo. Pero las energías que surgen en este momento se traducen en una apetencia de ver a tu(s) pareja(s) y expresar amor y romanticismo en el sexo. Con quién te apetezca follar en esta fase dice mucho de tus sentimientos.

Desgraciadamente, nuestra sociedad no está preparada para soportar estos cambios energéticos. Eso hace que tengas que ir igualmente al trabajo o que debas seguir con normalidad tu vida. Si tienes la oportunidad de organizarte a nivel laboral, deja el trabajo más introspectivo para este período: escribir, investigar, diseñar..., algo que no requiera socializar ni demasiada descarga energética. Lo ideal sería dedicar menos horas, pero el sistema patriarcal no tiene (ni tendrá nunca) en cuenta nuestra ciclicidad. Haz todo lo posible para equilibrar tu interior con el exterior. Y escúchate, siéntete. Es el momento.

» Fase de la virgen, la preovulación

Una vez hemos eliminado todo lo que teníamos en nuestro interior y hemos analizado nuestra cabecita, es hora de empezar de cero. Es una etapa de luz que viene justamente después de la oscuridad de la bruja. Esas ideas internas que de repente han aparecido gracias a la conexión del consciente y el subconsciente deben materializarse.

El cuerpo se estiliza, vuelve a tener energía y vitalidad, juventud. Ya no estamos lentas, al contrario. Hay dinamismo, cercanía, fuerza y liberación. A nivel mental y sexual, atrás quedó la mujer antisocial que no aguantaba ni a su perro. Ahora quieres socializar, salir, divertirte, follar y conocer a gente nueva. Estás más coqueta y quieres provocar. Has dejado los trapos anchos y viejos. Ahora quieres sentirte *sexy*.

Se llama la fase de la virgen, puesto que en este momento no eres fértil *(a priori)* y, de hecho, dicen que la primera relación con una persona después del sangrado refuerza el vínculo entre ambos. Aunque es cierto que estamos mucho más alejadas y desconectadas del amor y las relaciones, ya que nos sentimos mucho más individualistas y autosuficientes.

En el trabajo es el momento de focalizar y actuar. Nos volvemos más analíticas, creativas. Nuestra mente va a mil por hora y no para de pensar en nuevos proyectos. Te dan igual los obstáculos, eres una mujer fuerte e independiente que puede con todo. Por lo tanto, es importante reservar las reuniones o el inicio de nuevos proyectos para esta fase, ya que te sentirás mucho más decidida y tendrás la energía necesaria para llevarlos a cabo. Si puedes regular tu flujo de trabajo, en esta etapa sería ideal trabajar un poco más para descansar durante el sangrado.

» Fase de la madre, la ovulación

Eres más fértil y tu cuerpo te pide ser fecundado. Eso hace que debas tener especial cuidado durante tus relaciones sexuales. En esta fase las energías no bajan, pero sí que se centran en otros aspectos. Antes eras mucho más independiente y ahora quieres colmar de amor y cuidar a todo el mundo. Eres benevolente y tu entorno te cae de maravilla. A esa persona que no soportabas en el trabajo ya no la ves tan mala y, oye, ¡incluso podríais ser amigas!

Es un momento de alta autoestima, de fuerza y de seguridad. Y esto se irradia a los demás, dando apoyo y motivando a quienes te rodean. La comunidad y los cuidados están muy presentes en esta fase, igual que las energías creativas. Es ahora cuando debes mantener vivos esos nuevos proyectos que has desarrollado e inyectarles entusiasmo.

A nivel sexual, te sientes mucho más activa y abierta a la exploración sensorial. El sexo de repente te aporta júbilo y una gran satisfacción personal. No solo eso, sino que además sientes un fuerte y profundo amor por tu pareja, a quien quieres cuidar y mimar todo el día, con un gran espíritu maternal.

La conexión y el vínculo con la naturaleza se materializan y únicamente quieres ir desnuda y rodearte de la Madre Tierra. Te sientes conectada a esa totalidad.

Es un período de luz absoluta que te lleva a convertir en tangible todo aquello sobre lo que reflexionaste en la fase de la bruja.

» Fase de la hechicera o chamana, la premenstrual

Tanto para algunas mujeres como para la sociedad actual, esta etapa es la peor de todas. Nos han medicado para evitar el SPM (síndrome premenstrual) y mantenernos calladas, desconectadas, idas. Todo se excusa porque «le va a bajar la regla», y eso hace que muchas personas no escuchen lo que quieres decir. Y es la fase donde más sincera y conectada estás contigo misma.

Tu energía ya no está enlazada con el exterior, sino con tu propio interior. Es algo que ocurre de forma gradual. Ya no quieres socializar tanto, ni estás tan amable con todo el mundo. La persona que no soportabas en el trabajo y de la que querías hacerte amiga, ¿te acuerdas?, pues bien, abortamos misión. Definitivamente, no la aguantas.

La activación que sentías a nivel físico poco a poco decae y eso puede generar frustración, ira o enfado; llevándote a un análisis un poco autodestructivo.

Pero, aunque físicamente estés más cansada, tu mente no para de crear. Está despierta, activa, con ganas de funcionar. Eso también puede generar malestar si no sabes cómo liberar ese potencial. Todo esto se traslada al plano sexual. De repente, esas ganas de salir y probar cosas nuevas, de experimentar, se acaban. Y te vuelves agresiva, sincera y con las cosas muy claras. No te sirve cualquier polvo, quieres uno que te haga disfrutar. Eres egoísta y te transformas en la *femme fatale* que atemoriza a todo su entorno. Tu sensualidad ya no está llena de juventud, ahora es madurez.

Debes tener en cuenta que durante la fase de la hechicera tomas más conciencia de tu interior y de tu naturaleza. Estás conectada contigo misma como nunca. Eso crea un poder que, bien aplicado, puede generar un vínculo espiritual imposible de quebrantar.

En este período somos más intuitivas e incluso se desarrolla nuestra capacidad de tener sueños premonitorios. Debes seguir tu instinto más básico, ya que es el momento de mayor contacto con él. Es posible que te sientas más inquieta y empática, que no puedas callar tus emociones y tu mente. Prueba algunas técnicas de meditación y relajación, que además te ayudarán a conocerte mucho más.

En cierto modo, es normal que tengas cambios de humor repentinos. Tu expresión creativa se mezcla con tu pensamiento intuitivo. Eso hace que haya un proceso de lo tangible hacia lo intangible, del exterior al interior. El cambio energético puede provocar que te sientas más deprimida y que odies tu naturaleza. Pero debes tener presente que esta fase es necesaria en la búsqueda de tu personalidad y de tu luz interior. Es imprescindible que vuelvas a ti para saber qué ofrecerle al mundo en las etapas de más resplandor. Crea y destruye. Libera esa fuerza interior y ese potencial. No te sientas frustrada con el mundo, aunque tus pensamientos estén ligados a esa idea. Piensa que a ojos de los demás te vas a volver mucho más sincera, sarcástica e irónica. Ese cóctel explosivo de emociones internas se expresa en el mundo exterior de ese modo. De ahí que muchas personas nieguen o rechacen tu opinión porque «te va a bajar la regla».

Por otro lado, no tienes tantas ganas de socializar y, en caso de querer compartir tiempo con otras personas, solo será con tus seres queridos. Amistades, parejas o familiares que de repente adquieren una profunda importancia para ti. En esta fase te das cuenta de las personas con las que realmente te une un nexo vital.

Aunque pueda resultar la etapa más negativa de todas, no debe serlo. Para mí es la mejor. Vuelvo a conectar con la mujer que realmente soy, tengo claro lo que quiero e inicio un viaje a mi interior para conocerme más. Siempre refuerzo los vínculos afectivos y el sexo, joder, lo disfruto como nunca. Por lo que te invito a que cambies la percepción de esta fase y te des cuenta de lo que tu alma, cuerpo y mente quieren decirte. Exprésate. Crea. Seduce. Folla.

2.2.3. Las fases lunares

Un día conocí a una persona que me hizo mirar al cielo, en muchos sentidos. Un lobo que, de repente, me explicó la influencia de la luna en nuestra cotidianidad. Jamás me había fijado en ese astro y en la fuerza que ejerce sobre nuestra Tierra. Esta persona adapta en cierto modo sus proyectos y su vida a las energías lunares. Y esa misma manía la he adquirido yo, ya ves.

Las fases lunares duran exactamente lo mismo que el período menstrual: veintiocho días. Qué causalidad más maravillosa, ¿verdad? Nosotras estamos unidas al cielo, a la naturaleza y a su poder. Pero ¿en qué momento dejamos de mirar al cielo? Se ha materializado la vida y parece que la influencia de la luna sea algo esotérico, pura mentira. Porque la realidad es que la marea sube o baja dependiendo del ciclo lunar, y nosotros, como seres humanos, estamos formados en más de un 60 % de agua, así que ¿cómo no va a influir en nuestros cuerpos?

Dejando a un lado el poder de la luna en el ciclo menstrual, se ha demostrado que este astro puede afectar a nivel neurológico. El doctor Mark Filippi, neurocientífico, explicó la conexión entre las cuatro fases lunares y los cuatro neurotransmisores básicos: acetilcolina, serotonina, dopamina o norepinefrina. Sí, sé que te has quedado igual. Vamos a desarrollar un poquito su teoría.

La idea del doctor Filippi viene inspirada por la escritora Gay Gaer Luce, quien ha estudiado cómo afecta el ciclo lunar a la mente y al cuerpo de las personas. Y es que según la fase en que se encuentre nuestro querido astro podemos retener más o menos la orina e, inclusive, hay correlación entre episodios cardíacos y diarreicos.

Ahora bien, ¿cómo afecta la luna a cada neurotransmisor?

LUNA NUEVA / CRECIENTE. ACETILCOLINA

Durante este período estamos más sensibles, somos más receptivos a nivel emocional y nos encontramos en un momento idóneo para participar en actividades grupales. Tenemos buena energía y es genial aplicarla en el desarrollo de nuevas ideas, ya que la acetilcolina tiene mucha relación con la memoria y el aprendizaje. La luna nueva es ideal para emprender proyectos, sembrar plantas, desarrollar ideas o poner en práctica nuestras intenciones.

CUARTO CRECIENTE / LUNA LLENA. SEROTONINA

Seguro que te suena este neurotransmisor, ¿verdad? Es el responsable del equilibrio de nuestro estado de ánimo. Se conoce como la hormona de la «alegría». Durante esta semana estamos mucho más energéticas y tenemos mayor concentración mental y creatividad. Pero el sentirnos tan bien y tan plenas puede ser negativo si no se canaliza correctamente a través de la introspección personal.

LUNA LLENA / CUARTO MENGUANTE. DOPAMINA

La dopamina es el neurotransmisor del placer, entre otras cosas. Está relacionada con asumir riesgos altos y con el optimismo. Es clave para la creatividad, regula la memoria y potencia los niveles de motivación. Por lo tanto, es una semana en la que únicamente querrás divertirte, salir y conocer gente nueva, experimentar nuevas formas de placer y excitación. Es el momento de parar un poco y disfrutar de los resultados de las anteriores semanas.

CUARTO MENGUANTE / LUNA NUEVA. NORADRENALINA

Ay, esta fase. La noradrenalina tiene varias funciones, entre ellas la de mantener la respuesta de lucha y huida. Está muy vinculada al estrés y a la agresividad, eso hace que durante esta semana se eleven los niveles de frustración, ansiedad e irritabilidad. Hay mucho análisis y poca inspiración, es un momento de fragilidad nerviosa. Estamos a la defensiva y únicamente queremos protegernos del mundo y del entorno. Eso te hace ser más pesimista y que te plantees muchas cuestiones de tu vida.

Si fuésemos seres que no menstrúan, únicamente nos afectaría la fase lunar. Pero todo adquiere cierta complejidad cuando, de repente, introducimos las cuatro fases menstruales.

La gran mayoría de las mujeres menstrúan con la totalidad de la luna: o en luna llena o en luna nueva. En algunas religiones y culturas ancestrales, a aquellas mujeres que ovulaban en luna llena se las consideraba «buenas madres» o «buenas mujeres» y eran dignas de grandes festividades y rituales de fertilidad. Ambas energías, al unirse, hacen que los valores creativos de la mujer se traduzcan en mayores posibilidades de concebir. No te debe sorprender todo esto. En el sistema patriarcal, el papel reproductivo de la mujer es uno de los pilares fundamentales y era lo único que importaba. A este tipo de ciclo se le llama «luna blanca».

Si por el contrario el período de ovulación coincidía con la luna nueva, se las rechazaba a nivel global por parte de la sociedad e incluso, a muchas, las encerraban. Eran conocidas como las «malas mujeres», las brujas, las hechiceras. Son aquellas cuyo ciclo se denomina «luna roja».

A nivel energético, las fases de más luz (preovulación y ovulación, fase de la virgen y de la madre) coinciden con la luz de la luna llena. Y aquellas con más oscuridad (premenstrual y menstrual, fase de la hechicera y de la bruja) coinciden con la luna nueva. Este sería el proceso más lógico que concuerda con las emociones y las energías que se expresan en cada fase durante los veintiocho días de ambos ciclos. Si unimos todo el conocimiento que se ha expuesto, la fuerza y la acción que se viven en cuarto creciente y en luna llena se ven potenciadas por las fases menstruales más dinámicas. Es una relación que se retroalimenta. Por lo tanto, significa que las fases de luz son mucho más intensas, poderosas y activas. Pero, por otro lado, las fases de oscuridad son más introspectivas, pesimistas y penetrantes.

Si eres luna roja, bienvenida. Somos del mismo clan. Al menos, por ahora. En nuestro caso, las energías se potencian más a nivel introspectivo y se centran poco en el plano material o maternal. Eso hace que cuando la energía de la luna es más oscura, nosotras estemos en un momento de luz y fertilidad. Por lo tanto, de un modo u otro, siempre estás más vinculada a tu interior, tu intuición y tu magia natural. En las fases de preovulación y de ovulación, el dinamismo y la acción se centran en el análisis de tu vida gracias al cuarto menguante y a la luna nueva. Y, por otro lado, en las fases premenstrual y de sangrado, la exploración interior, el pensamiento intuitivo y la creatividad se ven más reforzadas gracias al poder de la luna llena.

Algunas autoras y personas que han investigado sobre este tema afirman que aquellas que menstrúan en luna roja suelen ser chamanas o mujeres que están al servicio de los demás. Esa es la razón de que permanezcan más tiempo en esta fase de transformación profunda. Aunque esto no tiene que ser así siempre. A lo largo de tu vida, seguramente menstrúes con luna blanca y con luna roja, dependiendo de tus emociones, energías y de lo que tu cuerpo reclame.

Cabe decir que ningún ciclo es mejor que otro. Son simplemente fases diferentes, nada más. Tener presente la influencia de la luna en tu ciclo te ayudará a prever y a organizar tu vida laboral, personal y social en la medida de lo posible.

Te recomiendo que te descargues un calendario lunar en tu móvil para saber exactamente cómo está la luna cada semana y tu correlación con el ciclo menstrual.

2.3. LA REVOLUCIÓN

Me cansa.
Estira la espalda, que no se arrugue la falda.
Un escote prominente, pero sin llegar a ser de guarra.
La sonrisa depilada y las ingles rasuradas.
La mirada negra por encima y por la nada.

No sé, a mí me cansa.
Tener que aparentar algo que no soy,
que nunca decidí ser.
Sentirme obligada a perpetuar un rol
solo por lo que tengo entre las piernas.

Que si es un coño,
ábrete.
Y si es una polla,
adéntrate.
Siempre igual.

Me cansa.

Estar luchando, a veces incluso sin ganas.
Avanzar a hurtadillas porque suenan las alarmas.
Yo no he aceptado esta carga.
¿Quién me coloca esta mochila a mis espaldas?
Y vuelves a verte, pero te sientes que no eres nada.

Una muñeca que habla sobre comida sana,
maquillaje,
cómo redondear las nalgas,
antiarrugas,
celulitis
y hazte la tonta, que, si no,
se espanta.

Escúchame.
Vive tu revolución.
Es ahora o nunca.
Siéntete. Ámate.
Y que le jodan al mundo.

Que tú sin ti no eres nada.
Y tú sin todo esto,
eres la puta ama.

2.3.1. Esta es mi historia

No me acuerdo de cuándo empecé a plantearme lo establecido. Los roles de género, la representación de un estereotipo. Darme cuenta de que existe un sistema que nos oprime a todos, en diferente medida. Quizás fue en el momento en el que tenía que escoger: llevar la vida esperada o ser yo misma. Esa decisión que se clava como un puñal y no sabes por dónde tirar. Cuando, de repente, te encuentras con veintipocos años tomando decisiones vitales sobre tu futuro, mientras intentas adivinar cómo va la lavadora y dónde meter el suavizante.

Recuerdo pensar mucho sobre la muerte, la vida y el más allá. Sí, esa crisis existencial patrocinada por el «darte cuenta de que eres una mierda (más) en este mundo». Transcurrían los días metida en una bañera de espuma viendo la existencia pasar. Las noches, bueno, casi todas eran iguales. Me miraba al espejo y podía ver la muerte en mí. La fragilidad de la vida en mi cuerpo. El ego rompiéndose a pedazos, cayendo sobre esa maldita alfombra de baño que olía a pies. Quería huir de algo. Salir a cualquier lugar. Pero la agorafobia me dejaba encerrada en casa, mareada, distante y algo zumbada.

Fueron meses durísimos de no poder hacer nada y pensar mucho. De ir a terapia y no entender qué estaba pasando. Intentaba buscar la salida, pero ni tan siquiera sabía cómo había entrado. Y miraba a la gente a mi alrededor, las infinitas cuentas en Instagram y la felicidad en formato «anuncio televisivo de una mujer tomando leche sin lactosa». Como si los hombres no fueran intolerantes, joder.

«Sigue la vida establecida», me decían. «Casa, hijos, trabajo estable», me repetían. Y yo, ahí, en medio, sin saber a quién hacer caso. ¿Quería tener hijos? ¿Me quería casar? ¿Tener un trabajo de oficina con horario fijo?

Poco a poco aprendí a salir de ese bucle de *dormir - pensar que me moría - querer desaparecer*. No encontraba la solución hasta que la vi en mí. Fíjate, tanto buscar fuera y resulta que la respuesta estaba aquí, dentro. Como cuando casi te da un infarto porque no encuentras el móvil y lo llevas en la mano. Igual de gilipollas me sentí.

Creció una voz que me mostraba quién era. A dónde quería ir. Pero, ante todo, me enseñó lo que en realidad odiaba: la normatividad. Y ahí empezó la revolución. Mi revolución contra lo establecido.

2014. Una noche fresca de marzo estaba limpiando los platos de la cena cuando se acercó el que, por aquel entonces, era mi pareja. Se sentó a mi lado y me dijo que quería ir a dar la vuelta al mundo en moto para hacer un programa de televisión que, más tarde, bautizamos como *Sex Riders*. Se trataba de descubrir la sexualidad en diferentes partes del mundo, encontrar una respuesta antropológica y plasmar la cultura de cada país. Casi rompo toda la vajilla de golpe, pero, fíjate, dije que sí. Sin pensarlo ni dudarlo.

El formato nunca nos lo llegaron a comprar, por más que luchamos con toda nuestra alma durante más de cuatro años. Al final, siempre ganan los grandes tiburones de la televisión. Y yo..., yo no soy nadie, ya ves. *Sex Riders* fue una ilusión y una guerra constante. Se llevó las lágrimas más profundas, los gritos más sordos y las victorias más celebradas. Fue el proyecto que más me ha llenado y que, estoy segura, algún día verá la luz. Pero si algo tengo que agradecer a esta idea loca que surgió en la cocina, fue conocer un atisbo de lo que en realidad quería ser: una nómada y bohemia, salvaje y libre. Especialmente lo último.

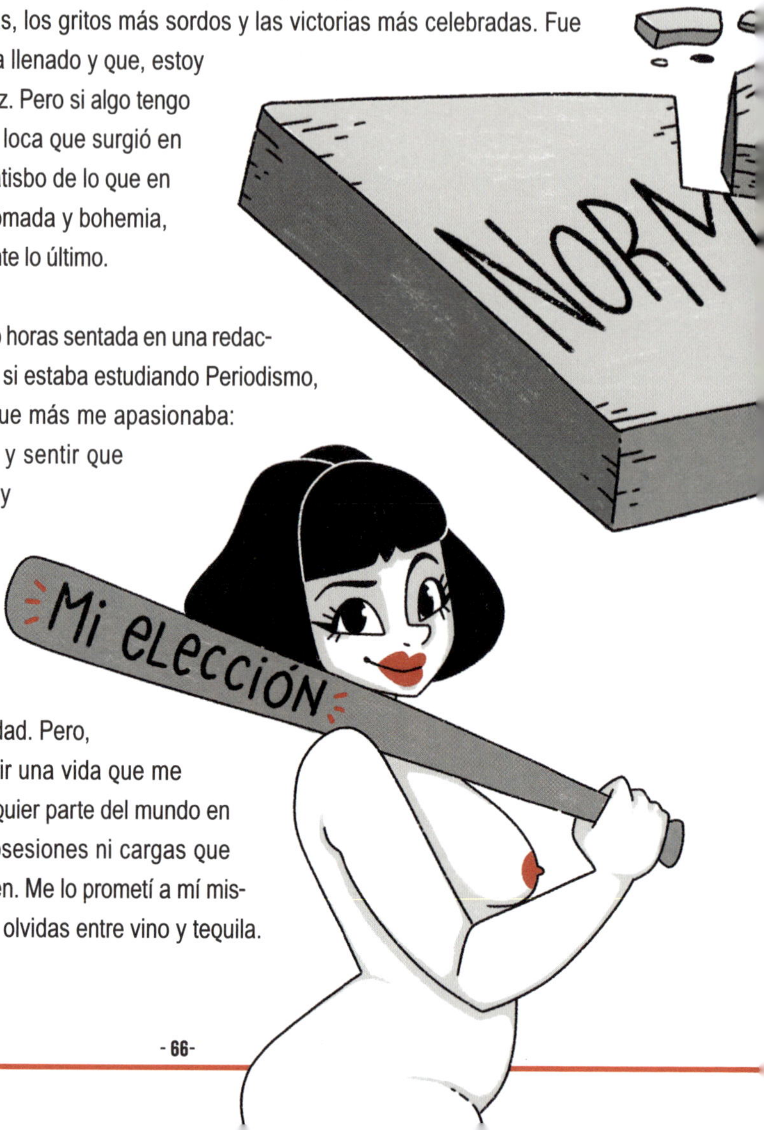

Supe que el trabajo de ocho horas sentada en una redacción no iba conmigo y que, si estaba estudiando Periodismo, era para dedicarme a lo que más me apasionaba: viajar, descubrir, explorar y sentir que pertenezco a esta totalidad y que dicha totalidad está en mí. La Pachamama querida. Quería seguir trabajando por y para mí, como llevaba haciendo desde que era mayor de edad. Pero, sobre todo, quería construir una vida que me permitiese largarme a cualquier parte del mundo en cualquier momento, sin posesiones ni cargas que me limitasen y me retuviesen. Me lo prometí a mí misma una noche de esas que olvidas entre vino y tequila.

Quiero recordar que lo hice aquella noche, aunque solo me acuerdo del baño asqueroso de esa discoteca y de toda la materia que salió de mí cuando ni tan siquiera había cenado. Esos misterios del universo.

En 2016 todavía estaba perdida, eh, no te creas que esto fue arte de magia y de repente llegué a ser quien soy ahora. Ese año cerramos contrato con una productora que, meses más tarde, sería una gran decepción. Pero en ese momento, yo qué sé, estábamos felices y veíamos la luz al final del túnel.

Ese mismo verano nos fuimos a Indonesia a grabar el programa piloto de *Sex Riders* y, de paso, nos quedamos dos meses recorriendo Bali. Y me cambió la vida, radicalmente. Recuerdo todos los miedos que llevaba en esa mochila que pesaba como su puta madre, la ansiedad que padecí durante dos semanas y lo desubicada que estaba en el país que me vio crecer, caer y viceversa. Con cincuenta kilómetros rodados en España y con el carnet de moto recién salido del horno, me hice más de tres mil kilómetros recorriendo islas y conduciendo por la izquierda. Viendo mi vida pasar cada día en un «casi-accidente» y sintiendo la brisa húmeda en mi pecho (en forma de chorretones de sudor que empapaban todas las camisetas que tenía). Me puse delante de una cámara después de mucho tiempo, intentando defender un formato que nadie sabía cómo era. Levantándome a las cinco de la mañana y acostándome a la una de la madrugada. Y así pasaron los días y las noches de *jet lag* sin poder dormir.

Cuando volví de Bali era una persona nueva con una cuenta bancaria bajo mínimos. ¡Ah!, y sin trabajo. Pasé tres meses vendiendo todo lo que tenía en casa, incluso joyas de oro que me dio mi madre, para poder pagarme la comida. No sabía por dónde ir y me encontré en la misma casilla de salida. Escribía en medios de comunicación que me pagaban a noventa días y las facturas no esperaban. Lloré tanto que no me quedaron lágrimas. Comía arroz o pasta todos los días porque no podía pagar mucho más. Y así pasaron octubre, noviembre y diciembre. Sin saber cómo coño salir y con la certeza de que quería trabajar para mí.

A final de año me surgió la oportunidad de editar vídeos para un personaje conocido. En abril, dicha persona me pidió ser su Responsable de Comunicación y Marketing. Era un trabajo que se me daba bien y que, sobre todo, me apasionaba. Ahí, mi cuenta bancaria empezó a respirar y el boca a boca a funcionar. Entró otra marca personal y otras se interesaban en lo que hacía. Y yo únicamente aplicaba todo lo que había aprendido a lo largo de los años, fracasando con mis proyectos. Un año más tarde me planteé abrir mi propia agencia de comunicación. La llamé Totoyo. Era el mote que le puse a mi ex y, de algún modo, quería agradecerle todo lo que en su día hizo por mí. Ya podría haberle comprado un pastel con un «Gracias por todo».

La agencia empezó a funcionar y decidí aplicar todos mis conocimientos a mi marca personal. De ese modo, en enero de 2018 trabajé las redes sociales hablando sobre relaciones, feminismo y sexualidad. Y, poco a poco, esa niña que ahogaba los días en una bañera llena de espuma se convirtió en una mujer sin miedo a romper con todo por su carrera, a luchar por su empresa y a hacer lo que le saliera del coño.

En marzo de 2018 me di cuenta de que estaba llevando esa vida establecida que tanto odiaba. De repente, la persona con la que compartía sueños y esperanzas estaba echando raíces en un trabajo de jornada de ocho horas y paga fija cada mes. Poco a poco nuestra relación fue menguando por motivos externos e internos, y yo estaba cada vez más fuera de su vida y más conectada con la mía. Y ahí surgió la idea de dejarlo todo e irme a vivir a Madrid para convertirme en la mujer que siempre había querido ser.

Pasé una semana viendo pisos y recorriendo la que, un mes más tarde, sería mi ciudad. Y cuando volví a Barcelona no podía ni pagarme el billete de metro. Tenía treinta y siete céntimos en mi cuenta. ¿Cómo me podía plantear irme a vivir a una nueva ciudad si no tenía dinero? Pero seguí con el plan establecido. Dejé una relación de seis años, puse primera en mi Ducati y me fui a Madrid con una maleta a la espalda. Sin mirar atrás. Sin billete de vuelta. Y no te voy a decir que no. A veces, echo de menos. El olor de la playa al atardecer. La brisa del mar moviendo mi pelo. Echo de menos el aburrimiento, la rutina o los paseos eternos por un pueblo fantasma hasta llegar al supermercado más cercano. Echo de menos caminar una hora para comerme una hamburguesa y unos nachos con queso.

A veces echo de menos no tener que pagar un alquiler y poder fundirme el dinero saliendo a cenar o comprándome ropa o mierdas que algún día olvidaré o tiraré. Meterme en una cama húmeda y fría, tocar sus pies por las noches y que me pregunte si estoy viva o muerta. A veces echo de menos no tener deseo hacia nada en la vida. Saber qué voy a comer cada día y pensar qué vamos a cenar. Echo de menos esa falta de ambición. Emprender con una figura masculina siempre a mi lado y, de ese modo, sentirme protegida. No entiendo muy bien por qué.

Pero ¿sabes? La gran mayoría de las veces, a todo esto, lo echo de más. Y me encuentro sentada en el sofá, escuchando Madrid. Veo la mujer que soy y que siempre quise ser. Libre, salvaje, independiente. Que canta y baila como una loca canciones noventeras de Shakira. Que se masturba y folla sin cargas ni prejuicios. Que lucha por sus creencias. Que tiene los ovarios de emprender sus propios proyectos totalmente sola. Que puede viajar por el mundo y seguir trabajando. La que un día dejó atrás todo eso que hoy echa de más.

Pasadas unas semanas en Madrid, pude ahorrar algo de dinero y me compré un tocadiscos. No sabes cómo lloré al tenerlo entre mis manos. Me di cuenta de que había cumplido la imagen que tenía de mi «yo mayor» cuando era pequeña. Una mujer que vive sola en una gran ciudad, dirigiendo sus propios proyectos y escuchando *jazz* en su tocadiscos mientras bebe vino. Que ama en plural y sonríe en singular. Que es libre, tan libre como sus alas quieran.

No te diré que las cosas son fáciles. Ya ves que no lo han sido. Ni lo son. A finales de 2018 me cerraron mi cuenta de Instagram, donde reunía a más de treinta y siete mil personas interesadas en aprender sobre sexualidad. ¿El motivo? Infrinjo las normas comunitarias. Unas normas que permiten que se abran cuentas mofándose de varias mujeres asesinadas y violadas, que hacen apología de la anorexia y la bulimia bajo el hashtag #AnayMía, de animales maltratados, o de mujeres en tangas milimétricos y sujetadores que tapan lo justo y necesario mientras se tocan las tetas y miran a cámara.

Nos quieren callar, ya lo ves. Pero no lo van a conseguir porque la revolución está en ti, en cada átomo de tu ser. En tu piel, en tu mirada. En la forma como bailas, en cómo contestas cuando te llaman guarra. En querer hacer con tu vida lo que te da la real gana. Emprender tus propios proyectos. Largarte a recorrer el mundo con una mochila mugrienta detrás. Luchar por tus sueños para que se hagan realidad.

La suerte es una actitud, recuérdalo. En tus manos está ser la mujer que siempre quisiste ser. Independiente, guerrera. Lo que muchos llaman ser una mala mujer.

Sé mala, pues, mujer.

2.3.2. La mitificación femenina

Aquí radica la base de nuestros problemas. De cómo nos sentimos, nos vemos, nos tratan. De nuestro papel en la sociedad. De nuestra percepción del mundo. Nuestras frustraciones más profundas son el efecto de una creencia muy arraigada que se ha perpetuado a lo largo de los años y de los siglos, a lo largo del tiempo hasta el día de hoy. Darte cuenta de ello te ayudará a crear tu propia revolución, hermana. Porque no querrás formar parte de esta realidad que no nos pertenece, que no queremos. Que nos resta poder.

El pilar del patriarcado es la mitificación de las mujeres. Nos han convertido en un mito y, como tal, es inexistente, intangible y nunca se puede alcanzar. Un mito es una historia imaginaria que altera las cualidades de una persona y le aporta mucho más valor del que en realidad tiene. Nosotras hemos estado mitificadas desde casi toda nuestra existencia.

Nos presentamos en el imaginario colectivo como unos seres físicamente suaves, depilados, con ciertas medidas y atributos que se corresponden con el ideal de belleza de cada período. En los años cincuenta se buscaban curvas muy pronunciadas, grandes pechos y traseros, cinturas extremadamente pequeñas. Las mujeres se deformaban las costillas con el corsé, modificando también la distribución de los órganos internos. En los años noventa el ideal de belleza cambió. Ahora estaban de moda los cuerpos extremadamente delgados, con mucha prominencia de las clavículas y de las costillas. Muchas mujeres recurrieron a dietas extremas y acabaron con trastornos de la alimentación.

A nivel psíquico, las mujeres somos sensibles, empáticas, comunicativas, maternales, románticas y un largo etcétera que no acabaría nunca. Somos débiles, especímenes que deben ser cuidados con extrema atención debido a su fragilidad. E incluso se ha llegado a afirmar, en no pocas ocasiones, que tenemos un don especial para cuestiones como la limpieza, el orden y la familia.

Demasiado delgada o demasiado gorda.
¿Por qué utilizas tanto maquillaje? Deberías maquillarte un poco más.
¿Y esos pelos en las axilas? No te depiles tanto las cejas.
Tienes el pecho demasiado grande y caído. Deberías operarte porque pareces una tabla.
¿Eso es un granito? Tienes la piel demasiado seca.
Eres muy bajita, mejor ponte unos buenos tacones. Uy, qué alta, ¿y ligas?
Hablas demasiado. Hablas demasiado poco.
Eres muy inteligente. Eres tonta.
¿Quieres hacer el favor de sentarte con las piernas cruzadas? Deberías relajarte un poco, que siempre estás seduciendo.
No muevas tanto las caderas al caminar. Deberías mover más las caderas al caminar.
¿Y el «twerking» no es de guarras? Podrías aprender a bailar un poco mejor.
Qué pelo tan largo. Qué pelo tan corto.
Píntate las uñas. ¿Otra vez el mismo color?
Tápate. Destápate.

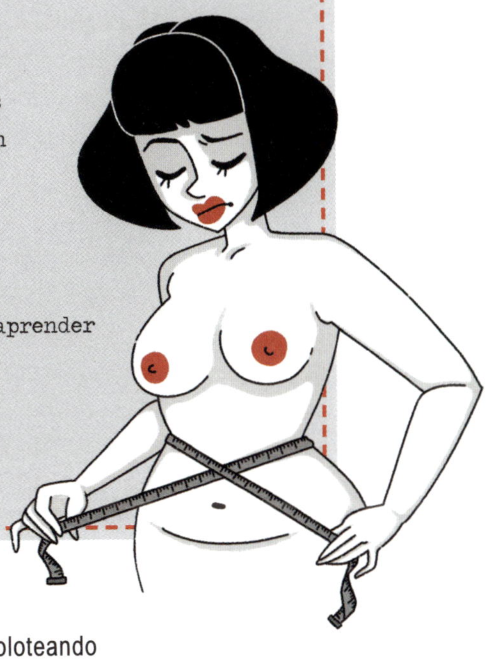

Podría seguir, y seguramente en tu cabeza estén revoloteando mil ideas más. Frases que has soportado a lo largo de tu vida, que has aceptado e interiorizado. Frases absurdas que perpetúan algo que no eres. Que no soy. Frases dichas por nuestras abuelas, madres, amigas, parejas. Frases leídas en la escuela, en los medios de comunicación, en los libros. Películas, música, teatro, historia. Moda, publicidad, anuncios, aplicaciones, redes sociales. Cosmética, belleza, ligar, miedo, maternidad. Alimentos, dietas, cirugías, medidas, zapatos, deporte. Trabajo, emprendimiento, dinero. Todo a tu alrededor espera de ti algo que eres incapaz de conseguir. Todo tu entorno quiere que seas un mito. Estás rodeada de estímulos que te conducen a ello, que te llevan en esa dirección. A ser algo intangible, imposible, inexistente. Una idea preconcebida en la cabeza de un sistema que se nos presenta con la misma forma y la misma identidad. Pero que es inalcanzable. Te lo digo otra vez: INALCANZABLE.

Al pertenecer a un mito, las mujeres no tenemos la oportunidad de estar en un plano neutral. Siempre tenemos que ser más, mejores. Por lo tanto, se nos exige mucho más, se nos critica mucho más y se nos ningunea mucho más. La mitificación femenina hace que quieras seguir el protocolo establecido en la trayectoria vital y en la formación de tu rol de género. Y eso construye en ti una frustración permanente, una autodestrucción y una autoexigencia que te lleva a romper con tu autoestima, a vomitar en los baños, a odiar el espejo, a recordar tus defectos, a follar con la luz apagada o a obsesionarte con el valor que tienes como mujer. También hace que aspectos naturales como tirarse un pedo, eructar, cagar, menstruar, comer u oler mal no estén asociados a la idea de la mujer. Eso se traduce en una vergüenza intrínseca hacia todas estas respuestas y necesidades corporales.

Que os jodan. A todos. Que os jodan, que os jodan bien fuerte y que no os paren de joder en toda vuestra vida. Porque jamás seréis capaces de entender el dolor y el sufrimiento que sentimos, que llevamos y que vamos a cargar el resto de nuestra existencia. Que acarrearon nuestras abuelas, madres y antepasadas. Que lo harán nuestras hijas, nietas y sucesoras. Jamás entenderéis lo que es ser mujer y nunca llegar a nada. Tener miedo por la calle porque habéis decidido que somos vuestras, alcanzables, deseables. Buscar siempre estar perfecta porque la imperfección no está permitida en nuestro género. Jamás sabréis lo que significa ver cómo nuestras hermanas mueren en manos ajenas porque son propiedades. Cómo se mercantiliza de forma ilegal con nuestro cuerpo por el deseo y la necesidad de poseer.

Que os jodan. A todos. Que os jodan, que os jodan bien fuerte y que no os paren de joder en toda vuestra puta vida. Porque jamás seréis capaces de entender el dolor que sentimos al ver que nuestras hermanas lloran al mirarse en el espejo, que nunca llegamos al objetivo, que no tenemos las mismas posibilidades por más que nos esforcemos. Que nadie nos escucha porque tenemos tetas o que, de repente, nos prestan atención solo por ese motivo. Jamás podréis comprender el dolor que sentimos cuando escuchamos los gritos que reivindican el aborto legal y la decisión sobre nuestro coño y cuerpo, que para algo son nuestros.

Me cansé de perpetuar este mito.
Basta. No puedo más.

Mi existencia no puede estar ceñida a la continuación de una idea imaginaria, a la atribución de un valor incondicional de un ser que no soy. Que no somos. Que no eres. Me di cuenta de la mentira y del poder real que hay en mí como mujer. Un poder que han callado y han desacreditado, dándonos otros focos de atención mucho más terrenales. El cuerpo, el físico, la materia. No sé si te das cuenta de lo que eres capaz, de lo que significas para este mundo. No sé si te has dado cuenta de la conexión que tienes con el universo, con la Pachamama o con la creación. Puede que todavía te cueste verlo. Es normal, llevas toda tu vida categorizada como el sexo débil.

Eres magia, luz, poder. Intuición, espíritu, energía, avance.

Seguramente adquieras conciencia sobre este tema y veas que todo lo que te rodea perpetúa tu mitificación. Absolutamente todo. Con esto no quiero que te cagues en el sistema (que también). Quiero que rompas con ello y que vivas tu propia revolución. Aquella que te hará libre.

Puedes hacerlo de varias formas. Lo primero es sacarte de la cabeza la idea de mujer que se ha representado en nuestra sociedad durante tanto tiempo. Eso hará que empieces con un lienzo en blanco que espera a ser pintado. Plantéate todo lo que hagas, descubre el motivo y el nacimiento de esa inquietud. Si de repente un día quieres ponerte tacones, pregúntate por qué. ¿Quieres hacerlo porque te fascinan y te hacen sentir bien? Genial, adelante. ¿Quieres hacerlo para resultar más atractiva, más alta o por un compromiso? Bien, ¿qué pasaría si fueras sin ellos?

No quiero que, repentinamente, te vuelvas radical y tengas que acabar con todo el rol de género. Las cosas no van por ahí. Es posible que te apasionen el maquillaje, los tacones, la lencería, las uñas de gel o la depilación. ¡Y no hay nada de malo en todo esto! Siempre y cuando lo hagas porque te guste y no porque tengas que hacerlo. Ahí está la diferencia.

En mi caso, un día decidí salir a la calle sin sujetador. Antes, cada vez que llegaba a casa, me lo quitaba con una sensación de alivio y liberación. ¿Por qué tenía que soportarlo estando fuera? La impresión fue muy extraña, creía que todo el mundo me miraba las tetas. Y sí, se notaba, por supuesto. Pero era mi naturaleza y me encantó el efecto que causó en mí. Al principio me veía horrible. Toda mi vida viendo mis tetas redondas y firmes y, de golpe, no eran redondas. Se notaba la asimetría que tengo en el pecho y se marcaban los pezones cuando tenía frío. Me daba vergüenza. Muchísima. Al final, tras varios meses, tiré todos los sujetadores y únicamente dejé aquellos que me gustaban por su encaje, textura o forma. Aquellos que me hacían sentir bien en determinadas ocasiones.

El sujetador es otro factor de la mitificación femenina. El cómo deben ser los pechos de las mujeres hace que se hegemonice la forma y la textura a través de una prenda de ropa que muchas veces vemos como una necesidad, cuando la realidad no es así. El sujetador es un complemento como los collares, el bolso o el maquillaje. Es algo que puedes elegir ponerte o no, pero no es una obligación. Y, al contrario de lo que popularmente se ha dicho, tus tetas no necesitan estar sujetas, lo hacen ellas solas. De hecho, el uso constante de esa prenda hace que se deforme el pecho, se atrofie el músculo y, por lo tanto, la teta caiga con más facilidad. Y doy fe. Desde que he dejado de utilizar sujetador, hará ya casi dos años, mis pechos están más firmes, más bonitos y más redondos.

Cada vez que llevo sujetador, lo enseño. En camisas abiertas, kimonos o transparencias. Pero está ahí. Hay veces que me ayuda a reducir el rebote de mis pechos cuando tengo las «tetas de alquiler» (término que utilizo para definir esos pechos que te crecen justo antes de que te baje la regla). ¡Ah! Y cuando practico deporte, muy importante. Un buen sujetador deportivo que evite el movimiento constante de la zona.

Siempre me ha resultado curioso el proceso de sexualización de nuestro pecho. Parece que únicamente sirva para levantar pollas, cuando su función no tiene nada que ver con eso. Es más, a veces se consideran genitales. E incluso, para algunas redes sociales, son provocativos y están a la par de mal vistos que el maltrato o la violencia. ¿Cómo te quedas?

Prueba a ir sin sujetador una semana. Sal a la calle. Siéntete vulnerable y descubre cómo cambia tu percepción con el paso de los días. Tu empoderamiento. Cómo te empiezas a ver más *sexy*, más natural, más tú. La sensación de libertad en tu pecho, el endurecimiento de tus pezones con el frío, las miradas que vas a tener que soportar. Recuerda que estás rompiendo con todo, y eso conlleva un impacto. Pero verás que no has sentido nada igual.

También aprendí a verme sin maquillaje, con el pelo sucio o sin depilar. Y empecé a quererme de ese modo, porque forma parte de mí y de cómo soy. Porque es mi cuerpo y mi pasaporte en esta vida. A veces me depilo, otras paso de todo. Pero me prometí que nunca más diría que no a un polvazo por llevar el coño con pelo. Me prometí verme guapa en el espejo, con el pelo despejado y mi frente ancha brillando, con mis labios desnudos, con mi rosácea que de repente inunda mi piel o con mis ojeras después de pasar una noche trabajando (o follando, qué más da).

Acéptate. Eres así. Basta de seguir condicionándote con una fantasía que no vas a poder alcanzar. Vas a morir y nunca llegarás a conseguirla *(spoiler)*. Así que, en vez de dedicar tiempo a continuar con la mitificación, dedica tiempo a encontrar quién eres, qué te gusta, cómo quieres expresarte y qué vas a erradicar o a añadir en tu vida.

El feminismo es la clave de nuestra liberación, la ruptura de nuestra esclavización y la vuelta a nuestro poder ancestral, nuestra magia, nuestra realidad; para que nazcan mujeres sin presiones ni complejos. Para poder estar desnudas y que se deje de erotizar el cuerpo sin ropa, porque en muchas ocasiones no queremos provocar erecciones.

Somos así, piel, huesos y carne. Emociones, luz y conciencia enfundadas en un saco envasado al vacío.

Nada más.

LIBERA TU SEXUALIDAD

¿Alguna vez te has planteado la cantidad de personas que están muertas? Piénsalo por un segundo. Millones y millones. Cenizas, polvo, almas, energía. Organismos que tuvieron su oportunidad en esta existencia y que dejaron de estar. Vivían como tú y como yo. Sentían lo mismo. Un cuerpo que puedes mover, controlar; que te comunica, con el que puedes expresar. Un instrumento para disfrutar de este mundo y sentirlo a través del olfato, el oído, la vista, el gusto y el tacto. ¿No es alucinante?

Lejos de generarte estrés o una crisis existencial, quiero que veas tu vida como un privilegio, un regalo del universo, una causalidad del cosmos. Estás aquí, ahora. Y puedes sentir, explorar, experimentar y hacer con tu cuerpo lo que quieras. Notar emociones y sensaciones como el placer o el dolor. Borrar los límites entre la consciencia y la inconsciencia. Dejarte llevar.

Si te miras entre las piernas verás que tienes un órgano sexual. Puede ser una vulva o un pene, da igual. Está ahí, es tuyo. Te pertenece. Ahora siente tu cuerpo, ¿lo notas? Bien, todo él es sexualidad. Es memoria. Es complejidad y sencillez. Es capaz de llevarte al trance, a las meditaciones más profundas, a las experiencias más inolvidables o a los traumas más arraigados. Depende de cómo lo utilices. Pero la posibilidad la tienes. Junto con tu mente podrás acceder a descargas eléctricas llamadas orgasmos. Estos te ofrecerán un pico de placer muy intenso, capaz de hacerte gemir, olvidarte del entorno y dejar tu mente en blanco durante unos segundos. Estas descargas aumentan la liberación de una serie de hormonas maravillosas como la dopamina o la oxitocina, la hormona de la felicidad y del amor. Además de activar tu sistema circulatorio y tu corazón, entre otras muchas cosas más.

Como puedes comprobar, el sexo es maravilloso. Pero la sociedad se niega a aceptar que algo tan natural pueda ser eso, natural. A lo largo de los siglos se ha encargado de llenar estas prácticas de tabúes, horrores, pecados y estigmas. Las religiones, la manipulación social y el consumismo han hecho que se hegemonicen muchos factores presentes en nuestra cultura, entre ellos, el sexo y el placer.

¿Qué está bien o mal? La moralidad debe estar definida por un límite lógico y ético: el consenso. Un consenso real de seres que tengan el conocimiento de lo que se está haciendo. Por ejemplo, la zoofilia o la pederastia no son éticas porque la aprobación no existe. Lo mismo pasaría si

follamos con una persona que está muy borracha o drogada, dormida, muerta o en un estado que no garantiza un acuerdo real.

Este es el punto inicial de toda relación sexual y de tu propia sexualidad: el consenso. Los puntos que le siguen están dictados por el *know-how* social. La hegemonía del placer está en todas partes, pero nadie nos enseña nada. Nadie nos explica nada. Solo vemos cómo el placer tiene el mismo formato una y otra vez. Hombre, mujer. Penetración inmediata. Exaltación del (no) orgasmo femenino. Eyaculación. Fin del encuentro.

Hegemonizar el placer también significa marcar una meta, un objetivo: el orgasmo. Siempre que hay un encuentro sexual, de un modo u otro, debe haber un clímax. Esto conlleva una frustración, una presión y un estrés que no te permiten disfrutar del camino.

De nuevo, borra el lienzo. Empieza de cero. Olvida todo lo que has visto en la televisión, en las películas convencionales y pornográficas. Olvida lo que has leído, lo que te han «enseñado», y plantéate qué quieres conseguir con el sexo. Qué interés hay detrás. ¿Quieres que sea una herramienta para la autoexploración y el conocimiento propio? ¿Quieres que sea un método para conocer a otras personas y conectar con ellas? ¿Quieres que sea la inspiración para tu arte, tu libro o tu música? ¿Quieres que sea un camino espiritual para la meditación? ¿O quieres practicar deporte y ejercitar tu cuerpo? Puede que solo quieras disfrutar y pasarlo bien. Puede que quieras experimentar nuevas sensaciones corporales. Sea lo que sea, verás que el objetivo no es el orgasmo. Porque el orgasmo forma parte del proceso y puede llegar o no llegar.

Empecé a disfrutar de las relaciones sexuales hace relativamente poco, cuando me encontré con un hombre que, en el primer encuentro, no se corrió. Jamás me había pasado y, fíjate, me acomplejó un poco. Qué tontería. Normalmente las primeras veces era yo la que no solía llegar al orgasmo. Ya sabes, nuevos estímulos, técnicas, cuerpos. El orgasmo femenino está más infravalorado y entra dentro de la normalidad que una mujer no se llegue a correr. ¿Pero un hombre? Eso me hizo cambiar la visión del sexo. Y me quitó una presión enorme. Los mejores polvos han venido a raíz de eso: de no pensar en un final o una meta. Dejarme llevar, sentir y disfrutar. Si el orgasmo llegaba en ese momento, genial. Si no, lo podía provocar cuando quisiera a través de la masturbación.

Para mí el sexo es una oportunidad de conocer nuevos cuerpos, y eso es mucho más placentero que el clímax. La unión que se crea en el encuentro con una o más personas hace que formemos parte de una totalidad que nos conecta como seres humanos, que volvamos al punto de fusión. Me encanta ver cómo sudan, jadean, se mueven, fruncen el ceño, miran, tocan, besan, penetran, lamen, exploran. Me encanta el olor fuerte que perfuma la habitación o el sabor de los fluidos que resbalan por el cuerpo. Me encanta cómo siento mi cuerpo en la interacción con otro(s).

No te presiones por llegar, ser o sentir. El sexo no está para eso. Utilízalo como el instrumento que te conecta con tu naturaleza y tu instinto más profundo. El poder que tienes para darte placer en esta vida (que, recuerda, es un privilegio). O si no te apetece o no te gusta, no lo practiques. Nadie te obliga.

Los tabúes y los estigmas que reinan en nuestra sociedad con respecto al sexo evidencian la doble moral que tenemos actualmente. Está mal si follas mucho porque eres una promiscua. Pero luego, cuando sales a pasear por la calle, todos los anuncios te incitan a ello.

Todo, absolutamente todo, acaba en sexo. Estamos hipersexualizados, pero mejor baja la voz por si te escucha la persona que tienes al lado. Es absurdo, ¿verdad?

Como ya te habrás dado cuenta, me cansa seguir la norma. Y más cuando tiene relación directa con mi vida, mi cuerpo y mi coño. Con mi existencia en este mundo. El placer y el dolor me pertenecen. Son míos, de nadie más. Nadie puede influir en ellos más que yo misma, para bien o para mal. La naturaleza del cuerpo, libre y sin barreras, es el estado más puro de la

3.1. ANATOMÍA PARA «DUMMIES»

3.1.1. Coños y vulvas

Recuerdo que cuando era adolescente un amigo me dijo que las vulvas eran como un panel de botones y controles. No sabía dónde tocar, qué hacer, cómo dar placer. Y en aquel momento, tampoco supe qué decir: yo tenía la misma sensación. Nunca me había explorado, tocado o mirado. Nunca había visto otro coño de forma explícita. Y lo único que conocía era lo poco (o nada) que me habían enseñado en el colegio. En libros donde se veía el interior de una vagina, pero donde jamás salía el clítoris. ¿Qué tenía yo de raro? ¿Por qué ese «botón» no aparecía nunca?

El primer recuerdo que tengo de tocarme el coño es que estaba en la bañera y era muy pequeña. Me toqué el clítoris y me dieron ganas de orinar. Mi madre entró y me dijo: «No te toques». Y, a partir de ahí, la sociedad ha ido perpetuando esa orden una y otra vez. «No te toques», «no te toques», generando una ignorancia, un vacío en mi cuerpo. ¿Por qué no podía tocar esa parte? ¿Qué había ahí? ¿Acaso era rara por tener «eso» que no aparecía en los libros de Ciencias Naturales?

Con el paso del tiempo me di cuenta de que nada de esto era malo. Ni la autoexploración, ni el autoplacer, ni el conocimiento sobre nuestro propio sexo. Al contrario, me ayudaba a conectar conmigo misma. Y a reivindicar que en los libros de educación falta una parte muy importante de mi ser: mi clítoris.

Si nunca has mirado tu coño, este es el momento. Coge un espejito, bájate las bragas y mírate. Ábrete, tócate y prueba a masturbarte para ver cómo se hincha la zona por el flujo sanguíneo. Está ahí, forma parte de ti. Conócela.

Al contrario de lo que pensaba antes, ahora los coños me parecen sencillos. ¿Qué ha cambiado? El saber. Simplemente eso. Bien, vamos a aprender las partes de una vulva para que las puedas identificar en ti. ¿Lista?

- » **MONTE DE VENUS** Mírate en el espejo. ¿Ves el pequeño montículo que tienes? Es el tejido que recubre tu hueso pélvico y da paso al nacimiento del vello.
- » **LABIOS MAYORES Y MENORES** Los labios son una zona voluminosa y cavernosa que recubre toda la vulva. Los labios mayores empiezan en el pubis y acaban en la zona perianal. La piel es similar a la del resto del cuerpo y en la pubertad empiezan a cubrirse de vello. ¿Su función? Mantener a la vulva y a la vagina resguardadas de microbios y preservar su humedad, algo muy importante. Los labios menores son los pliegues que tienen su punto de encuentro en el clítoris. Son muy sensibles al tacto y tienen una membrana mucosa que normalmente siempre está húmeda. Cuando existe excitación, los labios mayores se mantienen prácticamente igual, mientras que los menores se hinchan e, incluso, se enrojecen más.
- » **CLÍTORIS** El clítoris es el único órgano cuya función es dar placer. Nada más. Lo que resulta visible es un tercio de su tamaño real. Vemos el prepucio, el glande y el frenillo del clítoris, mientras que el tejido eréctil, glándulas, bulbos vestibulares y pilares van por dentro y abrazan parte de la vagina, provocando que, durante la penetración, también se estimule.

CONÓCEME

Mi parte visible tiene más de ocho mil terminaciones nerviosas, el doble que el glande del pene. Lo más curioso es que durante el orgasmo ¡puedo llegar hasta quince mil!

Cada compañero es diferente: hay algunos grandes, pequeños, más sensibles o más cañeros. Por eso es tan importante que me toques y me conozcas tú antes de que lo hagan los demás.

Mi mejor amigo es el cerebro (y el succionador de clítoris). Cuando mis impulsos nerviosos llegan al cerebro se provoca el orgasmo. Por eso siempre voy de su mano para poder experimentar mucho placer.

¡Ejercítame! Caminar todos los días hará que mejore la capacidad de llegar al orgasmo, además de ponerte en forma. ¿Y eso por qué? Caminar aumenta en un 168 % la congestión genital y el efecto persiste durante horas. ¿Vamos a dar un paseíto?

Tócame para llegar al orgasmo. Soy necesario para que alcances el orgasmo genital. Quiéreme mucho y cuídame.

No me hago viejo. Sí, tengo la eterna juventud. La sensibilidad que tengo a los treinta años es la misma que a los setenta.

Me descubrieron un poco tarde. En 1998 se descubrió lo grande que soy gracias a la doctora Helen O'Connell. Y en 2009, dos investigadores franceses me hicieron la primera sonografía 3D mientras estaba estimulado. Vamos, un poco tarde, ¿no?

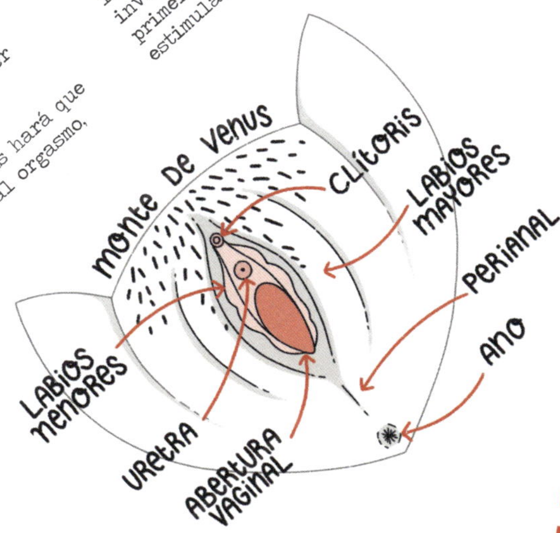

» **URETRA** Si pensabas que hacías pis por el mismo agujero vaginal estás muy equivocada. La uretra se sitúa un pelín más arriba de la abertura vaginal y es el conducto por donde se expulsa la orina. Debemos tener mucho cuidado en su higiene y hacer pis después de cada relación sexual, ya que se acumulan muchas bacterias que pueden provocar las dolorosas (y jodidas) infecciones de orina.

» **ABERTURA VAGINAL** Es la puerta de acceso o de salida a tu interior, a la vagina.

» **PERIANAL** Si seguimos bajando y dejamos atrás la abertura vaginal, encontramos la zona perianal, también popularmente conocida como el «nie» (ni es culo, ni es coño).

Estas son las partes visibles que puedes ver en tu vulva con un espejo. ¿Las has localizado? ¡Genial! Ahora vamos a introducirnos y a acceder al interior de tu vagina, haciendo un resumen rápido de las diferentes partes que encontramos.

» **VAGINA** Aunque normalmente se llama vagina a todo el coño, la realidad es que solo es el conducto interno que conecta el cérvix con el exterior. Por aquí salen los bebés, la menstruación, y entran todos los objetos y partes del cuerpo que quieras introducir. Es muy elástica y se expande durante la excitación.

» **EL CÉRVIX O CUELLO DEL ÚTERO** Es la parte que encontramos entre el útero y la vagina. Permite que la menstruación salga y que el esperma entre. Puedes sentirlo si te introduces los dedos hasta el final. Durante la menstruación, el cuello del útero baja un poco y eso hace que las penetraciones puedan ser sensibles o dolorosas.

» **ÚTERO** Aquí es donde se desarrolla el feto durante el embarazo.

» **TROMPAS UTERINAS** Son dos tubitos que transportan los óvulos desde los ovarios hasta el útero. Quien las descubrió fue Gabriel Falopio, de ahí que se las conozca como «trompas de Falopio». No obstante, se ha afirmado en diversas ocasiones que su descubrimiento se dio a raíz de la vivisección de esclavas anónimas e inmigrantes. ¿No sabes lo que es la vivisección? Es la disección practicada en animales o personas vivas con propósitos científicos. Por lo que, a partir de ahora, mejor llamarlas «trompas uterinas», ¿verdad?

» **GLÁNDULAS** Las glándulas vestibulares mayores son las encargadas de segregar una pequeña cantidad de líquido que mantiene la vulva húmeda, especialmente cuando hay excitación sexual. Existen también las glándulas de Skene, que se encuentran a ambos lados del orificio uretral. Su líquido se presenta durante el *squirt* o la eyaculación femenina, y fueron todo un descubrimiento. Pero de esto hablaremos en el capítulo correspondiente.

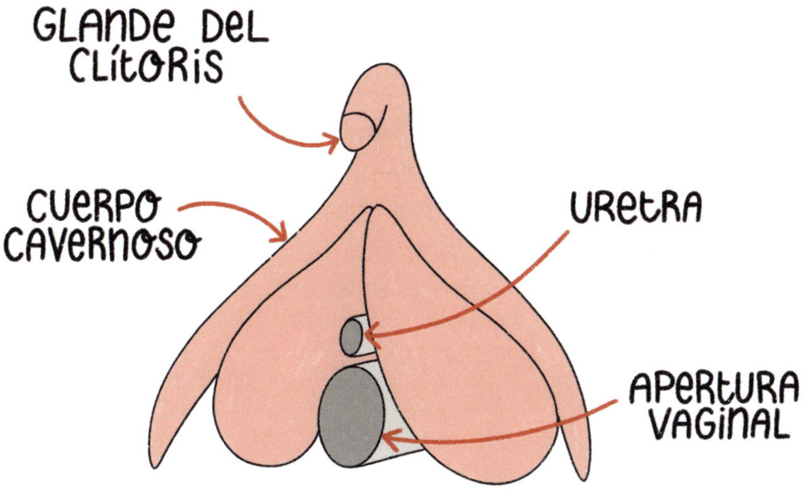
GLANDE DEL CLÍTORIS
CUERPO CAVERNOSO
URETRA
APERTURA VAGINAL

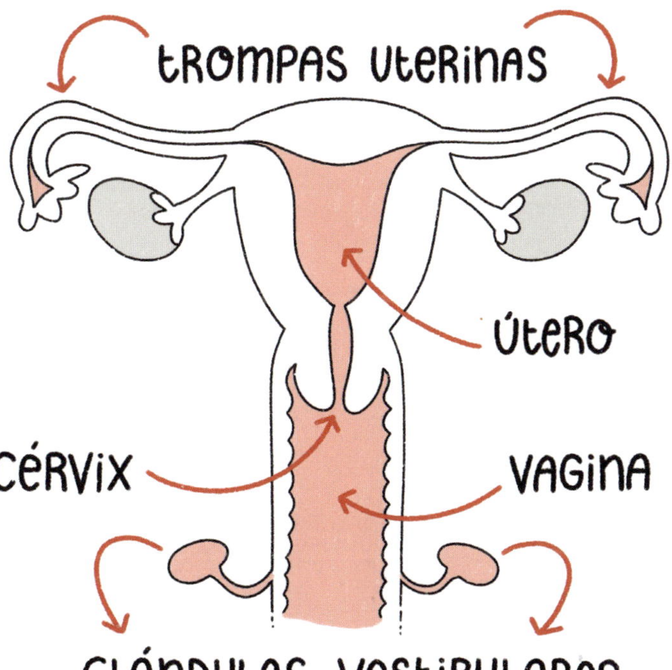
TROMPAS UTERINAS
ÚTERO
CÉRVIX
VAGINA
GLÁNDULAS VESTIBULARES

» **¿PUNTO G?** Créeme si te digo que hasta el día de hoy todavía se sigue discutiendo su existencia. En 2012, Adam Ostrzenski, ginecólogo, realizó un estudio y situó dicho punto en un lugar concreto de la anatomía vaginal. Desde entonces el debate sigue y sigue a través de publicaciones que ponen en duda la veracidad de esta investigación. No se sabe si existe un punto en concreto, si es una zona con mayor sensibilidad o si en realidad es una parte del clítoris a nivel interno. Lo más alucinante es que en pleno siglo XXI todavía se desconozca. Es una evidencia (más) de lo apartada y olvidada que ha estado la sexualidad en las personas con coño.

¡LÁVAME BIEN!

Tantos anuncios de «higiene» menstrual y no nos han dado pautas para la higiene que realmente importa: la diaria. Existen muchísimos productos para el cuidado de la vulva y el olor de esta. Perfumes, jabones específicos, toallitas, geles, espráis y un largo etcétera. Lo cierto es que nuestro olor y sabor son naturales y se pueden mejorar a través de una buena higiene y una buena alimentación.

Para lavarse el coño lo más importante es no utilizar jabón. Con este lo único que se consigue es debilitar la flora bacteriana y la barrera de protección natural que existe en nuestro cuerpo para evitar que proliferen los microbios. El pH vulvo-vaginal varía su acidez dependiendo de la etapa de la persona. Durante la preadolescencia y en la menopausia se mantiene neutral (pH 7), mientras que en la edad fértil oscila entre 4,5 y 5, es decir, es más ácido.

¿Cómo tenemos que limpiar la zona? Es tan sencillo como abrir los labios y pliegues y limpiar con agua. Algo muy importante es retirar un poco el prepucio del clítoris, ya que se suele acumular esmegma, un exceso de células muertas que pueden causar inflamaciones y mal olor.

Si quieres utilizar jabón puedes hacerlo siempre y cuando sea específico para la zona y utilizarlo en partes superficiales como en las ingles, el ano o el monte de Venus.

Ten cuidado con los detergentes, suavizantes y perfumes para el lavado de la ropa interior. En algunas ocasiones también pueden irritar la zona provocando mal olor y picazón.

3.1.2. Penes y pollas

La primera vez que vi un pene erecto me pareció horrible, una especie de gusano gordo y cíclope que me miraba fijamente en busca de amor. Aún recuerdo esa sensación de tocarlo y sentir su firmeza y dureza en mis manos. Por un momento me pregunté cómo era posible que aquello excitara a las personas. Qué ingenua ella.

A diferencia de la vulva, el pene no tiene mucho misterio y todo lo podemos encontrar de forma superficial. Si eres mujer y tienes polla, ponte delante del espejo y vamos a empezar a explorar su anatomía.

» **GLANDE** Es la cabeza o punta, donde también se ubica la abertura de la uretra (por donde sale el pis, el semen y el líquido preseminal) y se encuentran terminaciones nerviosas que resultan sumamente placenteras durante su estimulación.

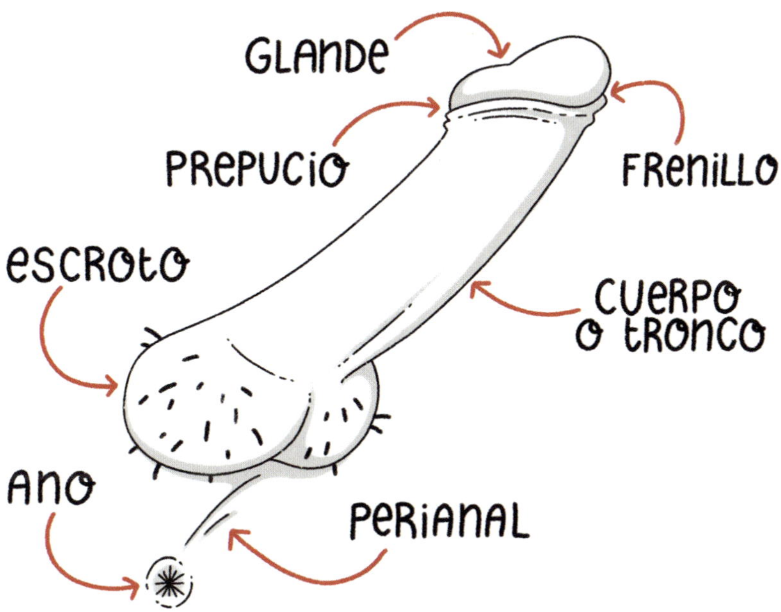

- **CUERPO DEL PENE O TRONCO** Se extiende desde la punta hasta su conexión con el abdomen y en su interior se encuentran tres partes imprescindibles: dos cuerpos cavernosos y uno esponjoso. Los dos cavernosos son los encargados de la erección gracias a la irrigación y «retención» de la sangre en la zona. Cuando el pene no está erecto, es blandito, mientras que cuando está excitado, se vuelve mucho más duro y firme. El tercer cuerpo es esponjoso, se encuentra justamente en medio y su función es la de prevenir que se comprima la uretra durante la erección.
- **PREPUCIO** Es la piel que protege el glande. No todos los penes lo tienen, puesto que en ocasiones se elimina mediante la circuncisión.
- **FRENILLO** Es la zona donde se conecta el prepucio con el revés del glande. Su función es evitar que el prepucio se deslice hasta abajo, por eso hace una especie de «tope». Para muchas personas es sumamente sensible y placentero.
- **ESCROTO** Es una bolsa de piel que cuelga justo bajo el pene y en su interior contiene los testículos. Su función es protectora y reguladora de la temperatura. Cuando hace mucho frío en el exterior, el escroto se contrae y acerca los testículos al cuerpo para que se mantengan calientes. Cuando hace mucho calor, el escroto se relaja y aleja los testículos para que se enfríen. Es una parte extremadamente sensible y puede ser muy placentera durante la estimulación sexual.
- **PERIANAL** Al igual que en las personas con vulva, el «nie» (ni es polla ni es culo) también está presente. A veces puede ser sumamente placentero, especialmente durante la erección.

A nivel interno podemos localizar:

- **TESTÍCULOS** Son los encargados de producir el esperma y las hormonas como la testosterona.
- **EPIDÍDIMO** Es un conducto donde el esperma madura antes de ser expulsado.
- **CONDUCTO DEFERENTE** Es un conducto largo que transporta el esperma desde el epidídimo hasta las vesículas seminales.
- **VESÍCULAS SEMINALES** Dos órganos pequeños que producen el semen, fluido por donde se mueve el esperma.
- **PRÓSTATA** Es de un tamaño medio y produce el líquido prostático que ayuda a que el esperma se mueva dentro del semen. Ahí encontramos el conocido punto P, una zona muy sensible y placentera.

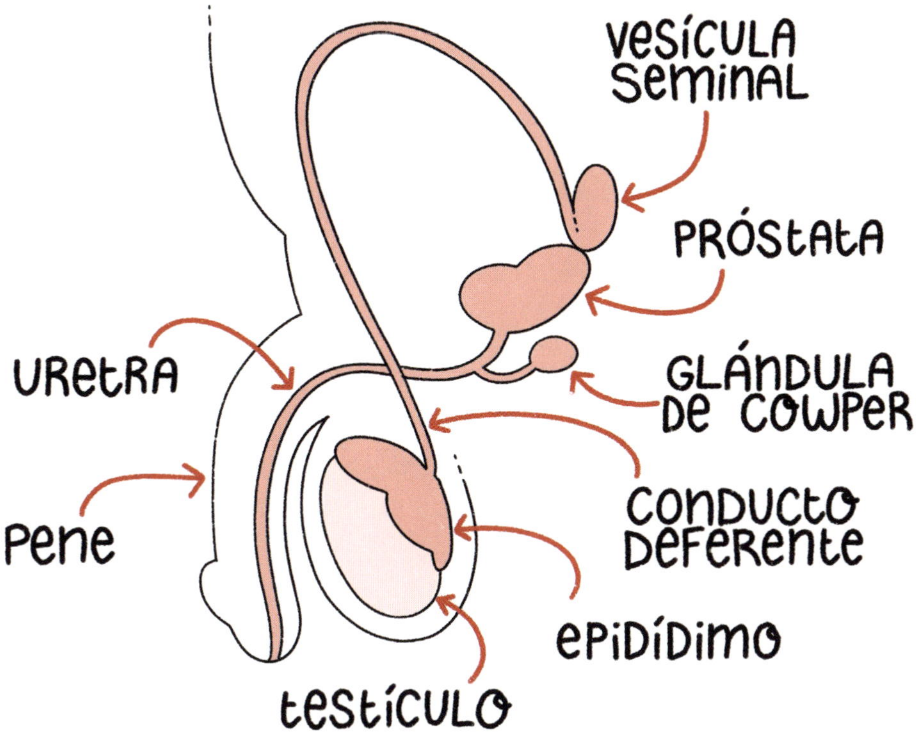

¡LÁVAME BIEN!

Se debe lavar la zona todos los días, retirando el prepucio y lavando el glande con agua. Al igual que en el clítoris, se puede acumular esmegma, restos de células muertas que producen mal olor e infecciones. Es de un color blanquecino y espeso. No utilices el mismo jabón de ducha, ya que el perfume podría irritar la zona. Son mejores los íntimos de pH neutro. Aunque lo más recomendable es lavar el pene únicamente con agua.

El gel de ducha puedes utilizarlo para el escroto, las ingles o la zona anal.

- **GLÁNDULAS DE COWPER** Son las encargadas de producir el líquido preseminal. Su función es lubricar la uretra y reducir la fricción del semen.
- **URETRA** Es el conducto que transporta el pis, el semen y el líquido preseminal.

3.2. DALE ALEGRÍA A TU CUERPO, MACARENA

Que tu cuerpo es pa darle alegría y cosa buena. Pues eso, ¡dale caña!

Si de algo ha renegado la sociedad es de la masturbación, convirtiéndola en tabú, especialmente entre las mujeres. Es absurdo tratar la autoexploración y el conocimiento de tu propio cuerpo y placer como algo negativo y estigmatizado. Tenemos acceso a ello, podemos hacerlo cuando y como queramos porque es nuestro, nos pertenece. Y eso nadie te lo debería prohibir. Nadie debería limitar lo que debes o no debes hacer con tu propio cuerpo y sexo.

3.2.1. Pierde el miedo

Nos han educado mal, muy mal, con respecto al sexo. Pero si encima añadimos que a las mujeres se nos ha educado con la masturbación estigmatizada, apaga y vámonos. Nos han prohibido tocarnos desde que tenemos uso de razón. No nos dejan, no podemos. Ni tan siquiera para encontrar nuestro propio placer, conocer nuestros genitales o saber de qué coño va esto de la sexualidad.

Durante la pubertad y la adolescencia se habla de la masturbación masculina con normalidad e incluso con ciertos aires de alabanza. Sin embargo, nunca he escuchado que las niñas queden para masturbarse en grupo mientras ven porno, o que digan abiertamente que se han tocado el coño la noche anterior. ¿Por qué pasa esto? Porque se entiende que la sexualidad es algo intrínseco en los hombres, que ellos siempre piensan en sexo y tienen esa necesidad. Como si no-

sotras no. Porque ellos deben follar. Como si nosotras no. Porque ellos tienen más apetencia sexual. Como si nosotras no.

Con todo esto quiero que te des cuenta de una cosa: el sexo siempre ha estado por y para los hombres cisgénero. No hay más. A nosotras se nos ha tratado como esclavas sexuales y a ellos con una exigencia de vital importancia. No se entiende que a un hombre no le apetezca follar, que sea asexual o que no haga comentarios sobre poseer y desear constantemente. Y este rol de género se ha instalado en la cabeza de tantos que es muy difícil de erradicar, hasta el punto de que se ha convertido en una carga para la masculinidad.

Esa tremenda desigualdad entre géneros hace que se sobreentienda que nosotras, las mujeres, no tenemos tantas ganas y que siempre ponemos excusas para no follar. Que si la regla, la cabeza, el estrés o la falta de deseo. Se nos ha medicado por ello, se nos ha estudiado por ello. Y otra cosa no, pero el sistema patriarcal se ha encargado de encontrar «soluciones» a los problemas que ellos mismos estaban creando, en lugar de dedicar tiempo y esfuerzo a investigar el placer femenino.

Poco a poco se está entendiendo que nosotras también nos masturbamos. Han surgido tiendas eróticas, marcas y productos específicamente dedicados al placer femenino, al autoplacer. Cada vez es más natural que una mujer se masturbe. Estamos dejando de agachar la cabeza y de fingir que no tenemos los dedos arrugados de tanto meterlos por el coño. Estamos empezando a educar, comunicar y defender nuestra sexualidad. Ahí perdemos el miedo colectivo.

Pero ¿qué pasa con el individual? Todavía son muchas las que tienen asco de su propio cuerpo, las que se bloquean al masturbarse o las que nunca lo han llegado a experimentar. Hay varios motivos; el principal es el expuesto actualmente: el estigma social. Pero también existe la lacra educacional, el tratamiento de la sexualidad a nivel familiar o la influencia de la religión.

Recuerdo la primera vez que me masturbé de forma consciente. Tenía catorce años y fue cuando descubrí mi sexualidad. Me lie con un chico, vi mi primer pene, tuve mi primer orgasmo y me comieron por primera vez el coño.

Era verano y, como siempre, iba a pasar las vacaciones a una casa preciosa que tenía mi abuela. Una mañana me levanté de un sueño erótico y estaba cachondísima. De repente se me ocurrió que si mi novio me podía estimular el clítoris hasta hacerme llegar al orgasmo..., también podría hacerlo yo, ¿no? Y me empecé a tocar. Era una sensación extraña, pero al mismo tiempo me resultaba familiar. Mi mente se puso en marcha y dio rienda suelta a las fantasías. Y yo estaba ahí, intentando ser lo más silenciosa posible, puesto que tenía a mi primo durmiendo en la cama de al lado. Me corrí y fue liberador. Ese mismo verano descubrí la alcachofa de la ducha y tuve una total liberación y apropiación de mi sexualidad.

¿Recuerdas tu primera masturbación consciente? ¿Cómo influyó en ti? La memoria sexual es sumamente importante y todas las experiencias, positivas y negativas, se guardan en tu cuerpo construyendo una cadena de vivencias que moldean tu sexualidad.

Me masturbo a menudo, la verdad. Cuando estoy estresada, he tenido un mal día o simplemente quiero tener un momento para mí. Me encanta explorar, experimentar y probar nuevos objetos y juguetes. Hacerlo sola o acompañada. Con porno, relatos eróticos o simplemente fantaseando. Al fin y al cabo, el orgasmo es simplemente una descarga eléctrica momentánea. Nada más.

Todo lo que existe alrededor es obra de la manipulación del ser humano.

Tienes la posibilidad de elevar tu placer cuando quieras. Está en ti, entre tus piernas, en tu mente. Tócate y conócete. Ama cada parte de ti. Hazlo delante de un espejo para ver tu expresión facial y la reacción de tu coño o polla. Bajo las sábanas una fría noche de enero. O en el jardín un día soleado de primavera. Vive tu sexualidad, empodérate con ella. Por ti, por mí y por todas las mujeres a las que se les ha privado de su placer. Aquellas que murieron y morirán sin conocer qué es un orgasmo. Aquellas que se abrían de piernas para satisfacer un deseo que no era el propio.

Eres dueña de ti y no hay cosa más alucinante que poseerte. Hazlo, hermana. No caigas en la estigmatización, manipulación y tabú del placer. Prémiate. Regálate. Este cuerpo es un puente que te conecta con el universo. Úsalo.

3.2.2. Prácticas y técnicas

En este capítulo hablaremos específicamente de la masturbación de aquellas personas con vulva y vagina. Si eres mujer y tienes pene, ¡puedes encontrar todas las técnicas en el capítulo «Sexo con penes»!

Se podría escribir un manual específico sobre masturbación femenina, pero creo que lo más importante es escucharte y seguir tu instinto. Tal cual. Por supuesto, te voy a dar algunas pautas para que intensifiques las sensaciones o pruebes cosas nuevas, pero la realidad es que tú misma vas a saber qué quieres en cada momento.

La presión y la sensibilidad es algo a tener muy en cuenta en la estimulación. El clítoris es un órgano con muchísimas terminaciones nerviosas. Tocarlo puede resultar muy placentero, pero también doloroso, sobre todo si no hay excitación. Por eso, lo ideal es hacerlo con movimientos lentos, rítmicos y con muy poca presión.

Hay varias formas de estimularlo.

- Con movimientos circulares, colocando tus dedos sobre él y dibujando un círculo. Eso hace que se estimule todo el glande.

- Con movimientos horizontales, llevando el dedo de izquierda a derecha encima del clítoris.
- Con movimientos verticales, moviendo el dedo de arriba abajo por encima del clítoris.
- Con pulsaciones, presionando el clítoris de forma intermitente.
- Pajeándolo, exactamente igual que si fuese un pene. El clítoris, como ya hemos visto, tiene glande y prepucio. Esta técnica consiste en poner el clítoris entre los dedos índice y corazón, y realizar movimientos de arriba abajo.

No podemos olvidar que los labios menores tienen muchas terminaciones nerviosas y que el clítoris abraza todo el interior de la vagina. Acariciar y dejar que tus dedos recorran los pliegues de los labios con un lubricante específico es realmente placentero. Introduce tus dedos cuando tu vagina haya lubricado lo suficiente como para que entren sin dificultad. De nada sirve que tus dedos entren y salgan de la vagina, ya que eso no produce demasiado placer. Busca siempre el punto G en tu interior.

¿Cómo encontrar(te) el punto G?

- Siéntate en una silla, bien al borde, dejando parte de tus nalgas sin apoyar (como cuando vas al ginecólogo).
- Introduce tus dedos corazón y anular en el interior de la vagina. Debes notar el hueso pélvico en tu interior. Bien, síguelo en dirección al cielo o a tu ombligo.
- Haz movimientos ondulantes como si estuvieras haciendo el gesto de «ven» con el dedo. El punto G, o zona G, se encuentra pegado al hueso pélvico, hacia arriba y doblando un poquito los dedos hacia el interior.
- ¡Busca, busca! Prueba varias técnicas y busca el placer en ti. Cuando descubras un punto que realmente te da muchísimo placer, ¡lo has encontrado! Puede que también tengas ganas de orinar. Eso sucede porque la estimulación del punto G se encuentra cerca de la uretra y de la vejiga, de modo que el placer puede estar muy vinculado a la sensación de orinarte encima.
- Si te resulta incómodo, puedes utilizar vibradores con forma de plátano que ayuden a hacer palanca y estimular el punto G.

Además del conocido punto G, también tenemos otros puntos placenteros en el interior de la vagina, como es el punto U, que está situado en la uretra. Para localizarlo, abre los

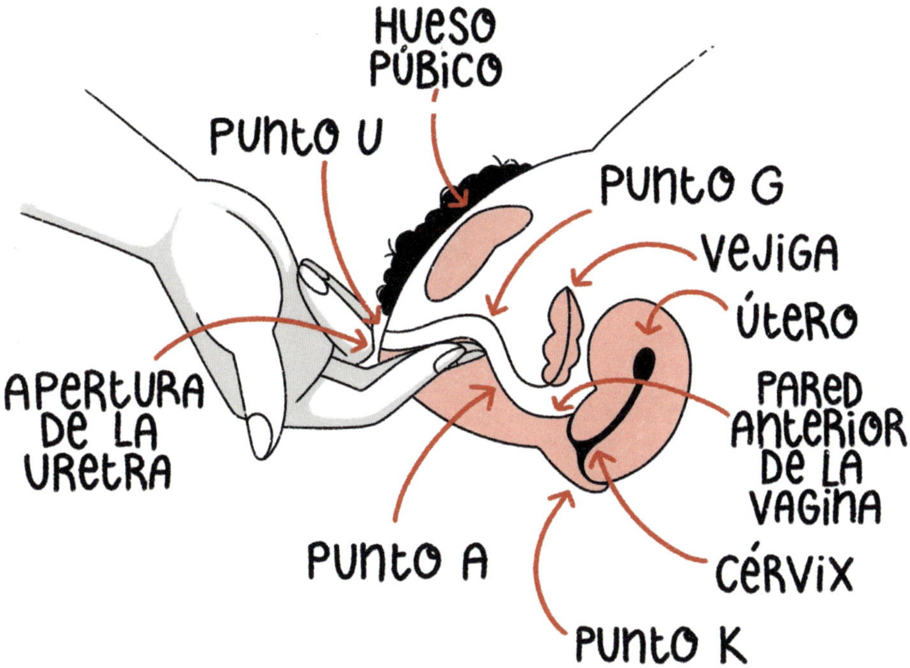

labios mayores y menores, busca el clítoris y unos centímetros más abajo encontrarás el orificio de la uretra. El punto U se encuentra localizado justamente en esa zona. Toca por encima y siente qué te provoca. Para algunas personas es muy excitante, pero para otras puede resultar doloroso.

Está también el punto A, que se encuentra justo debajo de la vejiga y muy cerca del punto G. En realidad, en muchas ocasiones no sabrás si estás tocando el punto G o el A, pero ¡qué más da! Lo importante es que sea placentero. Para localizarlo debemos hacer la misma técnica que con el punto G, pero introduciendo un poco más los dedos, buscando un punto justo debajo de nuestra vejiga. La sensación de orinar será mucho más intensa, pero da un gustito increíble.

Finalmente encontramos el punto K, situado este cerca del cérvix. Es muy difícil de localizar y se encuentra en lo más profundo de la cavidad vaginal. O sea, aquí el tamaño sí importa.

3.2.3. «Do it yourself»

Es cierto que en el mercado disponemos de muchísimos productos con diferentes formas, tamaños y colores. ¡Y es maravilloso! Pero a veces nos apetece probar otras sensaciones o simplemente no tenemos dinero para invertir en ello. Por eso podemos encontrar productos «low-cost» aptos para todos los bolsillos.

- La almohada. Son muchas las que empezaron a estimularse con el roce de la almohada. Y la verdad es que la sensación es muy suave para aquellas que prefieren una estimulación mucho más sensitiva. Mi recomendación es que la cubras con una toalla cuando la utilices, a no ser que te guste el olor a bacalao por las noches. Cada una es libre, ya lo sabes.

- Chorro o alcachofa de la ducha. Si no has probado este invento, no sabes lo que te estás perdiendo en la vida. El placer es alucinante con tan solo encarar la alcachofa directamente a nuestro clítoris. Lo ideal es buscar una con diferentes chorros y presiones, para que puedas variar. La próxima vez que vayas a cualquier ferretería o tienda especializada vas a tener la sensación de estar buscando tu nuevo juguete erótico (y es así, no nos vamos a engañar). Esto se utiliza únicamente de forma externa y debes tener cuidado con la temperatura, ¡no te vayas a quemar!

- Toalla enrollada. Misma técnica que la almohada, pero esta vez con una toalla enrollada. Puedes ponerla encima de una silla, en el suelo o en la cama y cabalgarla, tal cual.

- Collar de perlas. Siéntate y coge un collar de perlas. Ponlo entre tus piernas y lleva el collar adelante y atrás sintiendo el placer encima de tu clítoris. ¡Explora nuevos efectos!

- Cepillo de dientes eléctrico. La vibración del cepillo de dientes te puede ayudar a estimular tu clítoris si no dispones de un vibrador. Puedes liar el cuerpo del cepillo de dientes con un trapo o toalla y aplicarlo directamente en tu vulva. ¡Disfruta!

- Vegetales y frutas. Para estimular el interior de tu vagina puedes probar con algunos vegetales y frutas. No te avergüences, ¡es muy divertido! Lo único que debes tener en cuenta es la medida higiénica para ello: siempre ponles un preservativo. Verás lo genial que resulta invitar a tus amistades a cenar crema de calabacín con cierto aroma a feromona (jeje).

- Brochas y cepillos. Las brochas de maquillaje son geniales para una estimulación inicial del clítoris. Seguro que tienes alguna que ya no utilizas. Puedes acariciar la zona para más adelante introducir el mango. En el caso de los cepillos, puedes utilizar el mango para masturbarte. ¡Dale rienda suelta a la imaginación!

- Tu móvil. Existen varias aplicaciones para convertir tu móvil en un vibrador. Sí, lo que lees. Puedes controlar la vibración e incluso poner frecuencias. ¿No es maravilloso? Es muy importante tener medidas higiénicas con todo esto, ya que el móvil está expuesto a muchas bacterias y microbios. Lo ideal es liarlo en papel transparente o en un trapo limpio.

La realidad es que la lista podría ser infinita, todo es cuestión de echarle imaginación y, sobre todo, cabeza. Debes tener en cuenta las medidas higiénicas para que tu vulva no se irrite o provoques una infección. El preservativo, el papel transparente de cocina o una toalla limpia serán tus aliados. Y si quieres ir más allá, hazte con un gel antiséptico en la farmacia.

Los lugares y las posturas pueden ser elementos perfectos para romper con tu rutina masturbatoria y añadir nuevas experiencias. Puedes probar a masturbarte boca abajo, sentada o de pie. Quizás cambiar de localización y hacerlo en el sofá, la bañera, el baño de una biblioteca, el jardín o un probador, ¡lo que más te excite! Y para descubrirte más a ti misma, sin duda te recomiendo hacerlo delante de un espejo para ver tu expresión. Quizás al principio te impacte un poco, pero piensa que eso es debido a toda la demonización que hay en torno al sexo. Es tu naturaleza igual, tú teniendo placer al máximo. ¿Acaso hay algo de malo en eso? ¡Más bien lo contrario, es algo positivo!

3.2.4. Juguetes y cosmética erótica

El universo de la juguetería erótica es infinito y cada día salen nuevas tecnologías que nos prometen mejores orgasmos o sensaciones. Esto resulta muy positivo, pero a veces puede surtir el efecto contrario y ser un problema.

Debemos tener en cuenta que, hasta hace poco, la gran mayoría de los juguetes eróticos estaban diseñados por hombres. Eso significa que la ignorancia del placer femenino quedaba evidenciada en diseños y formas muy alejadas de lo que realmente buscamos. Seguramente hayas visto esos vibradores con penetración, estimulación de clítoris, rotación, perlas en su interior y ochocientas frecuencias. Parece que mi amigo, aquel que se pensaba que teníamos más botones que la NASA, hubiese diseñado un juguete. Pero la realidad es mucho más sencilla (por suerte).

- **SUCCIONADORES DE CLÍTORIS** Su tecnología se desarrolló en 2014, cuando Michael Lenke y su mujer, Brigitte, se preguntaron cómo era posible que muchas personas con vulva no hubiesen tenido nunca un orgasmo. De ahí nació el

Womanizer, el primer succionador de clítoris del mercado. Juntos inventaron una tecnología patentada, The Pleasure Air Technology©, que hace posible la estimulación del clítoris sin contacto directo. Actualmente dicha técnica se ha implementado y mejorado a través de varias marcas. Pero a nivel personal, la mejor de todas es Satisfyer.

» **VIBRADORES** ¿Sabías que el primer vibrador lo inventó Cleopatra? Consistía en un rollo de papiro con su interior lleno de abejas revoloteando. Sin embargo, no fue hasta 1880 que se inventó oficialmente el primer vibrador con baterías, obra de Joseph Mortimer Granville. Era una herramienta terapéutica para tratar lo que llamaban «histeria femenina». Con el paso de los años, se demostró que esta enfermedad era un mito anticuado y, como resultado, se retiraron todos los vibradores de las principales tiendas y centros comerciales. El vibrador pasó a considerarse un elemento de perversión sexual, idea que en nuestros días pervive en una parte nada desdeñable de la población.

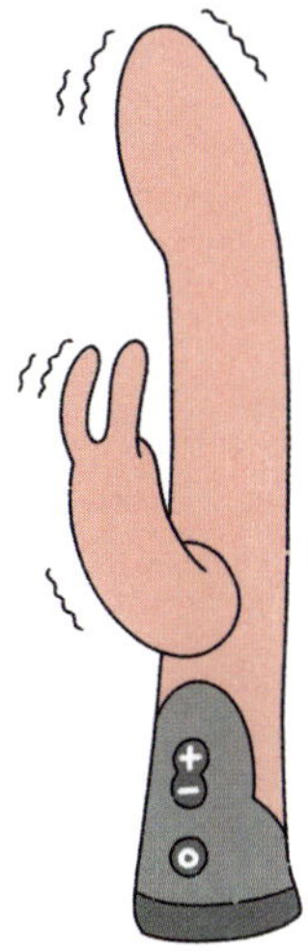

Dentro de los vibradores encontramos varios modelos. Los clásicos son:

- → Bala vibradora. Es un pequeño juguetito ideal para llevarlo en el bolso o utilizarlo durante el sexo oral o la penetración.
- → Vibrador conejito. Es un vibrador de doble estimulación porque por un lado dispone de un motor que estimula el clítoris, y por el otro estimula el interior de la vagina.
- → Vibrador para el punto G. Es aquel que sirve para la penetración y tiene una curvatura que favorece la estimulación del punto G.
- → Braguitas vibradoras. Son unas bragas en cuyo interior se coloca una bala vibradora discreta que te da placer en cualquier lugar.
- → Huevo vibrador. Es un vibrador con forma de huevo y con control remoto. Consiste en introducir el huevo dentro de la vagina y controlar su potencia mediante el control remoto. Pero también puede servir para estimular el clítoris durante la penetración, por ejemplo.
- → Anillos vibradores. Son unos anillos que se colocan en el pene y que en un lado disponen de un motor para estimular el clítoris.
- → Masajeadores. Llamados así porque antiguamente se utilizaban para masajear la espalda, si bien las mujeres los empleaban para otros menesteres, ya sabes. Tienen un cabezal ancho con un potente motor y son brutales.

» **CONSOLADORES O *DILDOS*** Están diseñados para la penetración sin vibración. Podemos encontrarlos con forma de pene realista, de cristales y piedras, de plástico, de silicona y un largo etcétera.

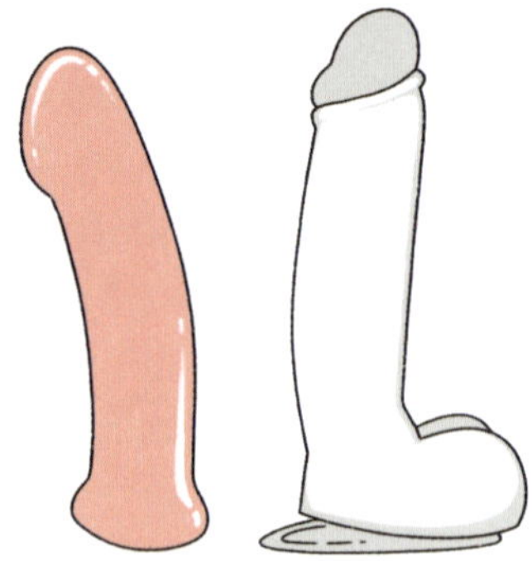

» **BOLAS CHINAS O BOLAS VAGINALES** Aunque la sabiduría popular las tenga como algo placentero, lo cierto es que las bolas chinas no dan placer en absoluto. Su función es trabajar el suelo pélvico para mejorar la musculatura y, de ese modo, evitar pérdidas de orina en un futuro, entre otros beneficios. Lo ideal es encontrar un modelo con varios tamaños y pesos para poder entrenar con más variedad. Al principio no deberías tenerlas más de veinte minutos e ir aumentando el tiempo de ejercicio.

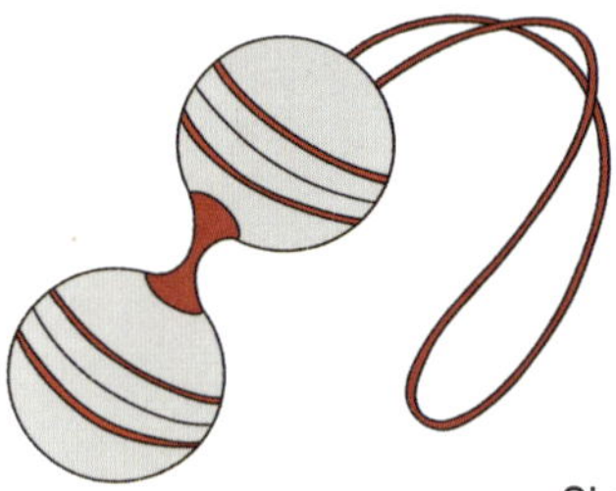

Si quieres empezar en el universo de la juguetería erótica, te recomendaría que invirtieras en un succionador de clítoris. Los hay que ya disponen de vibración, de ese modo, puedes combinar la succión con la vibración. Prepárate para descubrir la eyaculación precoz, querida.

Si, por el contrario, prefieres un juguete para estimular tu vagina, te recomiendo alguno con forma curvada, ideal para el punto G. A ser posible, que tenga vibración, de ese modo podrás utilizarlo para estimular tu clítoris cuando te apetezca.

En el mercado encontramos varios complementos ideales para mejorar nuestras jornadas masturbatorias. Adaptar el espacio al momento puede ser muy *sexy*. Velas, incienso, música…, ¡todo para tu propio autoplacer! Ten una cita contigo misma y regálate el mejor placer de todos. Puedes utilizar geles que aumentan la sensibilidad de tu clítoris o tu punto G, lubricantes y aceites con diferentes aromas y sabores, o ir un paso más allá y hacerte con unas pinzas para los pezones que borrarán el límite entre el placer y el dolor.

Lo más importante es que estés abierta a ello. La masturbación es positiva, recuérdalo. Es placer a ti misma, amor y cariño. Es conocerte, explorarte y amarte como nunca. Tu gozo te pertenece a ti. No dejes que nadie interfiera en él.

3.3. A POR EL «SQUIRT»

Puede que suene como una conocida marca comercial de cacao en polvo, pero lo único que tienen en común es que, en ambos, hay un conejo como protagonista.

Mucho se ha hablado sobre el *squirt* o eyaculación femenina. Pero se ha hecho muy mal. Lo cierto es que, como todo lo relacionado con la sexualidad de aquellas personas con vagina, no se ha estudiado hasta hace relativamente poco. Todavía la comunidad científica sigue discutiendo lo que es el *squirt*. ¿Es orina? ¿Agua? ¿Líquido prostático? ¿Cómo se provoca? ¿Todas las personas pueden conseguirlo?

La hipótesis más consolidada hasta el momento es que el *squirt* se produce debido a una alteración de una hormona conocida como «vasopresina». La vasopresina u hormona antidiurética tiene varias funciones, pero la que nos interesa es su capacidad de retener el agua en los riñones. Está también muy conectada al sistema nervioso central. Esta hormona se puede alterar en varias circunstancias, entre ellas cuando tenemos un placer muy prolongado o muy intenso y de corta duración. ¿Qué ocurre entonces? Sencillamente, que no se retiene el agua en los riñones, siendo imposible la absorción de los residuos del cuerpo, y se produce su eliminación a través de la orina. Por lo tanto, se expulsa únicamente agua. Cuando se provoca el *squirt*, se hace principalmente mediante la estimulación del punto G, aunque también se puede conseguir incluso a través del punto A o del glande del clítoris. Dicho placer hace que la vasopresina se altere y el líquido se retenga en la vejiga, siendo expulsado inmediatamente por la uretra. Pero hay algo más. No fue hasta 2015 que se empezó a analizar la composición del *squirt* o eyaculación femenina. Se descubrió que, además de tener pequeños restos de urea, también contenía PSA o líquido prostático, el cual evidenciaba la existencia de la próstata femenina (glándulas de Skene). Por lo tanto, podríamos pensar que la estimulación de los puntos G y A puede resultar igual de placentero que la estimulación del punto P en aquellas personas con pene. Aunque el acceso es diferente, ya que no disponen de una abertura como en el caso de la vagina. Lo cierto es que a nivel anatómico tampoco hay mucha diferencia entre sexos. Mientras que el pene y los testículos se desarrollan hacia fuera, el clítoris y los ovarios lo hacen hacia dentro. Si cogiéramos una imagen real del interior de ambos sexos nos sorprenderíamos de su similitud.

Volviendo al *squirt*, esta hipótesis se ha consolidado, ya que no existe en la zona un espacio que pueda almacenar y retener tanto líquido. De hecho, la sensación previa al *squirt* es algo que seguramente hayas vivido en algún momento. Una urgencia de tener que ir al baño a mear, ¿te suena? Bien, si te relajaras y confiaras, te darías cuenta de que esas ganas de orinar en realidad se convierten en un maravilloso *squirt*.

Ahora bien, abordemos la pregunta clásica de si todas las personas con vagina pueden hacerlo. En principio, y basándonos en esta hipótesis, sí, todas las personas podrían hacerlo. Algunas tienen más facilidad que otras, llegando a la eyaculación femenina en cada orgasmo. A otras les resulta más difícil. Lo más importante es no obsesionarse con este tema. De nada sirve estar enfocadas en conseguirlo, puesto que la carga y la presión que esto conlleva hará que vivas el sexo con estrés, cuando más bien debería ser todo lo contrario. Por lo tanto, lo que te recomiendo es que sigas las siguientes pautas para intentar alcanzarlo y, si no lo consigues, ¡no te preocupes! El placer del *squirt* se consigue debido a la liberación que eso conlleva, igual que con un orgasmo (se libera la tensión) o cuando llevas mucho tiempo sin orinar y, de repente, puedes hacerlo. La liberación resulta placentera para el cuerpo, y eso es exactamente lo que sientes cuando tienes un *squirt*. Pero no es un orgasmo especial ni un placer inhumano. Eso se siente gracias a la estimulación del punto G, el clítoris y el punto A.

3.3.1. Técnica para provocar el «squirt»

La verdad, no hay una técnica específica para lograr el *squirt*. Existen personas que lo hacen mediante la estimulación continuada del punto G, otras que simplemente con un succionador de clítoris lo alcanzan. Incluso cuando tienen un control total sobre su placer, hay personas que lo pueden conseguir mediante la meditación tántrica. Con esto quiero decir que no existe un manual para garantizar la experiencia, pero sí que hay ciertos movimientos que lo pueden invocar (y lo pasarás genial intentándolo).

Lo primero es beber mucha agua. Cuanta más agua bebas, más cantidad de líquido vas a sacar. Por lo tanto, es importante mantenerse hidratada horas antes del encuentro. Debes estar relajada para disfrutar de las sensaciones que tu cuerpo experimenta. ¡Ah!, y la excitación es un ingrediente vital. Dedícale tiempo a las caricias, besos, roces y lengüetazos.

Una vez estés cachondísima, empieza la técnica. Lo más fácil es recibirlo, a veces puede resultar incómodo hacérselo a una misma. Envíale una captura de esta parte a tu *crush* para que aprenda a darte mucho placer. Ya me lo agradecerás. Túmbate boca arriba y abre las piernas. Elévalas, como cuando follas en la postura del misionero, y deja expuesto todo tu coño. Los dedos corazón y anular son los protagonistas y aquellos que se adentrarán en tu vagina en busca del punto G. Se introducen, buscan el hueso pélvico y suben un poquito hacia el ombligo, haciendo la técnica del «ven». También se pueden probar otros movimientos, como mover los dedos de lado a lado o dibujar círculos, como si rebañaras el bote de crema de cacao.

Primero suave, que empiece a mojarse la zona, para luego aumentar el ritmo. La fuerza no reside en el antebrazo, eso es mejor dejarlo para el número final, ya que si no te cansarás muy rápido. Haz movimientos circulares con tu hombro para mover todo el brazo y no perder resistencia. Cuando estés muy mojada escucharás un «chuf, chuf». Eso significa que se están batiendo los orgasmos ahí dentro, querida.

Quizás tengas la sensación repentina de tener que orinar. Sigue, vas por buen camino. ¿Qué es lo peor que puede pasar? ¿Que te mees? ¡¿Y qué?! Se limpia y listo. Pero quizás estás cerrando las puertas a un *squirt*.

A medida que aumente tu excitación debe aumentar el ritmo y la constancia. Y cuando el «chuf, chuf» se escuche con mucha más asiduidad, tendrás un clímax un poco extraño y saldrá líquido. No esperes que salga el líquido como en las películas porno, que salen chorros y chorros de eyaculación femenina. Eso se adquiere trabajando mucho la técnica y las paredes vaginales. En tu caso, seguramente ni sepas que ha sucedido.

¿Cómo saber si has tenido un *squirt*? No será un orgasmo como el de clítoris, es un placer muy intenso y escalonado, más prolongado. La textura del flujo es más líquida que habitualmente y no lubrica, es áspera y no deja deslizar bien. El olor depende de la persona, pero suele ser fuerte. Quizás salgan dos gotitas o un chorro. Pero debes hidratarte muy bien antes y después del *squirt*. ¡Ah!, y acostúmbrate a tener un cubrecolchón, una toalla y el secador a mano, por la que puedas liar.

3.4. SEXO CON PENES

3.4.1. Masturbación

Es posible que seas una mujer con pene o una mujer cisgénero heterosexual. De un modo u otro, la masturbación parece sencilla, pero en realidad hay un universo de placer que no se está explorando. De forma clásica se ha entendido que únicamente subiendo y bajando la mano por el pene podemos dar gustito. El gozo nace del glande, donde se encuentran las terminaciones nerviosas del pene. Por eso cuando la piel sube y baja pasando por el glande provoca placer. Puede que únicamente con el movimiento de tu mano arriba y abajo por la zona consigas llegar al clímax. Pero insisto en que la mayor concentración de terminaciones nerviosas se encuentra en el glande.

Aunque tengamos la técnica de arriba-abajo, existen varios métodos alternativos. Lo importante es la erección, que favorece las sensaciones. Si todavía no se ha concentrado mucha sangre, no te preocupes. Sujeta el pene por la base y mueve la otra mano arriba y abajo, desde el glande hasta la base. Con la mano que sujetas el miembro, prueba a apretar la zona con cuidado. De ese modo se ayuda a la erección.

Una vez la polla esté dura, vamos a darle caña.

- » **A DOS MANOS** Puedes probar la técnica de arriba-abajo, pero esta vez con dos manos, de tal modo que se abrace todo el cuerpo del pene y el glande.
- » **ENTRELAZADO** Entrelaza las dos manos y deja la polla en medio de ellas. Muévelas y juega con la presión. Ten cuidado y no emplees demasiada fuerza.
- » **LA ROSCA** Mueve las manos hacia los lados con el pene en medio, como si fuese una rosca. Puedes combinarlo con movimientos verticales.

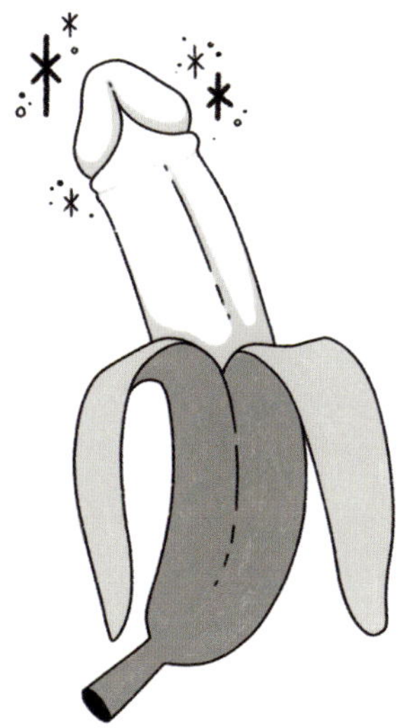

- EL EXPRIMIDOR Coloca tu mano encima del glande como si fuese un exprimidor de naranjas. Haz movimientos circulares y ponle especial amor y cariño a la zona del frenillo.
- EN CADENA Pon la mano en el glande y desliza por todo el cuerpo. Antes de que llegue a la base, coloca la otra mano y haz lo mismo. Para esta técnica tienes que utilizar aceite apto para genitales o lubricante.

No te olvides de los testículos. Acarícialos con movimientos muy suaves y delicados para no hacer daño. También puedes probar a presionar levemente la zona perianal, ¡a muchas personas les resulta placentera!

Incluir juguetes eróticos, cosmética y nuevas texturas puede ser un mundo sensorial que explorar. Coge un anillo vibrador o una bala vibradora y apóyala suavemente en el glande mientras haces la técnica de arriba-abajo. Para algunas personas puede resultar demasiado intenso, ¡ve con cuidado! También puedes agregar aceites y lubricantes antes de empezar. Hay con efecto frío, calor o que aumentan la sensibilidad del pene. Mejorar el deslizamiento hará que la masturbación sea mucho mejor.

Prueba a poner suavemente el vibrador en los testículos o a lo largo del pene. Juega con las zonas más erógenas, como los pezones, los pies o el cuello. Prueba nuevas texturas y haz una paja con guantes o toallas. ¡Todo es bienvenido!

Si estás en la ducha, la alcachofa puede ser una gran aliada del placer. Ponla en el glande o en el frenillo, en los testículos o en la zona anal mientras realizas movimientos verticales con la mano. Cuidado con la temperatura, no queremos abrasar la salchicha, por favor.

Finalmente, el truco para una buena paja está en la muñeca. Es importante dejarla suelta y ejercer más presión con la mano. De ese modo se pueden crear movimientos más fluidos y suaves por todo el pene. Intenta no seguir con el mismo ritmo constantemente y varía en cuanto a técnicas, si no se puede aburrir considerablemente. Y recuerda, si estás masturbando a otra persona con pene, actúa con empatía. Empieza lentamente y aumenta la velocidad y la presión a medida que lo hace la excitación. ¡Lo tienes hecho!

3.4.2. Ñam, ñam

El sexo oral no debería ser una obligación, ¡en absoluto! Pero es cierto que muchas nos vemos presionadas a hacerlo. Desde los empujones de cabeza hasta los baboseos en formato «chúpamela». ¡Con lo fácil que es decir las cosas con excitación! «Me encantaría que me llenaras toda la polla de babas», por ejemplo. Y nuestras bragas están en Hong Kong con eso.

Chupar una polla no tiene demasiado misterio: la coges y te la metes en la boca. Tal cual. Aunque, claro, es mejor adornar las cosas para ofrecer más placer y convertirte en la *fucking* diosa del sexo oral.

Si la polla no está erecta, no te preocupes. Puedes centrarte en acariciarla, lamerla o chuparla suavemente para que empiece a crecer. Es maravillosa la sensación de notar cómo se pone dura en la boca, la verdad.

Si la polla ha alcanzado la erección, soy partidaria de metérmela directamente en la boca, con decisión. Eso hace que la persona se quede un poco en *shock* y se prepare para la mejor mamada del mundo. Denota seguridad, poder y control. A partir de ahí, lame suavemente el glande y el frenillo. Utiliza los labios para abarcar toda la zona y ve lenta, que el calor vaya aumentando. Coge el cuerpo del pene y empieza a lamer toda la zona por el lateral hasta el glande, introduciendo el miembro en tu boca e intentando llegar a la base. Con tu mano, haz el movimiento de arriba-abajo y coordínala con tu cabeza.

El ritmo y la presión deben ser progresivos, como todo. Empieza lenta, suave y, poco a poco, aumenta la fuerza de tu mano y de tus labios. Mantén tus dientes apartados del pene en la medida de lo posible, ¡puedes hacer mucho daño! El truco es sacar más los labios para cubrir bien y evitar lesiones. A medida que aumenta la excitación puedes apretar más los labios y, de ese modo, ofrecer nuevas sensaciones. Pon especial interés en el glande, el frenillo y los testículos, ¡que son los grandes olvidados! Lame con cuidado y no presiones. Las caricias, que sean muy suaves. Recuerda que tienes dos manos y una boca, ¡úsalas!

A nivel visual, a muchas personas les gusta la garganta profunda, pero a veces resulta un poco molesto para quien lo hace. Las arcadas están erotizadas y en realidad son una mierda. Por lo tanto, si quieres evitar eso, no lleves el pene directamente al fondo de tu gar-

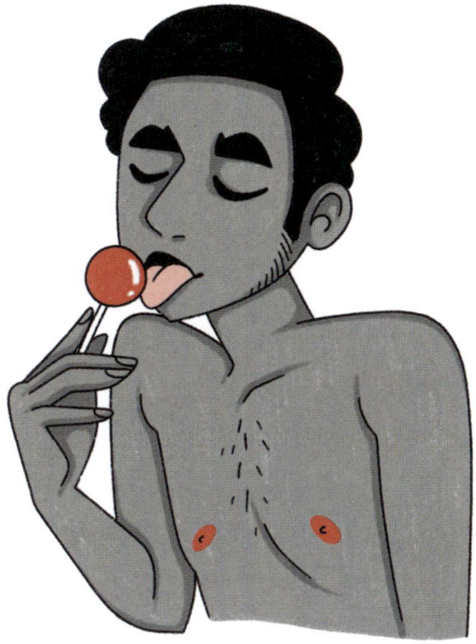

ganta, sino un poco hacia arriba, sin que llegue a tocar el paladar ni la lengua. Como cuando vas al médico y te piden que abras la boca y digas «ah». Aguantar la respiración también ayuda, sobre todo las primeras veces. La garganta profunda es cuestión de práctica y más práctica. Y si no te gusta y te agobia la situación, ¡déjalo! No estás obligada a hacerla y está más que sobrevalorada en el sexo oral. Puedes dar muchísimo placer sin necesidad de pasar un mal rato.

¿Tragar o escupir? Aquí depende de cada una. Si te gusta el sabor del semen, traga. Si no soportas ni la textura, es mejor que se corra en otros lugares como tus tetas, abdomen o culo. Evita poner un pañuelo o toalla y no te apartes cuando lo haga. Es bastante violento que una parte natural de su cuerpo, como son los fluidos, te dé ese nivel de asco. Sé disimulada y, una vez que todo acabe, ya te limpiarás.

La clave de la mamada es el contacto visual. Les encanta que les miren a los ojos mientras pones esa cara de estar comiéndote el último trozo de kebab que queda en el plato (y luego te percatas de que era demasiado grande para la cavidad de tu boca). Una buena mirada, *sexy* y atractiva, se consigue intentando apretar el párpado inferior. Sí, acabas de descubrir tu cara de asesina y de chupapollas.

Mantén la zona siempre húmeda con tu saliva. Puedes ayudarte también de lubricantes con sabores y comestibles, aunque por lo general suelen ser bastante dulces y acabas con un empacho importante. Escupe, lame, acaricia y vuélvete loca. Para hacer una buena felación hay que disfrutarla, hacerle el amor a ese pene sin que haya nada más en el espacio-tiempo. Solo tú y él.

3.4.3. Ñaca, ñaca

Existe un coitocentrismo absoluto. Todo se centra en la penetración. De hecho, incluso se habla de perder la virginidad cuando el pene entra en la vagina. Pero, en realidad, la virginidad se pierde cuando abandonas la inocencia y descubres el sexo. El sexo engloba besos, caricias, lametones, tocamientos y, por supuesto, penetración. Pero parece que si no hay un pene que perfore un agujero, la interacción sexual no está completa. Es absurdo, se folla igual sin penetración. Es más, debemos acabar con los «preliminares». ¿Preliminar a qué? Lo único que estamos haciendo es fomentar la perpetuación del coitocentrismo en nuestra sociedad. A partir de ahora, llámalo sexo igual, porque forma parte de la relación sexual.

El placer de la penetración, para mí, reside en la interacción con el cuerpo. Saber que una persona está dentro de ti o que tú estás dentro de una persona es una de las sensaciones más

alucinantes que hay. No por el gozo que pueda existir en el mete-saca infinito, sino en el contacto y el intercambio energético que hay. Miradas, besos, mordiscos, azotes y un largo etcétera que componen esa maravillosa obra artística. Personalmente, me encanta mirar y observar a las personas cuando penetran. Ver cómo fruncen el ceño, gimen o cómo se mueve el pelo. Las pupilas se dilatan, aumenta la temperatura y el latido de su corazón se dispara. Todo eso hace que la penetración sea extremadamente placentera. Se trata simplemente de disociar la sensación genital y llevarla a una sensación corporal y sensitiva.

Encontrar placer en la penetración depende del tamaño del pene y de la forma. Si el pene es ancho, acariciará los cuerpos cavernosos del clítoris que abrazan el interior de la vagina. Si el pene tiene una forma curvada hacia arriba, llegará a estimular los puntos G y A mediante la postura del misionero. Si tiene una forma curvada hacia abajo, conseguirá lo mismo con la postura del perrito. Aunque la distancia entre el clítoris y la abertura vaginal también importa. Marie Bonaparte, sí, pariente de Napoleón Bonaparte, realizó un estudio en 1924 bajo el seudónimo de A. E. Narjani, en el cual medía la separación entre el clítoris y la abertura vaginal en más de 240 mujeres cisgénero. A partir de los resultados, Marie categorizó a las mujeres en tres grupos distintos:

- PARACLITORIDIANAS Mujeres en las que la distancia entre clítoris y vagina era inferior a 2,5 cm. Según el estudio, estas mujeres eran las que más disfrutaban de orgasmos durante el coito.
- TELECLITORIDIANAS La distancia es mayor de 2,5 cm. Estas mujeres tendrían más dificultades para llegar al orgasmo durante el coito. Y sí, a este grupo pertenecía Marie Bonaparte.
- MESOCLITORIDIANAS La distancia son 2,5 cm clavados.

Por eso existen mujeres que tienen más facilidad de alcanzar el orgasmo a través de la penetración, gracias a la estimulación del glande del clítoris durante la misma, y otras a las que les resulta imposible.

Pero lo más importante es la variedad y no estar metiendo y sacando con la misma velocidad y movimiento. Como hemos visto, en el sexo lo más importante es no estar más de treinta segundos haciendo lo mismo, porque resulta aburrido (a excepción de cuando estamos a punto de alcanzar el orgasmo, ¡entonces no pares!).

Es posible que durante el ñaca, ñaca entre en la cavidad vaginal aire que, en ocasiones, sale en forma de pedo. A muchas les puede dar muchísima vergüenza y sin duda no es nada erótico. Los pedos vaginales se pueden cortar de raíz de una forma muy sencilla. Cuando escuches el primero, saca el pene y mete tus dedos en la vagina (con un par es más que suficiente). Empuja tu pared vaginal hacia un lado, como si tus dedos fuesen un anzuelo, y verás que el aire sale de forma silenciosa. ¡Tachán! Se acabaron los pedos vaginales.

En este capítulo no quiero hablar de posturas ni de movimientos. El sexo no debe ser algo mecánico ni regirse por un manual de lo establecido. Siente, expresa y mueve tu cuerpo como a ti te dé la gana. Da igual si estás más *sexy* o menos *sexy*, si de repente tus tetas cuelgan o tu barriga se ve extraña en esa postura. Da igual la cara que pones o si tu culo es grande o pequeño. Olvídate de todo esto, no es importante. Recuerda que gracias a tu cuerpo puedes conectar con esas sensaciones. Agradece lo que tienes y olvídate de lo que la sociedad quiere de ti. Eres tú, tu placer y la conexión con una o más personas en ese instante. Es el presente. Disfrútalo y saca ese instinto que está en ti.

3.4.4. Tras, tras, por detrás

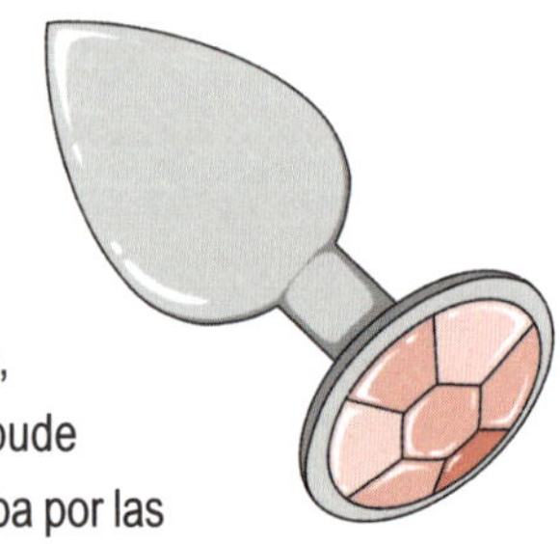

Existen mujeres que disfrutan enormemente del sexo anal. Yo no soy una de esas, la verdad. Mi primer contacto con la penetración fue por el culo. Sí, todavía tenía himen cuando empecé a explorar ese agujero. La persona que penetraba era un bruto (y un gilipollas, pero eso lo descubrí más tarde) y me hizo tantísimo daño que no pude sentarme ni ir al baño durante casi tres días. El dolor era tal que lloraba por las noches. Por lo tanto, cada vez que intento mantener relaciones sexuales por el ano, me vienen muchísimos recuerdos, y no precisamente buenos.

Quizás hayas pasado una experiencia parecida durante el sexo anal. O tal vez disfrutes como nunca este tipo de penetración. De hecho, es muy placentera si se sabe hacer bien. Lo más importante es estar relajada y utilizar lubricantes específicos para la zona que ayudarán a que

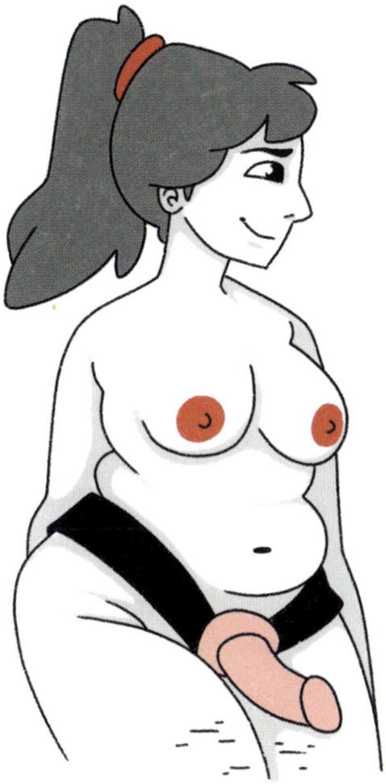

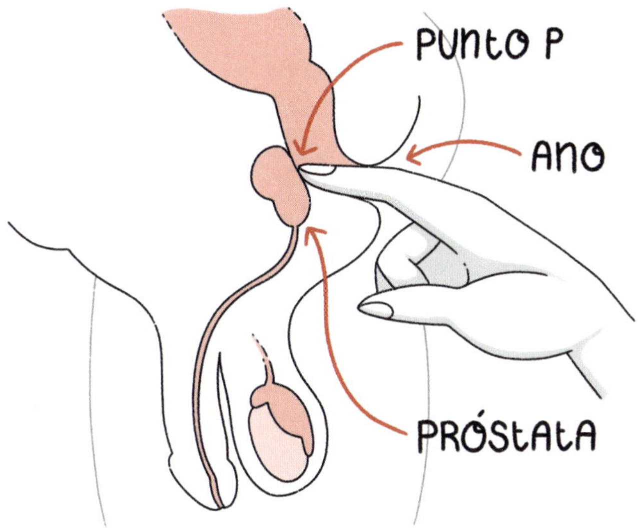

el pene deslice mucho mejor. Eso sí, ¡siempre con preservativo! Es cierto que no te vas a quedar embarazada, pero las bacterias que hay en ese lugar podrían entrar por la abertura de la uretra e infectar el pene. Y no queremos eso, ¿verdad?

Existen relajantes anales que te quitarán la sensación de tener que ir al baño a cagar. Sé lo molesto que puede ser y la barrera mental que se debe superar. Por eso, estos productos te pueden ayudar a centrarte única y exclusivamente en el placer.

Como todo, requiere un entrenamiento y una dilatación. Es vital que estés muy excitada para que la zona se abra y puedas disfrutar del encuentro. Puedes dilatar y preparar el ano con *plugs,* bolas anales o vibradores.

Si eres una mujer con pene, recuerda que en la zona anal se encuentra tu punto P. Si eres una mujer con vulva, resulta muy placentero si te penetran por la vagina mientras metes un vibrador en tu ano. La persona que penetra sentirá la vibración y será alucinante. Y a ti te estará estimulando dos partes a la vez. ¿Puede ser mejor?

Es posible que estés con un hombre cisgénero muy cerrado a la idea de que le practiques sexo anal. Bien, él se lo pierde. Puedes intentar hablarle sobre el placer que se está negando simplemente por una concepción de orientación sexual que está muy alejada de la realidad. Que te metan un dedo por el culo no significa que, de golpe, seas homosexual (como si hubiese algo negativo en serlo, *btw*). Si de repente está abierto a probarlo, es muy fácil encontrar y estimular el punto P.

Coloca un preservativo en el dedo y mucho lubricante en la zona. Hazlo cuando esa persona esté sumamente excitada y tenga el ano dilatado. Intenta que su mente se centre en otros estímulos: sigue chupándosela, masturbándole o besándole. Algo que le relaje y no esté pendiente de si le duele o le gusta. Introduce el dedo poco a poco, con mucho amor, mientras sigues dando placer por otro lado. Una vez hayas introducido tu dedo, busca su ombligo, es decir, no penetres y sigas recto, ya que lo único que haremos será tocar la pared rectal. El punto P se encuentra cerca de la entrada del ano y en dirección al ombligo. Sigue los mismos movimientos que para estimular el punto G («ven», circular, lateral, etc.).

Para las personas con pene, la estimulación del punto P es muy intensa, igual que si estimularan el punto G de aquellas con vagina. Si se combina con una mamada o una masturbación, ¡puede ser el mejor orgasmo que haya tenido!

3.4.5. Juguetes y cosmética erótica

¡Juguemos! Explorar tu cuerpo con otras herramientas es maravilloso, aunque a veces puede suponer un rechazo por la otra parte. Para muchos hombres cisgénero parece que compartir cama con otros vibradores les toca directamente en su hombría. Como si ellos fuesen los únicos que pueden ofrecer placer (cuando lo hacen, claro). Si alguno te pone impedimento o hace un comentario fuera de lugar en el momento que coges tu vibrador, envíalo a la mierda. Bien lejos.

Incluir un vibrador o una bala vibradora durante la penetración hace que el orgasmo esté prácticamente asegurado. El placer de combinar ambos factores te eleva hasta lo más alto. Tú tienes el poder y el control sobre el juguete y, al mismo tiempo, estás disfrutando de todo el entorno y contexto sexuales. Sin duda, te recomiendo que lo pruebes. Juega y ponlo en los testículos del chico, por ejemplo. O a lo largo del glande y del cuerpo mientras realizas una felación o una paja. ¡Es todo maravilloso!

Prueba a utilizar cremas estimulantes de clítoris para incrementar la sensibilidad de la zona o geles que retrasan la eyaculación para disfrutar del sexo durante más tiempo. Las plumas y las vendas para los ojos son una combinación muy excitante para explorar a nivel sensorial nuevas puertas que te llevan directamente al placer.

Invierte en un vibrador para el punto P e introdúcelo mientras realizas una mamada o cuando estáis follando. Para esa persona con pene es una sensación única. O prueba a ser tú quien penetres con arnés, por ejemplo. Existen algunos con vibración que son maravillosos.

Es imprescindible perderle el miedo al uso de juguetes eróticos y de cosmética en la cama (y en pareja). Deja volar la imaginación y rompe con la rutina en el sexo.

3.4.6. Infecciones de transmisión sexual (ITS)

El intercambio de fluidos hace que también se puedan llegar a intercambiar infecciones y enfermedades de menor o mayor gravedad. Por eso es imprescindible el uso de preservativo con todos los amantes que tengas. Aunque, a veces, eso no es garantía de prevención al 100%. Hazte las pruebas de ITS y ETS cada seis meses si tienes más de un amante sexual, y cada año si eres una persona monógama y estás en una relación de exclusividad. Existen muchos centros especializados en las grandes ciudades que te hacen un análisis completo. Pero si no encuentras ninguno, es tan simple como decirle a tu médico que incluya las pruebas de ETS en los análisis de sangre. Por supuesto, la visita anual al ginecólogo y las correspondientes pruebas como citología o Papanicolau son inamovibles.

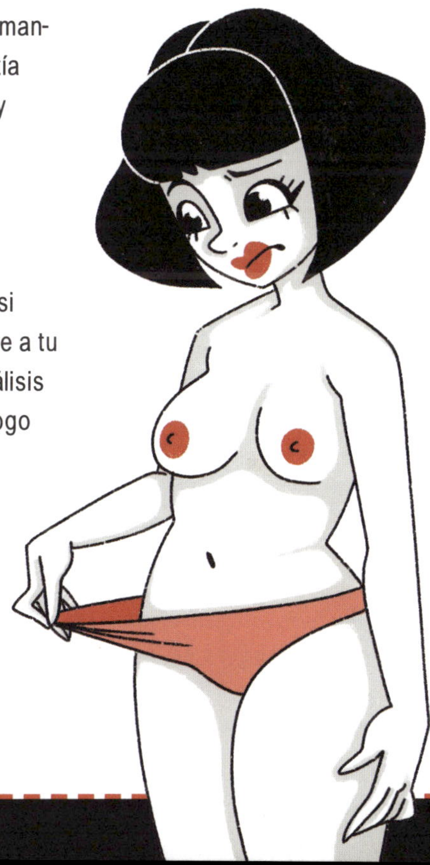

Vamos a darle un repaso a las principales ITS y ETS para ver su sintomatología y su transmisión.

VPH O VIRUS DEL PAPILOMA HUMANO. Es la ITS más común de todas. De hecho, el 80% de las personas la pasarán en algún momento de su vida. Sin ir más lejos, yo la tengo. Me la detectaron en la revisión anual en el ginecólogo y te aseguro que el impacto fue horrible. Estaba totalmente desinformada y no me lo podía creer. ¡Si había utilizado preservativo en todas y cada una de mis interacciones sexuales! Pero incluso con eso, hay un 30% de posibilidades de contraerla. La combinación de vacuna y preservativo es lo único que puede garantizar el no contagio de algunos tipos de infección.

En realidad, el VPH no produce ningún tipo de sintomatología, es por eso por lo que en muchas ocasiones pasa totalmente desapercibido. Pero en aquellas personas con vagina, si no se controla, puede que con el paso de los años provoque cáncer de cérvix. Tampoco existe tratamiento ni tiene cura, pero sí que se pueden tomar algunas medidas para que no tenga efectos negativos sobre la salud. Por ejemplo, antes de que derive en cáncer se practica una pequeña cirugía que consiste en retirar una pequeña capa del cuello del cérvix.

Hay más de doscientos tipos de VPH, cuarenta de ellos pueden afectar a los genitales. Se clasifican como de alto riesgo (mayor riesgo de derivar en cáncer) y de bajo riesgo (mayor probabilidad de que derive en condilomas o verrugas genitales).

En algunas personas, el VPH provoca unas verrugas en la zona genital. Son extremadamente contagiosas y se deben eliminar. Es la complicación que más se da en el VPH. Es importante el control por el ginecólogo y las citologías anuales para ver su evolución.

La transmisión se produce simplemente por contacto piel con piel, independientemente de la penetración. Puede ser durante el conocido «petting», por ejemplo, donde las personas se frotan los genitales, pero no se llega a penetrar.

CLAMIDIA. Está causada por una bacteria y su transmisión es por el contacto directo durante el encuentro sexual (vaginal, bucal o anal) con la persona infectada. Algunas personas no presentan síntomas, pero otras pueden tener fiebre, dolor abdominal y un flujo inusual en el pene o en la vulva. Para aquellas personas con vagina, la clamidia puede provocar una inflamación pélvica que, si no se trata, puede afectar al útero y a las trompas uterinas.

El tratamiento se realiza mediante antibióticos orales y un control para comprobar su eliminación. El uso de preservativo reduce la posibilidad de contraer dicha infección.

GONORREA. Está causada por una bacteria que crece muy rápido gracias a la humedad de la zona genital. Los síntomas más comunes son flujo inusual en el pene o la vagina y dolor o dificultad al orinar. El tratamiento se realiza mediante antibióticos orales y control médico. Y como con todas, el uso de preservativo reduce la posibilidad de contraerla.

HERPES GENITALES. Están causados por un virus y provocan unas ampollas muy dolorosas en la boca o en la zona genital. No tiene tratamiento y la persona infectada llevará el virus consigo. Eso no significa que las ampollas no puedan curarse, ¡en absoluto!, aunque sí que pueden volver a aparecer en algún momento de la vida de la persona infectada. La presencia de ampollas aumenta la probabilidad de que el virus se transmita a otras personas. El uso del preservativo reduce la posibilidad de contraerla.

- VIH / SIDA. El virus de la inmunodeficiencia humana es el causante del SIDA (Síndrome de la Inmunodeficiencia Adquirida). Este virus destruye el sistema inmunológico humano hasta matar todas las células que combaten las infecciones. Una vez el virus ha destruido una proporción considerable de estas células, la capacidad inmunológica del cuerpo se ve comprometida, y es ahí cuando esta avanzada etapa de la infección se conoce como SIDA.

  Las personas con SIDA son mucho más propensas a contraer infecciones que no enfermarían a una persona sana y a desarrollar cáncer.

  Para prevenir el SIDA en aquellas personas infectadas por VIH se hace uso de los antirretrovirales, un tratamiento que deben seguir aquellas personas de por vida. Detectar el VIH a tiempo permite detener su avance y, por lo tanto, evita que destruya el sistema inmunológico de la persona infectada.

  El VIH no suele provocar síntomas, por eso es fundamental hacerse las analíticas de sangre de forma periódica. Hay personas que entre la segunda y la cuarta semana de haber contraído el virus pueden presentar síntomas parecidos a los de una gripe y sentirse febriles, mareadas o con malestar.

  Es importante el uso del preservativo, ya que el VIH se transmite a través del semen, las secreciones vaginales y la sangre. Por eso es esencial no compartir agujas con nadie en algunas prácticas sexuales extremas.

  El riesgo es nulo si masturbas a una persona con VIH, la besas, haces «petting» o utilizas juguetes sexuales limpios; bajo si besas a una persona con VIH y tiene llagas o heridas que pueden sangrar, tienes sexo vaginal o anal con condón o practicas sexo oral sin protección; y alto si practicas sexo vaginal o anal sin preservativo, siendo especialmente peligroso para aquellas personas que son penetradas.

- SÍFILIS. Está causada por una bacteria y el primer síntoma de esta infección es la aparición de una úlcera genital indolora. Estas úlceras desaparecen solas, incluso sin tratamiento. Pero eso no significa que la bacteria haya remitido. Es más, con el tiempo la sífilis puede afectar a otros órganos como la piel, el corazón, los vasos sanguíneos, el hígado, los huesos y las articulaciones. Si la infección sigue sin tratarse, puede afectar a los nervios, los ojos y el cerebro y causar la muerte.

  La sífilis se detecta mediante análisis de sangre y se trata con antibióticos. La prevención se realiza utilizando preservativo en las relaciones sexuales.

- HEPATITIS VIRAL. La hepatitis B está causada por un virus y provoca una enfermedad hepática grave. Se puede transmitir por contacto sexual. Los síntomas pueden ser ojos y piel amarillentos, hinchazón de la zona abdominal, náuseas y mareos, orina oscura, fiebre y cansancio, entre otros. Se encuentra en la sangre y en menor medida en los fluidos corporales como la saliva o el semen. Se puede prevenir gracias a la vacuna de la hepatitis B y utilizando preservativo. Para detectarla se debe realizar un análisis de sangre.

Algunas infecciones como la candidiasis o algunos hongos vaginales también pueden ser provocados por un encuentro sexual sin protección, por ejemplo. No hacer pis después de mantener relaciones sexuales incrementa el riesgo de infecciones de orina.

Aunque todo esto pueda darte mucho miedo y quitarte todas las ganas de follar, debes ser consciente de con quién mantienes relaciones y cómo lo haces. Las barreras de protección y el preservativo te van a salvar de la gran mayoría de las infecciones, así que puedes estar tranquila. Usa siempre condón y, si no se lo quiere poner, envíalo a la mierda.

La sociedad está obsesionada en prevenir los embarazos no deseados, pero nadie se acuerda de la posibilidad de contraer ITS. Si tu amante es recurrente y estás tomando precauciones para no quedarte embarazada, es importante que igualmente os realicéis las pruebas de forma periódica, especialmente si tenéis una relación no monógama (aun cuando utilices preservativo con el resto de las personas fuera de tu acuerdo de fluidos).

3.4.7. Anticonceptivos

En una relación heterosexual, para evitar el embarazo se deben tomar medidas preventivas: los anticonceptivos. En el mercado existen varios que se adaptan a las necesidades de cada persona, y también al sistema patriarcal. Porque si de algo se ha encargado este es de enseñarnos que si una mujer cisgénero se queda embarazada es culpa de ella y es ella quien tiene que evitar el embarazo. Como si el hombre no tuviese responsabilidad. Por eso nacieron las píldoras anticonceptivas femeninas, aun sabiendo que era mucho más difícil controlar la ciclicidad de las mujeres que la linealidad de los hombres. Aunque la píldora masculina se sigue estudiando y parece que poco a poco es una realidad, todavía quedan muchos muros por romper. ¿El principal? Los efectos secundarios que tiene sobre un porcentaje pequeño de hombres a los que «les dolía la cabeza». Vaya, como si a nosotras no.

Dejando a un lado este tema, que ya ves que me enciendo fácilmente, vamos a tratar los diferentes anticonceptivos que existen en el mercado para que encuentres aquel que más se adapta a tus necesidades.

3.5. SEXO CON VULVAS

Puede que alguna vez te hayas planteado el sexo con otra persona de tu mismo género, especialmente si eres mujer cisgénero. Pero en ocasiones nos invaden tantas preguntas y miedos que optamos por dejarlo estar. ¿Cómo sé si le gustaré? ¿Le podré dar placer? ¿Sabré actuar? O quizás nunca hayas pensado en experimentarlo hasta ahora que lo estás leyendo.

La verdad es que mi bisexualidad se manifestó siendo yo muy pequeña. Recuerdo que un día, tendría unos doce o trece años, le pregunté a mi madre cuál era su fantasía sexual. Ella me dijo que quería hacer un trío con un hombre y una mujer. A mí me impactó mucho: ¿una mujer? Pero ¿ellas también entraban en el mercado? Ahí se me abrió un mundo y empecé a ver las cosas de otro modo.

Me enamoré de una chica cuando tenía doce años. Una noche tuve un sueño un poco tórrido con ella y al día siguiente, en el instituto, no podía verla con los mismos ojos. De repente, lo que sentía en mi interior era muy parecido a lo que solía sentir por un chico. Pero era extraño, ella era una mujer. Buscaba que me mirara o que me tocara por casualidad. Me atraía muchísimo, pero me asustó tanto la idea que hice todo lo posible para olvidarme de esas emociones.

A los catorce, una noche de fiesta, la que por entonces era mi mejor amiga me estampó contra un coche y se lio conmigo. Cuando acabó, me dijo que no le había gustado. «No tienes paquete», me aclaró. Yo estaba cachondísima. También con ella noté que percibía algunas situaciones de manera distinta, que mis sentimientos hacia ella eran un poco diferentes de los que de costumbre se manifestaban en mi interior hacia amistades. Pero me volví a negar mi naturaleza.

No fue hasta los veintitrés años que tuve un encuentro sexual con una mujer, que liberé mis sentimientos y entendí que me podían gustar las personas, independientemente de su sexo o género. La sensación de comerme un coño, la complicidad que hay entre ambas, o la seguridad y confianza inmediata que se respira en el encuentro hacen que acostarse con una mujer no se pueda igualar a nada.

Si tienes miedos, déjalos de lado. De nada sirven, solo obstaculizan tu vida. ¡Pruébalo! No pierdes nada y ganas una experiencia más.

Ahora bien, ¿cómo se liga con otras mujeres siendo mujer? Puede resultar un poco difícil. Tenemos asumido que los hombres heterosexuales siempre están dispuestos y los conseguimos con un chasquido de dedos. Pero cuando se trata de seducir al mismo género, entras en pánico. ¿Estaré siendo demasiado agresiva? ¿La estaré incomodando? ¿Cuándo dar el primer paso? Tenemos varias cuestiones en nuestra contra. Primero, nos han educado para ser pasivas y nunca dar el primer paso. Nosotras mandamos mil señales, pero no nos lanzamos. Son ellos los que asumen el riesgo. Esa educación heterosexual (y un tanto machista) hace que nos cueste muchísimo besar a alguien. Y, en el terreno bisexual o lésbico, eso se traduce en un sinfín de señales que no llevan a nada y que no sabes si estás interpretando bien. Hasta que no te encuentras en una situación evidente o la persona en cuestión te lo comunica de forma explícita, no sabes si le gustas o no. ¡Socorro!

Además, ¿con qué chica puedo ligar? ¿Será bisexual? A mí me ha facilitado mucho la vida pensar que todas lo son, algo que es cierto (todas las personas, de hecho). He ligado con chicas heterosexuales que jamás se habían planteado su orientación sexual, o que de golpe se sienten atraídas por ti como por arte de magia. Otras veces me lo han dejado muy claro y ha sido todo mucho más fácil. Pero lo cierto es que esos miedos se desvanecieron cuando instalé esta idea en mi cabeza: «Es bisexual, seguro». Y si no lo es, ¡ya me rechazará! Un truco es dejar claro en la conversación tu orientación sexual. Hay muchas formas de hacerlo de forma sutil y sin desentonar. Debes encontrar tu propia fórmula. Acariciar, decir un cumplido o bailar un poco pegadas hace que poco a poco la situación se vaya calentando. Y ahí es donde empieza lo bueno.

3.5.1. Ñam, ñam

La primera inquietud que tenemos todas antes de comernos un coño es: «¿Me gustará?». Y la segunda no tarda mucho en llegar: «¿Le gustará a ella?». Lo cierto es que si tienes vulva actúas por empatía. Aquello que te gustaría que te hicieran se lo haces a ella. Más sencillo imposible, ¿verdad?

Cuando me comí un coño por primera vez fue muy intuitivo. Me sorprendió la facilidad que tenía para hacerlo... hasta que me recordaron que tenemos vagina. La chica me pidió que le metiese un dedo y la cosa se complicó un poco. Aunque no fuese una experta, ambas disfrutamos mucho y fue muy excitante. Y hasta el día de hoy sigo disfrutando de esa experiencia y esa conexión con otras mujeres tan malas como tú o como yo.

Lo más importante para comerte un coño es no ir directa. Calienta el ambiente con besos, caricias y tocamientos. Puedes empezar masturbando la zona suavemente y con mucha sensibilidad, ya que no sabes si es una persona con un clítoris que requiere más o menos presión. A partir de ahí, puedes bajar por el abdomen y llegar hasta la zona genital. Algo que me gusta hacer es lamer por encima de las braguitas y humedecer esa parte. Se llega a un punto tan erótico y *sexy* que es inevitable que aumente la excitación y el deseo de retirar la ropa interior.

Llegadas a este punto, empezamos a lamer. Quizás te impacte el sabor. El flujo vaginal suele resultar fuerte y un poco ácido al gusto, pero te resultará familiar en cierto modo. Si es algo que te incomoda, puedes probar a utilizar lubricantes con diferentes sabores, aunque estos suelen ser demasiado dulces.

La clave para lamer un coño es la presión de la lengua. Es muy importante que al principio esté blanda para que, a medida que la excitación aumenta, lo haga también la fuerza ejercida por la lengua. Por lo tanto, lengua blanda y lamidas largas. Puedes hacerlo con un solo lado de la lengua o utilizar la parte inferior para hacer una doble pasada. Cuando lamas hacia arriba lo haces con la parte superior y cuando vuelvas para abajo lo haces con la parte inferior, donde tenemos el frenillo.

Puedes hacer movimientos circulares con la lengua encima del clítoris, o pasadas verticales y horizontales. También puedes jugar a un juego superdivertido e intentar dibujar el abecedario con la lengua encima de su coño. Conforme sea mayor la excitación, puedes introducir un dedo en el interior. Pero debes hacerlo cuando el coño esté húmedo y la situación te lo pida. Ten cuidado con las uñas si las tienes muy largas, puedes causar heridas y no queremos que el encuentro se vea frustrado. Los coños te hablan, ¡escúchalos!

Recuerda cómo se encontraba el punto G. Debes hacer exactamente lo mismo e ir guiándote por las expresiones faciales y el lenguaje no verbal. Tenemos que aprender a leer los cuerpos sin la necesidad de estar hablando constantemente. Aunque un «¿estás bien?» mejora muchísimo la confianza y la interacción sexual. No tengas miedo a decirlo, al contrario.

Sigue estimulando el clítoris y el punto G hasta que notes que toda la vulva está más hinchada y mucho más mojada. Aumenta la presión de la lengua y el ritmo. Cuidado con mover demasiado la cabeza porque te puedes hacer mucho daño en las cervicales. Es todo un trabajo de lengua, ¡céntrate en eso!

Recuerda que también existen muchas terminaciones nerviosas en los labios menores. Pasa tu lengua entre los pliegues y absorbe con cuidado. ¡Es muy estimulante! Cuando el orgasmo llegue, no varíes nada hasta que sientas las contracciones. ¡Y listo!

3.5.2. Ñaca, ñaca

Siempre he pensado en el privilegio que tienen las personas con pene de poder ver y sentir a una mujer mientras la penetran. El espectáculo sensitivo debe ser alucinante.

Para penetrar a una mujer siendo mujer cisgénero puedes hacerlo mediante arneses que se colocan justamente encima de la zona genital y se ajustan en las caderas y piernas para que no se mueva. En la penetración es importante el movimiento de pelvis. Nosotras, por norma, no solemos tenerlo muy controlado, ya que cuando follamos no lo solemos utilizar. Pero en este caso, es importante desarrollarlo y activar esa parte del cuerpo.

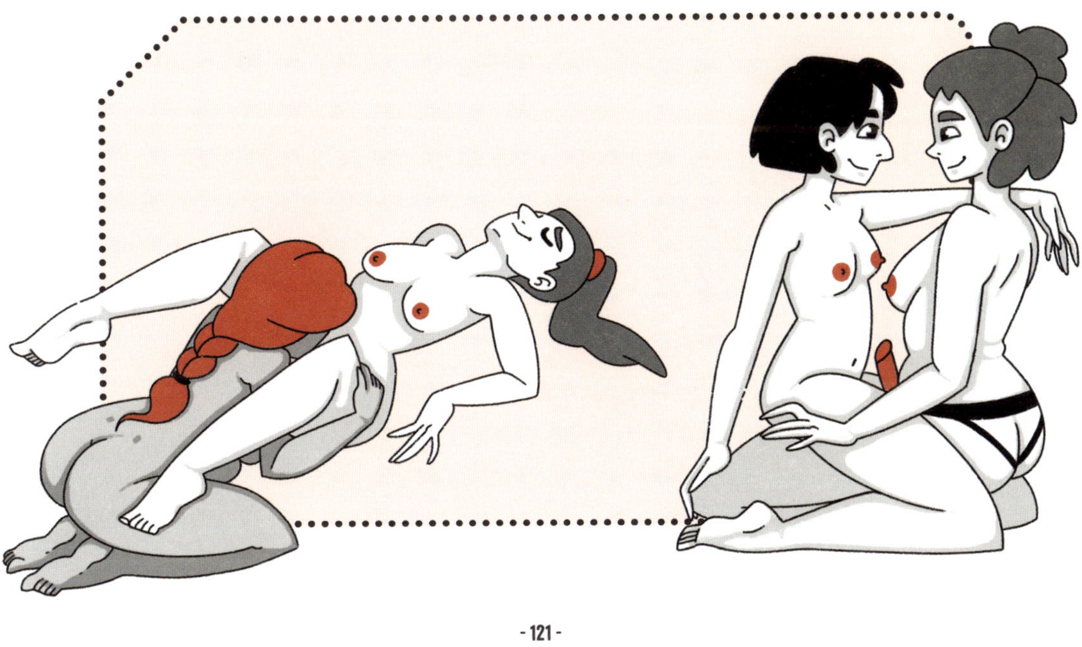

Prueba diferentes posturas hasta que os sintáis cómodas. Podéis intercambiar el arnés y llegar al orgasmo de esa forma. O también utilizar un arnés doble que penetra a la portadora y a la pasiva, en este caso.

Cuando follas con una mujer debes desarrollar la imaginación, puesto que no es habitual contar con una representación de la interacción. Eso hace que se indague más en el placer y se exploren nuevos sentidos y sensaciones que quizás nunca pensabas que descubrirías.

3.5.3. El roce hace el cariño

Rozarse y sentir los cuerpos es alucinante, pero se debe hacer bien para obtener placer. Es la clásica técnica de las tijeritas. La pornografía ha erotizado y representado esta postura en casi todas sus películas lésbicas. Mujeres increíbles curvando la espalda y siendo tremendamente *sexys*. Olvida eso. Cuando realizas las tijeras en realidad curvas la espalda, te salen todos los michelines y se te caen las tetas. Al mismo tiempo es una postura muy íntima, ya que ambas estáis frente a frente y os podéis mirar a los ojos y ver todas las expresiones faciales. Hazla con una persona de confianza o, al menos, con la que quieras mantener un encuentro más profundo.

La forma tradicional de las tijeras consiste en estar ambas sentadas frente a frente y encajar las piernas de tal modo que los coños queden pegados. Pero también puedes probar otras variantes, como que una se acueste boca arriba con la pelvis elevada y la otra se ponga encima a horcajadas.

Los besos, caricias, lametones y tocamientos pueden animar el encuentro. El movimiento de cadera y unos buenos lengüetazos húmedos aseguran que la temperatura se eleve hasta límites insospechados.

Si no sientes mucho placer y necesitas un empujón, prueba a situar un vibrador potente entre los clítoris. Así ambas podéis experimentar las vibraciones. También podéis utilizar juguetes dobles para penetrar mientras se rozan los cuerpos.

No te frustres si no sale a la primera o si no encajan bien los cuerpos. A veces pasa, y es que resulta complicado encontrar a alguien que tenga el clítoris a la misma altura que el tuyo. Por eso muchas veces es mejor apoyarse y ayudarse con vibradores para que ambas obtengáis el mismo placer. Y si no sale a la primera, ¡reíos! Eso siempre le quita hierro al asunto y aporta mucha confianza en el encuentro.

3.5.4. Juguetes y cosmética erótica

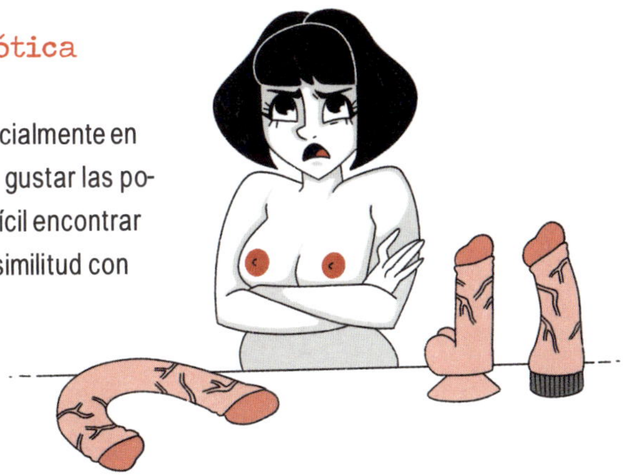

El falocentrismo está en todas partes, especialmente en la juguetería erótica; porque ¡te tienen que gustar las pollas sí o sí! Todo tiene forma de pene y es difícil encontrar algún consolador que no tenga una ligera similitud con este genital. Eso deja en evidencia la falta de nuevos juguetes eróticos para diferentes orientaciones sexuales, especialmente para personas lesbianas.

En el mercado actual encontramos algunos complementos que se pueden integrar en la interacción para explorar nuevas sensaciones. Los vibradores y succionadores son fundamentales en la mesita de noche. Se pueden utilizar tanto para masturbar como para estimular ambos clítoris. Es imprescindible contar con uno que sea sencillo, que no tenga una forma demasiado extraña, curvada o con relieve. De ese modo, es más fácil que ambas sintáis el mismo placer y se adapte a vuestros cuerpos.

Puedes comprar una bala vibradora para que sea el método infalible durante el sexo oral. Poner la bala a un lado mientras lames el clítoris por el otro es garantía de orgasmo y gemidos. También puedes invertir en un vibrador curvado para penetrar mientras le comes el coño. Así evitamos movimientos y posturas raras con los dedos.

Existen *dildos* dobles con ambos extremos diseñados para la penetración. La mala noticia es que la mayoría tienen forma de pene. Pero si no te importa, debes buscar uno que sea rígido pero flexible al mismo tiempo, con el fin de que se adapte durante el sexo. No hace falta que sea muy largo, es más, cuanto más corto, más cerca estarán vuestros clítoris.

Puedes buscar vibradores de dedo que se colocan como una especie de anillo y que son geniales para masturbar. O jugar con un huevo vibrador y estimular el clítoris mientras cedes el control a la otra persona.

Si quieres probar la experiencia de penetrar, ya he comentado que existen arneses que se colocan en la zona genital y se fijan a la cadera y las piernas. Estos también suelen tener forma de pene, pero la tendencia a alejarse de ese diseño es cada vez mayor. Algunos incluso tienen doble penetración para que lo disfrute también la persona que penetra. Otros tienen vibración que estimula el clítoris. Para comprar un buen arnés es vital que la goma elástica de la cadera y de las piernas sea gruesa y consistente, si no, con el paso del tiempo, se dará de sí.

Los estimuladores de clítoris y geles afrodisíacos son el complemento esencial para una noche de placer intenso, así como los aceites y lubricantes con diferentes efectos o sabores. Si queréis experimentar con el sexo anal, podéis invertir en un buen *plug*. ¡Existen algunos monísimos con forma de colita de animal!

3.5.5. Infecciones de transmisión sexual (ITS)

Mucho se ha hablado sobre las infecciones y enfermedades de transmisión sexual entre personas con pene, pero apenas se han tratado los peligros que entraña la interacción entre personas con vagina y las precauciones a tomar. Lo cierto es que la gran mayoría de las ITS son exactamente iguales para personas lesbianas, bisexuales o heterosexuales. ¿Cómo nos protegemos de las ITS cuando mantenemos relaciones sexuales entre personas con vagina?

Existen métodos que ayudan y previenen la transmisión de ITS. El más conocido es la barrera de látex. Se trata de una banda de látex que se coloca en la vulva antes de realizar sexo oral o cualquier contacto entre vulvas. Estas bandas se pueden encontrar en tiendas eróticas y en farmacias, aunque, en el peor de los casos, también pueden confeccionarse de forma casera. Si coges un preservativo y lo partes por la mitad a lo largo, podrá servir perfectamente. También puedes probar a proteger la zona con papel transparente de cocina.

Hacerse las pruebas de forma periódica reduce el riesgo de desarrollar enfermedades e infecciones crónicas. Por lo tanto, es importante la visita anual al ginecólogo y realizar análisis de sangre de forma regular especificando las ITS y ETS.

3.6. SEXO EN GRUPO. CÓMO JODER SIN JODERLA

Qué mal vista está la unión de más de dos cuerpos entre sí. No lo entiendo. Si sales de lo normativo, eres una promiscua. Como si el significado de dicha palabra fuese algo negativo y peyorativo.

¿Qué diferencia hay entre follar un cuerpo o dos a la vez cuando existe el consenso (porque si no, no lo consideramos sexo) entre todas las personas y lo único que se busca es una exploración sensorial, o placer, simplemente?

En la sociedad está mejor visto el dolor que el placer. Este último se oculta en los medios para no cuestionar la ¿moralidad? de la sociedad. Para que el pecado se mantenga alejado de la pureza. Qué aburrimiento esas vidas que siguen la norma sin cuestionarse sus gustos. Y qué triste.

Concebí la idea de hacer un trío cuando mi madre me confesó su fantasía sexual. Ahí me di cuenta de que tampoco era nada descabellado y de que son muchas las personas que fantasean con ello. ¿Por qué no probarlo?

La primera vez que me lo planteé era muy joven, tendría unos dieciséis años, y se lo revelé a quien por entonces era mi pareja. Él me dijo que le gustaría probarlo, y cuando estuvimos a punto, se rajó. Pero no solo eso, sino que puso en duda mi bisexualidad. Menudo gilipollas.

Años más tarde surgió la oportunidad de experimentarlo con otro hombre. Justamente acababa de abrir la relación con mi ex y, en un evento al que asistimos como ponentes, acabamos en la habitación con otro invitado. Surgió de manera totalmente improvisada y lo pasamos en grande. Al día siguiente no me podía creer lo que había vivido, ¡había hecho un trío! Lo primero que hice fue contárselo a mi madre con todo lujo de detalles. Sentía un profundo orgullo, no sé cómo explicarlo. Pero veía que, poco a poco, iba entendiendo las relaciones tal y como yo las concebía. Eso me unió mucho a mí misma y fui perfilando mis ideales y creencias. No, no solo fue a raíz del trío, pero he de reconocer que me ayudó mucho.

Llegaron más encuentros y con más gente. Follar a todas mis amistades juntas en una fiesta de disfraces, a mis amigas después de ver el amanecer en la playa o compartir el momento con una desconocida. Y, al día siguiente, cero arrepentimiento. Estaba haciendo con mi vida aquello que yo quería y en lo que creía, cuestionando por qué las cosas están bien o mal. ¿Quién lo dice?

No tienes que follar en grupo para conocerte a ti misma. Pero cada nueva situación, sexual o no, hace que descubras en ti algo de lo que antes ni tan siquiera te habías percatado. Y, en mi opinión, o al menos en mi caso, el sexo en grupo te muestra tu capacidad de gestión del ego y tu gestión emocional. Además de descubrirte nuevas sensaciones por todo el cuerpo.

He leído mucho sobre cómo hacer un trío o una orgía. Muchísimo. Pero de nada me ha servido. Los consejos eran repetitivos y destilaban cierto aire de negatividad. Como si esta práctica fuese algo malo porque «a veces es mejor dejar la fantasía en eso, en fantasía». Pero qué quieres que te diga, yo prefiero cumplirlas, que para eso están.

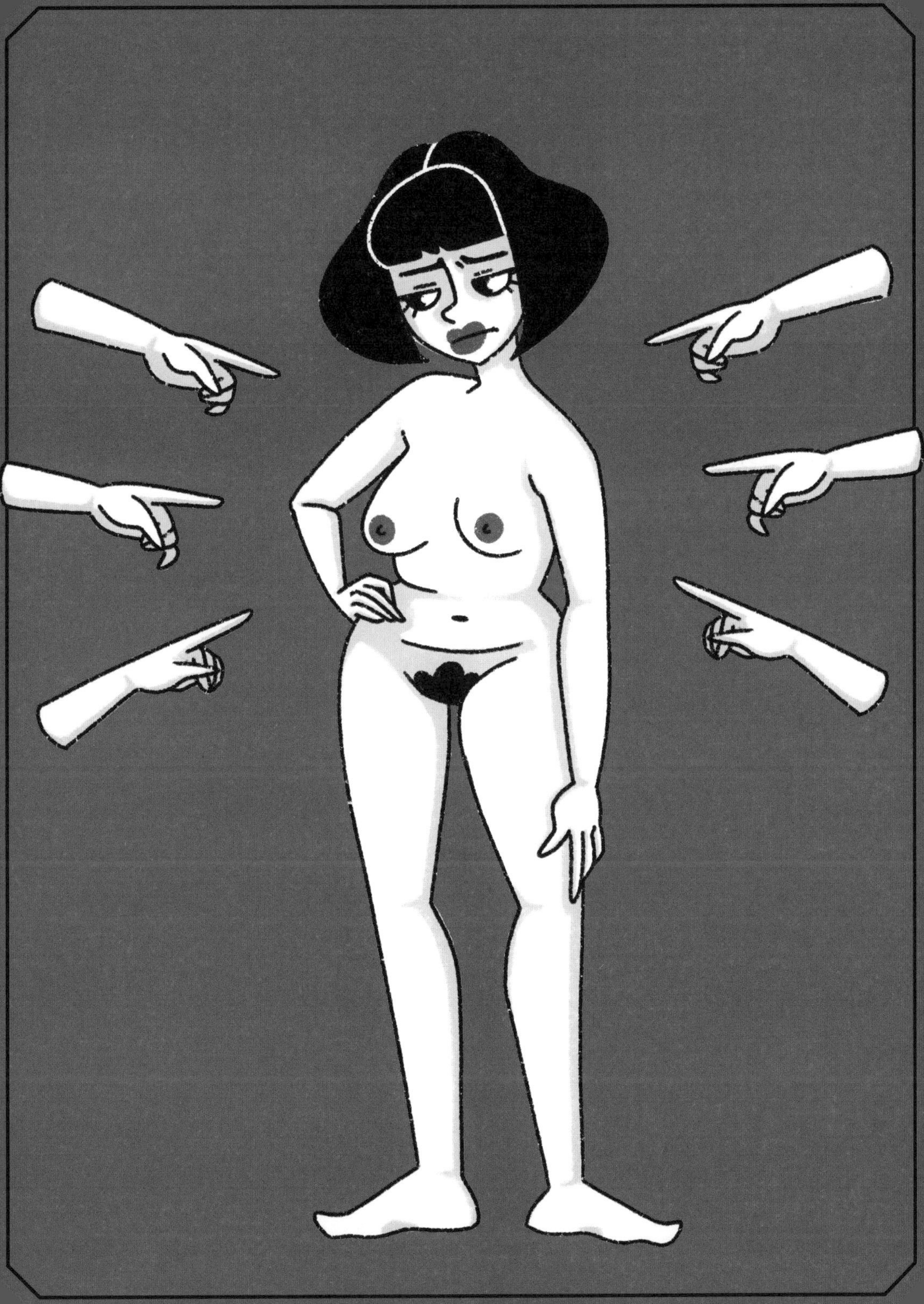

No existe un manual para hacerlo, eso tenlo en cuenta. Puedo decirte que debes tener muy claro que lo quieres hacer, pero a veces surge de repente y tiras para adelante. Otras, te arrepientes. La gran mayoría disfrutas como nunca y archivas el recuerdo en tu pajoteca para volver a ello durante tus masturbaciones.

Quizás para mí existen tres básicos que aplico en todas mis relaciones sexuales, pero especialmente en las grupales:

» **AGRADECE LA EXPERIENCIA** Soy de las que follan y se pasan media hora agradeciendo a la(s) persona(s) que haya(n) entrelazado su(s) cuerpo(s) con el mío. Lo hago verbalmente y a través de las caricias, los mimos y las sonrisas. No hay nada más frío que echar a una persona justamente después de follar, incluso cuando esa persona entra en la relación de una pareja, por ejemplo. Ofrece amor, colabora con cariño y agradece a las personas que tienes a tu lado que hayan experimentado la vivencia contigo.

» **PREGUNTA** No sabes la confianza y seguridad que aporta una sencilla pregunta: «¿Estás bien?». Es cierto que podemos leer los cuerpos, pero no siempre nos damos cuenta de si la otra persona está disfrutando o no, o puede suceder que esta finja muy bien. Por eso es mejor preguntarlo directamente, pero de forma ocasional, no te pases el encuentro diciéndolo, porque podrías preocupar a la persona.

» **DECONSTRUYE TUS CREENCIAS** Llevamos tantas cosas en la mochila que a veces no nos damos ni cuenta y todas esas ideas salen revoloteando durante un encuentro como el sexo en grupo. Puede que tengas un fuerte sentimiento de estar haciendo algo mal, de frustración, tristeza o agresividad. Estas emociones están en nuestro interior y en un momento delicado como este salen a la luz, especialmente si no estás cachonda. Por eso es mejor hacer los deberes en casa y deconstruir toda la imposición recibida para construir nuevas creencias más acordes a tu personalidad.

Por supuesto, si en algún momento del encuentro surgen sentimientos negativos o te sientes mal, páralo. Detén la interacción sexual y sincérate con las personas presentes. En ocasiones podemos encontrar un apoyo en la gestión emocional cuando expresamos verbalmente lo que sentimos desde nuestra perspectiva, intentando que las personas empaticen contigo. Es mejor hacer eso que arrepentirte al día siguiente, puesto que proseguir con un encuentro sexual a pesar de no estar cómoda hace que se guarde un recuerdo negativo en tu memoria corporal que puede salir a la luz cuando menos te lo esperes. Y no queremos eso.

3.6.1. Tríos

El trío es la fantasía más recurrente en nuestra sociedad y, como tal, una prueba evidente de la existencia de una heteronormatividad. ¿Por qué? Pues porque siempre se perpetúa la misma fantasía una y otra vez: un tío follándose a dos tías. Si tienes alguna aplicación para ligar y eres una mujer que busca a otras mujeres, ya sabes de lo que hablo. Encuentras decenas de perfiles de parejitas monísimas buscando su nuevo juguete sexual. Y ese eres tú. La verdad es que nunca he visto una pareja de lesbianas que buscara otra mujer o a una pareja heterosexual que buscara un hombre. Qué casualidad que todas las personas tengan la misma fantasía. ¿No te parece curioso?

Hacer un trío puede ser un poco complicado, dependiendo de la persona que busques. Por lo general la gente suele ser más conservadora y no tiene la mente tan abierta como tú o como yo, aunque te aseguro que en su interior siente algo de curiosidad por todo esto. Esa es la razón por la que debes trabajar mucho el terreno y aportar mucha confianza si quieres que al final suceda el encuentro. Ante todo, porque esa «tercera» persona es alguien con sentimientos, y debemos ser conscientes de que, en ocasiones, no se trata de consumir cuerpos sin más. Hay un intercambio energético que debemos tener presente. Por eso es importante que todas las partes se sientan integradas, cuidadas y cómodas.

A veces pasa que cuando hacemos un trío con nuestra pareja o con una persona con la que ha habido más de un encuentro sexual, la dejamos de lado por la novedad que supone el otro cuerpo. O puede pasar que únicamente te centres en tu pareja y obvies a esa tercera persona. Es importante el equilibrio en un trío y estar en contacto con todas las partes implicadas. Tocar, besar, masturbar o mirar son acciones recurrentes que deben estar ahí para equilibrar la balanza y poder decir: «Oye, estoy aquí y estás con nosotros».

La cuestión más difícil es saber dónde encontrar a otra persona. Lo más sencillo es ir a un local *swinger*, puesto que la gente que los frecuenta suele estar mucho más abierta a este tipo de encuentros. Adéntrate siempre con respeto y familiarízate con las señales de cada local. Flirtea y seduce para calentar el horno y así poder disfrutar de la experiencia como nunca.

Si no eres una persona muy abierta a este tipo de locales, no te preocupes. Lo tienes más jodido, sí, pero no imposible. Los bares y discotecas están repletos de personas (aunque las probabilidades son casi nulas) y, si no, siempre podemos tirar de agenda telefónica y liar a ese/a colega que podría aceptar. Otra alternativa es contratar los servicios de un/a trabajador/a sexual con el/la que podrás indagar en nuevas sensaciones.

Cómo proponer un trío es algo que nunca sabré (consejos vendo y para mí no tengo, ya ves). A veces soy muy directa y digo las cosas tal cual. Otras, le doy tantos rodeos que no sé ni qué estaba diciendo. Las veces que he hecho un trío han sido todas muy imprevistas y naturales. De repente, te empezabas a restregar el culo con uno, a besar a otro... y ¡pum! Ya estabas comiendo dos pollas.

Siempre pienso que es mejor dejar las cosas claras e intentar seducir en equipo. Bailar, beber (sin exceso), arrimarse y acariciar son elementos geniales para entrar en ambiente. También podéis comentar que tenéis una relación abierta (si la tenéis), que estáis buscando nuevas experiencias como propósito para este año o que tenéis una fantasía sexual y estáis haciendo un *casting*, ¡no sé! Sé sincera, simpática, divertida y segura. Aporta confianza, cuida a la persona y seguro que se animará a vivir la experiencia. Cuando tengas las manos en la masa, olvídate de las posturas y sigue tu instinto. Teniendo presente que nadie se quede fuera, deja volar tu imaginación. Hay mil posturas y mil formas de dar placer en un trío. Y si no tienes nada que hacer, ¡mastúrbate contemplando la escena! La experiencia se quedará grabada en tu retina durante mucho tiempo, créeme.

Otra opción es sacar tu arsenal de juguetes eróticos. Pueden ser los salvadores en un momento determinado para estimular un clítoris, especialmente. Pero, eso sí, debes tener cuidado con las ITS y el intercambio de fluidos. Es importante que los juguetes estén limpios y protegidos con preservativos. Cada preservativo se cambia por cada persona y agujero. Así que invierte en una caja grande, ¡que no falten!

Puedes vivir la experiencia de dar un masaje corporal con aceite entre dos personas, o utilizar el arnés mientras te están penetrando. La imaginación, la confianza y la fluidez son los ingredientes clave para pasarlo bien y que el trío sea fantástico. Dicho todo esto, ¡vuela alto, pajarillo! A probar nuevas experiencias.

3.6.2. Orgías

Thanks God por crear la unión de los cuerpos. Si hay una vivencia alucinante, esa es la orgía. Sentir cómo de repente tu cuerpo se enreda con muchísimos más, ver follar a gente y oler ese bendito olor a fluidos... es de las cosas más eróticas que he podido probar.

Por eso siempre insto a todo el mundo a que las pruebe. Total, ¿qué puedes perder? Si siempre ha sido una fantasía recurrente y cuando la viste en la serie *Sense8* se te mojaron hasta los tobillos, ¿por qué no hacerlo?

La primera vez que hice una orgía fue, cómo no, de forma totalmente improvisada. Llevaba montando fiestas en mi casa que eran una auténtica locura y siempre se calentaba la cosa, pero nunca llegaba a nada. Luego me di cuenta de que el problema era la gente que venía: personas cerradas a la idea de que pasara algo. Así que cambié el plan y organicé una fiesta de disfraces, pero únicamente con parejas no monógamas y personas solteras. Y ¡boom! *Habemus* orgía. Con unos toquecitos mágicos de mamá Casquet, conseguí que la gente acabara en mi cama sin saber muy bien qué (o a quién) se estaban comiendo. Cuando digo «toquecitos mágicos» me refiero a actividades, no a drogas, querida. Esto último siempre hay que hacerlo con plena responsabilidad y conocimiento por todas las partes.

Éramos seis personas en una cama de matrimonio y reprodujimos esa maravillosa escena de la archiconocida serie que he mencionado. Fue brutal, la verdad. Gracias a esa experiencia pude crear un manual de «cómo provocar una orgía sin morir en el intento». Y ahora estás a punto de leerlo.

(Suena la música de *Harry Potter* de fondo. No sé por qué.)

Organizar una orgía no es complicado si sabes cómo. El requisito fundamental es encontrar a las personas correctas. Si quieres ir a lo semifácil, ve a un club *swinger*. En estos locales es mucho más sencillo cumplir tus fantasías sexuales, ya que hay personas más abiertas a este tipo de experiencias.

Si eres como yo y no te gustan mucho, no te preocupes. Reúne a aquellos amigos que sean abiertos de mente. Seguro que tienes a más de una persona interesada en probar algo así, pero todavía no lo ha confesado. Piensa en alguien que sea abierto, sexual y no monógamo o soltero.

¡Bien! Ya lo tienes. Es posible que tu entorno no sea el propicio. No pasa nada, puedes conocer gente en eventos sobre sexualidad, no monogamias, o poner un anuncio en Tinder, ¡todo vale!

Otra opción es asistir a orgías organizadas. Existen, sí, pero nunca me entero de ninguna. No deben tener mi *e-mail,* joder.

Una vez conseguida la gente, crea la excusa: una fiesta en tu casa, noche de disfraces o ver una maratón de películas. La cuestión es reunir a todo el mundo en una zona privada y sin estímulos externos.

Durante la fiesta es importante un poco de alcohol. No seré yo quien haga apología de ello (ni de las drogas, señor), pero sí que es cierto que la cantidad justa puede ayudar a que la gente se desinhiba. Si se consume en exceso, da la orgía por perdida. Cenad, conversad y poned música que cree ambiente. Massive Attack o Suuns son grupos brutales que caldean cualquier ambiente posible, ¡que no falten en tu lista de reproducción!

Una vez que la fiesta se vaya animando, empieza el primer juego: «Yo nunca, nunca». Este juego consiste en beber por cada experiencia que has realizado. Por ejemplo, uno dice: «Yo nunca me he tirado un pedo», y si lo has hecho, tienes que beber. Esto es clave para lanzar la afirmación que te conducirá directamente a *Orgía Station,* amiga. «Yo nunca he querido que esta fiesta terminara en orgía.» A la gente que beba es a la que tienes que enredar.

Después de este juego, ¡haz que el ambiente arda! Pon en un bol varias pruebas escritas en papelitos. Cada persona va sacando uno y debe hacer lo que le salga. Desde un *striptease,* hasta liarse con alguien o poner miel en una parte del cuerpo. La idea es que haya interacción entre las personas y la gente vaya cachonda. Tal cual. Este punto es peligroso porque puedes quedarte en la *friendzone* sin que llegue a culminar tu querida orgía. Es vital que haya un punto de inicio y, ese, puedes ser tú. En una de esas pruebas desmádrate. Puedes hacerle un *striptease* a alguien y acabar comiéndole las tetas, o besarte con más de una persona a la vez. Eso hará que la gente se anime y se apunte.

Ten en cuenta que en toda orgía hay un punto de encuentro, y suele ser la persona anfitriona. Eso significa que, quizás, en algún momento, tengas a tu entorno tocándote y besándote para encontrarse con otros miembros. Y ese será el mayor recuerdo que puedas guardar en tu pajoteca. Te lo aseguro. Si en algún momento no estás a gusto, sal de la orgía. Se mezclan muchas emociones y, aunque es algo consensuado y positivo, nos educan en el pecado y el castigo. Eso puede llevarte a que, de repente, te sientas mal. Gestiona las emociones fuera del encuentro y vuelve a entrar cuando estés preparada (si lo estás). No te castigues por ello, ¿vale? La educación que recibimos es una mierda y cuesta mucho de deconstruir. Poco a poco.

Otra cuestión para tener en cuenta es el riesgo de contraer alguna ITS. Como en el trío, por cada nuevo agujero y nueva persona se cambia el preservativo. Y aquí sí que vas a tener que invertir en una buena caja de condones. Las hay de ciento cuarenta y cuatro o más, ¡que no falten!

Puedes sacar juguetes eróticos y que vayan rotando para probar nuevos estímulos. O si no te importa que se pringue el espacio, llena a todo el mundo de aceite de masaje y empezad a restregar vuestros cuerpos. Será inolvidable.

Hazlo con personas de confianza y recuerda que no pasa nada por mantener relaciones sexuales con amistades, al contrario, esto refuerza el vínculo. Olvídate de no poder mirar a la cara a esas personas, ¡ya somos mayorcitas! Ríete de la experiencia y vuelve a repetir las veces que haga falta.

Las orgías son guarras y hay mucha interacción con los fluidos corporales, especialmente si se provocan *squirts*. Prepara la fregona y deja a un lado los escrúpulos. Tienes una parte animal, deja que salga a la luz.

Aquí tienes tu insignia, pequeña Padawan. Ya eres Provocadora Oficial de Orgías.

3.7. ADÉNTRATE EN EL BDSM

No te imaginas el daño que ha hecho *Cincuenta sombras de Grey,* en serio. Aunque por un lado haya favorecido al género erótico dentro de la literatura, la imagen que da del BDSM no se corresponde con la realidad. Si eres lectora de dicha trilogía, borra de tu mente todo lo que has aprendido. No tiene nada que ver.

Lo principal que debes conocer es que las siglas BDSM engloban diversas prácticas no convencionales: *bondage,* disciplina, dominación/sumisión, sadomasoquismo. Aunque popularmente se englobe todo dentro del sadomasoquismo, lo cierto es que este solo es una parte del BDSM.

El pilar fundamental del BDSM es la jerarquía energética, es decir, se trata de plasmar y evidenciar la energía dominante frente a la sumisa. Seguro que lo has notado con todos tus amantes: a veces eres tú la que tiene el control, y otras te dejas llevar. La lucha energética existe en todos los ámbitos de la vida, no únicamente en el sexo. Pero el BDSM se encarga de materializar y jugar con esta clasificación para poder intensificar las sensaciones de cada persona. Por lo tanto, creo que, al igual que todo el mundo es bisexual, todo el mundo es *switch* (esto significa que pueden representar ambos papeles, el de sumisión y dominación). Todo depende de la persona que tengas delante.

¿Has visto qué pureza tiene la práctica? Realmente es algo que tenemos presente en nuestro día a día. Pero la sociedad se ha encargado de demonizarla y llenarla de morbo, sensacionalismo y burla. Así, gratuitamente.

Introducirme en el BDSM me ha ayudado a conocer mis energías, a ser consciente de ellas y a materializarlas con otras personas. Además de explorar nuevos mundos sensoriales a través del dolor, por ejemplo. De ese modo soy más consciente del intercambio de poder que se produce cuando conocemos y nos acostamos con una persona nueva.

En el BDSM tenemos que desarrollar nuestra lectura corporal para guiarnos, además de tener palabras de seguridad que paren de inmediato el encuentro. Puede ser «agua», «piscina» o «melocotón». Lo ideal es que sean palabras descontextualizadas para que interrumpan de inmediato el juego.

Como hemos visto, el BDSM es un conjunto de prácticas que forman dichas siglas. Vamos a ver de qué trata cada una y a profundizar un poco en ellas.

El *bondage* es una práctica que se basa en inmovilizar a la persona a través de elementos como cuerdas (el más popular), cintas, cuero, esposas, cadenas y un largo etcétera, incluyendo también objetos caseros como pañuelos, medias o corbatas. Atar o ser atado implica un reparto de papeles entre cada persona. Hay vulnerabilidad por parte del atado y un poder por parte del atador. Esto hace que el intercambio energético quede plasmado a través de cada rol. Lo más importante es no dejar nunca a la persona inmovilizada sola y mantener el contacto en todo momento, especialmente si es primerizo/a. De ese modo se ofrece confianza y seguridad.

Otra cuestión es que puedes inmovilizar a la persona por completo, sí, pero boca y nariz deben estar libres. No tenses mucho la zona torácica, especialmente si no tiene mucha experiencia, ya que puede ser agobiante. Y ten a mano siempre unas tijeras para cortar las vendas en caso de emergencia.

Existen muchos productos específicamente diseñados para el *bondage*. En cualquier tienda especializada o tienda erótica los puedes encontrar: esposas con protección de piel de peluche, de cuero, restricciones de acero, cadenas, mitones de *bondage* o cuerdas de diferentes materiales. Con estas últimas se puede practicar el *shibari*, una variante japonesa del *bondage*.

El *shibari* o *kinbaku* nace de la fusión de Occidente con Oriente. Los japoneses basan parte de su cultura de castigo en las cuerdas: cuando alguien se saltaba las normas, lo ataban. Eso hizo que se desarrollara una técnica de nudos y refuerzos que en Occidente no teníamos. En nuestro caso, utilizábamos el acero (cadenas, jaulas, etc.) No fue hasta la globalización que nació el *shibari* como resultado de la fusión de la tradición de Oriente con la visión erótica de Occidente. Actualmente existen muchos maestros a nivel internacional que imparten la técnica y ofrecen cursos para aquellas personas que quieran aprender. Realmente es una experiencia y una sensación que, a mí, en ocasiones, me ha llevado al trance.

Siguiendo con las siglas, encontramos la disciplina. Es la creación de una serie de normas y leyes que la persona sumisa debe acatar, ya que, si no, recibirá un castigo. Ese castigo suele ser de carácter físico, ya sea con elementos y objetos específicos o con las manos. Seguir o no la norma depende de la persona sumisa. Para muchas resulta muy divertido ser malas y desobedecer, de ese modo se obtiene el castigo (que es el objetivo).

Aunque la disciplina puede considerarse una categoría por sí sola, muchas veces forma parte de ese juego de dominación/sumisión o, abreviado, D/S. Dentro de esta última encontramos comportamientos, costumbres y prácticas sexuales con pleno consenso que implican un dominio de una persona sobre la otra. A pesar de que el contexto sea sexual, no significa que haya genitalidad de por medio o que se perpetúe el placer hegemónico tal y como lo conocemos.

En las prácticas de D/S no hace falta que haya contacto físico. Puede ser telefónico, virtual o a través de las redes sociales. El disfrute erótico reside en saber que una persona domina a la otra, es decir, es un intercambio de poder por consenso donde no necesariamente hay castigo verbal o físico, humillación o dolor. La confianza y la comunicación son la base de toda relación dentro y fuera del BDSM, pero especialmente en este. Es muy importante que se pacten palabras de seguridad para poder parar el encuentro en cualquier momento. Lo ideal es que estén descontextualizadas y no tengan nada que ver con el placer o el dolor.

Antes de empezar una sesión de D/S se pactan las prácticas, los gustos y los límites de cada persona para que no se traspase la fina línea entre la diversión y la dificultad de gestión. A esto se le llama *playlist*. En ocasiones también se puede firmar un contrato con una serie de acuerdos y normas, pero esto forma parte del consenso entre ambas personas y establece las pautas para su continuidad y trabajo juntos en un futuro.

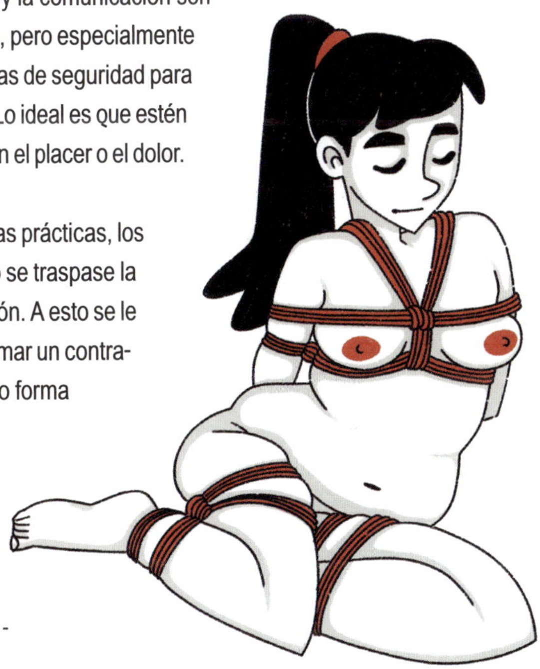

Existen varios juegos dentro del D/S, entre ellos la dominación mental y/o física. La dominación mental va más allá de la obediencia del sumiso. Lo difícil es conseguir una sumisión mental de la persona para que no piense en nada y le nazca de forma natural, no porque lo elija. Es algo que fluye y que no requiere de contacto físico para que se interiorice o se materialice. Por ejemplo, un caso de dominación mental es dejar a un sumiso/a en una habitación quieto/a y que, cuando vuelvas, siga en la misma posición, aunque hayan pasado horas.

La dominación física consiste en materializar las energías D/S a través de lo físico. Esto puede llevarse a cabo de diversas maneras, como, por ejemplo, convertir a la persona sometida en un objeto (cenicero, reposapiés, almohada...), a través del dolor físico ejercido con látigos, fustas, electroestimulación y un largo etcétera; con la restricción del movimiento o mover a tu antojo a esa persona cogiéndola del cuello o utilizando un collar y una correa. La lista es extensa y la imaginación es sumamente importante. Si no tienes claro cómo utilizar cualquier objeto, cuáles son los puntos de dolor y de peligro del cuerpo humano o cuándo debes parar, lo mejor es empezar con ejemplos más «vainilla» o convencionales.

Finalmente, el sadomasoquismo. Aunque en la sociedad se entienda el BDSM únicamente como esa práctica, la realidad es muy diferente. El sadomasoquismo no implica la relación de poder D/S y es necesario el contacto físico. Se trata de un gozo mutuo entre una persona sádica, que disfruta infligiendo dolor, y una persona masoca, a quien le gusta recibir ese dolor. Eso no implica, insisto, que haya una jerarquía energética de poder. Se trata, simplemente, de un intercambio de gustos a través del dolor. En el sadomasoquismo encontramos muchísimas prácticas distintas. La lista sería interminable, en serio. Pero las más conocidas pueden ser la flagelación, los azotes, el uso de aparatos quirúrgicos (agujas, jeringuillas, etc.) o la electroestimulación.

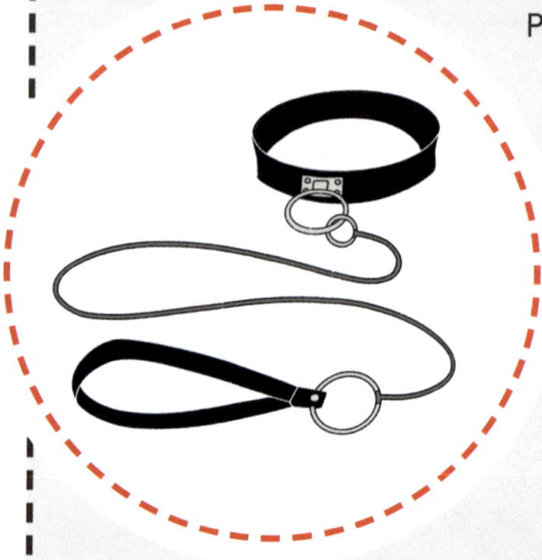

3.7.1. Prácticas sencillas

Para adentrarnos en el mundo del BDSM de forma gradual, y sobre todo segura, podemos seguir una serie de normas y prácticas sencillas para que, poco a poco y con mucha investigación, podamos convertirnos en grandes expertos (o no, ¡tú decides!).

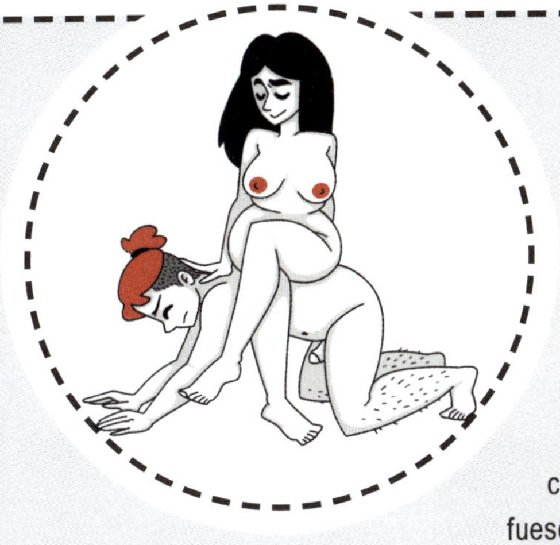

Empezamos con una persona de confianza con la que tengas asegurado tu bienestar. Parece mentira, pero créeme cuando te digo que dentro del BDSM existe mucho maltratador camuflado (y un sinfín de relaciones de pareja sumamente tóxicas de control y poder). Es importante que lo hagas porque quieres experimentar con tu cuerpo y tus sensaciones físicas y mentales, como si fuese una puerta al autoconocimiento. De otro modo, si no estás segura, no lo intentes. Déjalo. El límite emocional es muy fino y puede que te suponga demasiada gestión emocional en un futuro.

Con la persona elegida ten claro tu papel, es decir, visualiza tu energía y percibe si es capaz de someterte o no. Ahí nacerá tu rol dentro del juego, ya sea como sumisa o como dominante. Puedes hacerlo de este modo, que para mí es más natural, o puedes establecerlo previamente.

Una vez que hemos encontrado a nuestra «víctima», empieza el juego. Haced una *playlist* previa donde se incluyan las prácticas que queréis probar, el orden, las herramientas y juguetes, si se acepta el sexo explícito o no, e incluso la música que sonará durante el encuentro. Todo lo que podáis hablar antes favorecerá enormemente la confluencia y aportará seguridad.

Podéis invertir en material específico para BDSM, pero, si os hundís en la pobreza, no os preocupéis. Existen tiendas de deporte *low-cost* en cuyo departamento de hípica podréis comprar una fusta por muy poco dinero. Los palos de madera de la cocina, el cinturón de cuero, las manos, cucharas, tablas de madera para picar o incluso una toalla enrollada son geniales para los azotes. Eso sí, ten mucho cuidado con el cuerpo y asegúrate de que el azote se da en la zona blanda del trasero, nunca en las lumbares, espalda o ingles (especialmente si no tienes práctica).

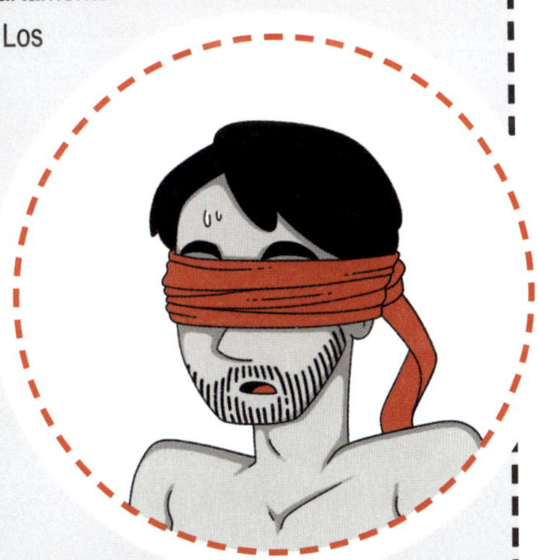

Recurrir a pañuelos para vendar los ojos o a vendas quirúrgicas para la inmovilización puede resultar divertidísimo para una privación sensorial o para el *bondage*. Pinzas para tender la ropa que se pueden utilizar en genitales o pezones. Ramitas de árbol atadas con una cuerda a modo de *flogger*. Y en la sección para perros de cualquier tienda podrás encontrar collares y correas para un juego de D/S tematizado. Deja volar tu imaginación, guíate por la lógica y usa productos y elementos que no pongan en riesgo a las personas implicadas.

Si la práctica contiene sexo explícito, podéis empezar interactuando dentro del BDSM. Azotes, esposas, ataduras, saliva o bofetadas pueden ser el inicio de una follada monumental. Prueba a inmovilizar a la persona y utiliza un vibrador o masturbador para llevarla hasta el orgasmo sin que se pueda mover. Haz que te lama el coño o la polla en un juego de rol estilo perrito donde tú tengas el control de la correa. Escribe una serie de normas que tiene que cumplir a cambio de un castigo o una recompensa sexual. Pisa suavemente a la persona sometida que está tumbada en la cama o en el suelo. Utilízala como reposapiés o como esclavo/a sexual. O lame sus botas de cuero como una buena gatita. Las posibilidades son infinitas y lo más importante es pasarlo bien y detener el encuentro al mínimo signo de incomodidad.

Puedes explorar a través de las sensaciones utilizando hielo, jengibre o la cera caliente de una vela (es importante que haya mucha distancia para no quemar a la persona).

Finalmente, establece un momento de juegos puntual, es decir, si estás iniciándote, lo ideal es que dejes las relaciones de BDSM 24/7 para los expertos (aquellas relaciones que únicamente se basan en este tipo de práctica en todo momento). Investiga y lee mucho, puesto que existen libros específicos y revistas temáticas para aprender muchísimo más. Si quieres ir más allá, puedes probar a abrir un perfil en FetLife, una red social para personas que practican el BDSM. Asiste a fiestas, eventos, talleres o charlas para ampliar tus conocimientos y, de ese modo, seguir tu viaje en la exploración sensorial.

3.7.2. Meditación a través del dolor

¿Has practicado yoga alguna vez? Si es así, sabrás de lo que hablo. El dolor es una sensación que debe ser canalizada, y eso puede llevarte a estados alterados de consciencia. En el yoga, por ejemplo, es a través de la respiración cuando se calman los tirones en los músculos, algo que duele (y mucho).

Para conseguir esta meditación debes confiar en la persona, ya que solo así podrás desconectar la mente y ceder el control. No es algo inmediato y quizás requieras de muchas prácticas para poder alcanzar ese estado. El ingrediente básico es la respiración. Debes usarla para canalizar el dolor y entrar en un estado de desconexión total. Respiraciones rítmicas y constantes, largas y profundas, centrándote en sanar esa sensación a través del aire. Cada vez que inspires, pon foco a lo que sientes. Cuando espires, imagina que todo eso sale, aliviándote un poco más. Normalmente el trance se obtiene a partir de la intensidad de las acciones. Es tanto el dolor que siente tu cuerpo que toda tu energía y concentración se centran en ello, impidiendo que pienses en cualquier otra cosa. Entras en un bucle de pedir más, de ir más allá, de explorar más, y reduces el dolor con la respiración. Eso hace que poco a poco vayas alterando tu consciencia y no sepas dónde estás, quién eres o cómo has llegado hasta aquí. Se modifica tu percepción del espacio temporal y notas tu cuerpo como un vehículo que te transporta hacia algo mucho mayor: el dolor. La relación unidireccional con esta sensación hace que el subconsciente salga a flote y puedes experimentar todo un viaje emocional y de autoconocimiento que te conducirá al trance. Y eso es alucinante.

Es importante saber que, una vez finalizada la sesión, el regreso a la realidad debe ser muy lento y realizarse con mucha paciencia. Tu cuerpo y tu mente han experimentado mucha intensidad, por eso es vital que dediques buena parte del tiempo a retornar, sentir, pensar y calmar. Quizás ese día estés más sensible, es normal. Puede que de repente aparezcan emociones complejas como la ansiedad, también es normal.

En mi caso particular consigo el trance a través del *shibari,* especialmente cuando hay suspensión. El no-pensamiento y la negación de todo el control hace que me eleve hasta límites que me ayudan a relajar, meditar, desconectar y entender. Todo esto, acompañado del dolor que conlleva sentir cómo las cuerdas de yute te tiran, te queman o te comprimen. Y, por supuesto, con la total confianza de estar en manos de personas expertas que velan por mi seguridad durante la experiencia.

Recuerdo una sesión de *shibari* en la que —tras experimentar un estado de trance donde no sabía cómo estaba, si boca arriba o boca abajo, ni en qué lugar del universo me encontraba—, cuando el atador me puso en el suelo, arrodillada, noté un orgasmo corporal que nacía en mi columna y subía hasta mi cabeza. No pude contener los gemidos. Creo que jamás podré olvidar dicha sensación.

3.7.3. Fetichismos

Todas las personas tienen algún tipo de fetiche que, tarde o temprano, descubren. El problema es que se asocia la excitación o la erotización con la erección o la lubricación. Y en el caso de los fetiches, poco tienen que ver. Saber cuál es tu fetiche es tan sencillo como prestar atención a tu cuerpo y a tus estímulos. Es algo que te erotiza, pero que no te excita o te pone cachonda *(a priori)*. Algo hacia lo que, de repente, te sientes atraída, te gusta y te da un cierto tipo de placer. No puedes dejar de tocar, lamer, mirar o sentir. Y ahí te das cuenta de tu fetiche.

Existen fetiches normalizados a nivel social. Por ejemplo, dentro de este sistema patriarcal, las tetas y los culos suelen ser los más recurrentes. Es algo en lo que te fijas, te atrae y miras de tanto en tanto. Te erotiza, al fin y al cabo. Expresar este fetiche con otras personas o de forma pública en un entorno social no significa que te tachen de loca o enferma mental. La gente lo entiende perfectamente. Pero cuando hablamos del fetichismo de pies, axilas, medias o incluso acciones, la no normatividad acaba pasando factura. Y te miran extraño, te critican o no lo comprenden.

Los fetiches están asociados a partes del cuerpo o prendas de vestir, aunque se pueden extender muchísimo más. En mi caso particular, tengo especial devoción por las granadas. Sí, la fruta. Cuando las corto y sale el líquido granate, me siento erotizada. Me da muchísimo placer. Supongo que tiene mucho que ver con mi salofilia —la atracción hacia fluidos corporales como el semen, el sudor, la saliva y los fluidos vaginales—, la cual se traduce también en mi afición por ensuciarme con sustancias viscosas como la miel.

Lo cierto es que los fetiches nos rodean y que no siempre son tan extraños como pensamos. Una puede sentirse atraída por los tacones altos (altocalcifilia), por los tatuajes, marcas o cicatrices (estigmatofilia), u obtener placer acariciando, tocando y agarrando el pelo de otra persona (tricofilia). Se puede tener debilidad por las zonas con vello o por las totalmente depiladas, por las medias de rejilla, las axilas, el ombligo, los pies, la nariz, el cuello… La lista de fetiches es infinita.

Identificar los fetiches forma parte del autoconocimiento sexual y de la búsqueda de otras formas de erotismo y sexualidad. Siempre debes estar abierta a encontrar nuevas formas de placer y excitación que, a veces, pasan desapercibidas.

¿Cómo puedo identificar un fetiche?

- Sientes una fijación repentina hacia esa parte del cuerpo o elemento.
- Quieres saborear, tocar, oler o seguir mirando esa zona.
- Tienes pensamientos eróticos que interactúan con esa parte.
- Te produce placer corporal o incluso mental.
- Ante su presencia existe la posibilidad de que notes tus pupilas ligeramente dilatadas o el vello de punta.
- Es posible que te provoque lubricación vaginal o una erección.
- Cuando forma parte de una relación sexual, aumenta la excitación.

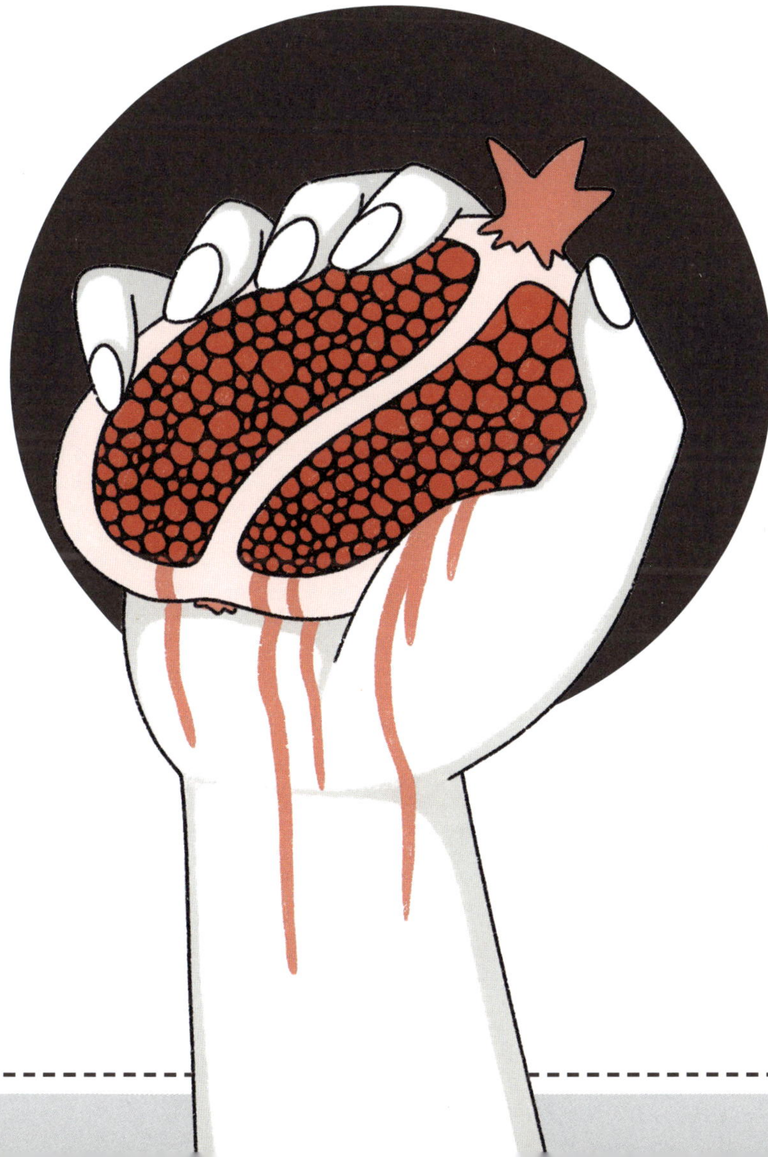

3.8. ADÉNTRATE EN EL TANTRA

Al igual que sucede con el BDSM, nuestra sociedad tiene una idea del tantra que se aleja mucho de la realidad. La gente suele pensar que su práctica se limita a masajes de carácter erótico, realizados principalmente por trabajadores/as sexuales, que acaban centrándose en la zona genital. Nada más.

Pero no es así. El tantra es una filosofía, un pensamiento, una corriente muy alejada de la genitalidad y de la sexualidad convencionales. Se desconocen los inicios, pero los primeros indicios de su existencia aparecen en la India y se sabe que estas enseñanzas viajaron al Tíbet y la China. Los textos más antiguos del tantra datan del siglo VII.

Como en toda filosofía, existen diferentes ramas:

- **TANTRA BLANCO** Se centra en las meditaciones y prácticas en solitario.
- **TANTRA NEGRO** Se centra en las energías oscuras como método para el despertar.
- **TANTRA ROJO** Se centra en las prácticas sexuales opcionales, en las meditaciones en pareja y en la presencia y el trabajo de los sentidos. Es el más conocido en Occidente.

Dentro del tantra se presentan dos polaridades: Shakti y Shiva. No son polaridades de género y no tienen mucho que ver con la genitalidad; son energías. Shakti es la energía femenina y Shiva es la energía masculina. Ambas están presentes en todas las personas, pero en diferente medida. Es una lucha de las polaridades para encontrar el equilibrio interior.

Shiva es el principio masculino y expresa consciencia y percatación. Es la parte más física. Shakti es el principio femenino y es la energía y el poder. Está más relacionada con la parte emocional. Así, las personas con un exceso de Shiva son aquellas que no prestan atención a sus sentimientos. Mientras que las que presentan un exceso de Shakti son aquellas que se dejan llevar por las emociones, suelen ser caóticas y no encuentran su sitio debido a esa intensidad. Dentro del tantra la vulva recibe el nombre de «yoni» y el pene, de «lingam». Por lo tanto, dentro de la filosofía, cuando se habla de la genitalidad, se hace referencia al nombre en sánscrito.

El tantra es una práctica muy matriarcal y se centra mucho en Shakti o la energía femenina como principal causante de la elevación de la energía sexual y del orgasmo. Son las mujeres las que dirigen el acto y las que transforman la energía guiando a Shiva al éxtasis corporal o genital.

Shiva y Shakti representan al hombre y la mujer, la unión sagrada. ¿Esto significa que personas homosexuales, bisexuales, intersexuales, de género fluido, transexuales, etc., no pueden practicar el tantra? En realidad, todo el mundo puede practicarlo, pero es cierto que muchos terapeutas y maestros del tema afirman que la unión sagrada se entiende como aquella que conforman un hombre y una mujer cisgénero en un acto heterosexual. Esta sinergia hace que la elevación espiritual sea mucho más intensa. Personalmente, creo que esto se debería actualizar y dejar esa obsesión heterosexual.

Pero, al mismo tiempo, el tantra afirma que todos somos bisexuales. Al tener esta polaridad de Shiva y Shakti, nos podemos sentir atraídas por otros Shiva y otras Shakti, independientemente de su genitalidad o su género.

El tantra trabaja con la materialización del deseo. Es importante tener consciencia del cuerpo: olerlo, saborearlo y captar su naturalidad. Nos ayuda a jugar con los sentidos dentro del tantra. Así ahondamos en nosotras mismas y es a través de las descargas eléctricas de los orgasmos cuando se consigue un estado meditativo.

Cuando hablamos de elevar la energía nos referimos a la energía Kundalini. Quizás te suene, puesto que está presente en muchas prácticas cada vez más convencionales como la meditación o el yoga. La energía Kundalini es una serpiente que dormita en nuestro primer chakra, que está situado en la zona genital, representa la raíz y es el más terrenal y físico de los siete. Cuando despertamos esa serpiente o esa energía, esta es capaz de recorrer toda la columna vertebral, pasando por todos nuestros chakras internos hasta el séptimo. ¿Qué es esta energía en realidad? Dicen que es el poder de la consciencia.

Su elevación se puede conseguir mediante varios ejercicios. Las formas que más se suelen utilizar son la respiración o la danza.

La técnica de respiración se denomina *pranayama* y se realiza desde el diafragma. Cuando respiramos, la barriga sale hacia fuera. Cuando espiramos, la barriga se mete hacia dentro. Se hacen quince repeticiones, las primeras cinco serán calmadas y, a partir de ahí, aumentamos la velocidad y la intensidad, llegando a espirar e inspirar muy rápidamente. Se puede hacer en solitario o en pareja, coordinando la respiración de ambos. Haz dos o tres repeticiones. Notarás que tus manos están un poco sudorosas, ¡eso es que vas por buen camino!

Con la danza podemos realizar un ejercicio muy divertido. Se trata de poner música animada que te ayude a bailar. Puede ser más moderna o clásica, ¡lo que tú sientas! La idea es mover el cuerpo como te lo pida. Si sientes calor, quítate la ropa y baila desnuda durante unos veinte minutos aproximadamente.

A continuación podemos empezar con los masajes y caricias, cuya finalidad es llevarte a un estado de catarsis que te conecta con tu espiritualidad.

Desnúdate y túmbate en la cama, boca arriba. La persona que sea Shiva inicia un masaje por todo tu cuerpo, sin prisa. Se basa en la bioelectricidad corporal, es decir, tocar con la yema de los dedos todo el cuerpo y ofrecer una sensación de cosquilleo. Se inicia desde los pies y se sube por las piernas hasta el pecho. Luego se empieza a masajear con las manos, poniendo más énfasis en las zonas internas del muslo, el pecho o los pies. En este punto te recomiendo que utilices aceite de masajes con diferentes aromas para potenciar un trabajo sensorial. Los movimientos pueden ser suaves al principio e ir aumentando la presión y velocidad conforme aumente la excitación de Shakti. Poco a poco se acerca a la zona genital acariciándola por fuera (ingles, monte de Venus, abdomen) y bajando hasta el clítoris y labios menores. Las caricias con la mano se pueden hacer con los dedos o con la palma, ofreciendo movimientos circulares justamente encima del clítoris. ¡Recurrir a un vibrador para una mayor intensidad es un punto a favor!

Cuando Shakti esté muy excitada se puede penetrar. Lo ideal es acompasar la respiración y dejarse llevar, dando prioridad al placer femenino para que eleve el placer masculino. El orgasmo que podemos experimentar puede ser genital o incluso corporal, es decir, sentir cómo la energía Kundalini recorre todos los chakras hasta llegar al séptimo.

Existen muchos ejercicios tántricos específicos para trabajar diferentes meditaciones, energías, sanaciones e incluso traumas sexuales que hemos interiorizado.

Si quieres profundizar en la temática te recomiendo que, más allá de leer libros como *Tantra,* de Shashi Solluna, o *El libro del sexo,* de Osho, recurras a talleres y cursos guiados por maestros/as del tantra. De la teoría a la práctica hay una diferencia abismal.

3.8.1. Meditación a través del placer

Siempre había querido introducirme en la filosofía tántrica, pero no había encontrado a la persona ideal. Es muy importante conectar profundamente con tu compañero/a y especialmente con tu maestro/a. Sentir una confianza, interés y conexión con la persona experta son signos básicos en la búsqueda de un guía.

En mi caso conecté mucho con mi maestra, Isis. Después de años investigando sobre el tema, apareció en mi vida como por arte de magia y de la manera más imprevisible (¡a través de un contacto de Blablacar!). Desde el primer momento sentí una conexión y una confianza ciega en ella. Quería escucharla durante horas y filosofar sobre el amor, la sexualidad y la vida.

Un día quedamos para realizar un masaje de la *yoni*. Son masajes explícitos que, mediante la catarsis y el placer, te sumen en un estado alterado de consciencia que te ayuda a percibir tu interior y el exterior. Empezamos con unos ejercicios de respiración *pranayama* y dimos paso al masaje. Primero con bioelectricidad y, más tarde, con un masaje explícito de la *yoni* a través de un vibrador. Tuve mi primer orgasmo y fue alucinante. Ella siguió estimulando, y

aquí una servidora no es multiorgásmica. Tengo la posibilidad de alcanzar orgasmos de gran intensidad, pero en singular. Quise que parase porque me estaba invadiendo una sensación repentina de soledad.

Empecé a abrazarme, a acariciarme y a masajear el cuarto chakra. Con esto, poco a poco, me fui sintiendo más relajada hasta que, de golpe, «cayó» en mí una respuesta a la existencia humana. ¿De dónde venimos? ¿A dónde vamos? ¿Quiénes somos? Son preguntas que se vieron respondidas a través de un sentimiento profundo de belleza y conexión. Todo estaba iluminado y sentía en mí algo muy puro, muy bello, enorme y fuerte: vi a ese dios interior que todos tenemos. Supe que estaba conectada al universo, que mi hogar y mi procedencia estaban allí y que, tras la muerte, volvería nuevamente. Todos los seres de este mundo estamos unidos a través de este poder energético interno. No vi a un dios cristiano, musulmán, judío o budista. Vi esa fuerza de la que todas las religiones hablan cuando miran al cielo.

Empecé a llorar. No por dolor o por tristeza, sino por agradecimiento. Estaba tremendamente agradecida de estar «viendo» algo tan bello y tan puro en mí, de percibir la respuesta a la pregunta que toda la humanidad se plantea. Y tal y como vino, se fue. Jamás había sentido algo así y, tras esto, tuve un orgasmo con los ojos llenos de lágrimas y una sonrisa tremenda; abracé a Isis y volvimos al plano terrenal.

El tantra ofrece la posibilidad de meditar, de elevarte y de mostrarte nuevas experiencias y caminos que desconocías. La persona que te realiza el masaje es, en muchos casos, un canal hacia el placer, y este, a su vez, un conducto hacia un estado alterado de consciencia que puede acabar en trance.

El goce es un recurso para una elevación espiritual y una (des)conexión corporal ligada a una contemplación más allá de lo establecido. Se pierde la consciencia del espacio-tiempo y puedes estar tres horas intensas de tantra sin saber dónde acaba tu cuerpo y empieza el de la otra persona. Para mí es una herramienta imprescindible para el autodescubrimiento, la espiritualidad y la liberación personal.

3.8.2. Los básicos para iniciarse

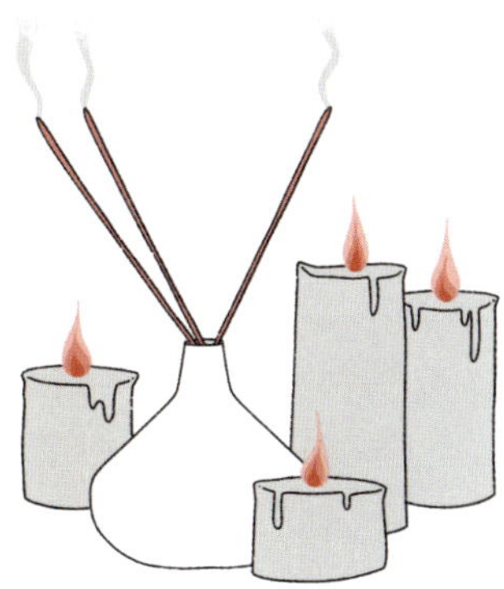

El tantra no se debe practicar en cualquier parte, aunque no hay ningún requisito que exija la obligatoriedad de practicarlo en un espacio específico. Puedes hacerlo en tu cama o tener una habitación ambientada para ello. Lo más importante es que no haya interrupciones o estímulos externos que puedan romper con la meditación. Por lo tanto, debes hacerlo en ese momento en el que tengas asegurada la máxima dedicación a la práctica. Una tarde, un domingo por la mañana o una noche entre semana, ¡lo que tú decidas!

La habitación que elijas debe estar ambientada. Compra incienso con feromonas (existen de todos los olores y te recomiendo especialmente el de chocolate o el de coco), pon velas, mandalas o elementos sagrados que te puedan trasladar a nivel espiritual. A ser posible, coloca algunos cuadros, pinturas, esculturas o estampaciones de carácter erótico. Se trata de crear tu propio templo sagrado del amor.

La luz es muy importante. Utiliza velas o luces pequeñas de LED para ambientar la cabecera de la cama o la sala. Evita las luces directas, frías o muy fuertes.

Para la música que acompaña toda la sesión, utiliza un altavoz *bluetooth* o un equipo de música que pueda reproducir listas de Spotify o YouTube. La variedad musical depende de tu experiencia y de tu exploración. Música clásica de la India o *chill out* pueden ayudar a ambientar la sesión. Pero si quieres profundizar más, puedes utilizar las meditaciones de Osho *(Osho Active Meditations)*. Mi preferida es *Osho Chakra Breathing Meditation*, cuya finalidad es elevar la energía a través de la respiración de los diferentes chakras. En la página web de Osho (www.osho.com/es) puedes encontrar una guía para practicar cada meditación.

Los productos básicos para el tantra son los aceites para masajes, especialmente aquellos que tienen aromas y feromonas. Una venda para los ojos es totalmente opcional, pero puede ayudar a aquellas personas a quienes les cuesta concentrarse. Incienso y velas son básicos para elevar la energía y experimentar nuevas sensaciones olfativas. Invierte en un buen vibrador que tenga un cabezal potente para poder situarse encima del clítoris y los labios. En este caso, no te recomiendo un succionador, sino uno tipo masajeador con el cabezal redondo. Ten a mano un lubricante de base acuosa para utilizar durante los masajes de *yoni* y *lingam*.

Asegúrate de que el ambiente está relajado, la temperatura es ideal y tu cuerpo se encuentra sobrio. El alcohol en esta práctica no está recomendado, pero en ocasiones se utilizan drogas blandas como la marihuana (muy dosificada) para relajar la mente y el cuerpo y obtener una vivencia más inmersiva. Esto es totalmente opcional y es responsabilidad de la persona que consume.

3.9. LA PORNOGRAFÍA

Cuando tenía catorce años descubrí la pornografía. Mi padre era un gran pornógrafo y guardaba las películas porno justo al lado de las convencionales. A mi alcance. Además teníamos el Digital + y los canales más guarretes estaban en abierto. Con un simple clic accedía a ese contenido.

Un viernes al mediodía estaba sola en casa y, sin querer, acabé en uno de esos canales explícitos. Me excité tanto que me masturbé (sí, estaba en plena efervescencia hormonal) y, mientras lo hacía, pensé en cómo sería la vida de las personas que aparecían en pantalla, especialmente cómo sería grabar una escena así. Cuando cumplí la mayoría de edad me adentré en el mundo de la pornografía en España a través del periodismo y, años más tarde, acabé dirigiendo y produciendo escenas para una compañía reconocida a nivel mundial. El contacto que tuve con esta industria fue muy directo y me permitió conocer cómo funciona este negocio.

Pero antes de indagar en ello, ¿qué se considera pornografía? La pornografía son vídeos de sexo explícito dramatizados donde se muestran genitales y cuyo objetivo es entretener y excitar al espectador. Nada más. A la pornografía no se le puede atribuir una finalidad educativa, aunque desgraciadamente la tenga. El problema es la falta de educación sexual que tenemos por parte de las instituciones, que no nos enseñan nada más allá de ponerle un preservativo a un plátano (y da gracias). Como existe un tabú social con el sexo, los adolescentes acceden a la ficción para poder aprender algo. Es como si aprendiéramos a conducir viendo *Fast & Furious*. Cuando llegara el momento de conducir en el mundo real, nos sentiríamos engañados y

defraudados. ¿Dónde está la velocidad, la excitación, la adrenalina? ¿Las tías buenas, los tíos de calendario, los coches grandes y la competición? No existe nada de eso. Conducir es encontrarnos largas retenciones, seguir unas normas de tráfico, y en la gran mayoría de los casos nos parece aburrido y mecánico. Pero también existe una conducción que no sale en *Fast & Furious:* aquella sensación de recorrer una carretera de curvas, de oler el mar o de sentir la brisa con las ventanillas bajadas. Y eso puede dar muchísimo más placer que las carreras.

Con el sexo y la pornografía pasa exactamente lo mismo. Vemos a mujeres con vulvas perfectas, con cuerpos normativos, maquilladas y peinadas, dispuestas a hacer cualquier cosa; mujeres que con tan solo tocarlas alcanzan el orgasmo. Hombres con penes grandes y gruesos, con mucha fuerza y capacidad de empotrar cualquier cosa; hombres que con tan solo un beso tienen una erección duradera y tardan una eternidad en correrse. Eso no representa la realidad, más bien se trata de un encuentro dramatizado que refleja una o varias fantasías sexuales. Pero crecemos viendo este contenido y ¿qué obtenemos? Hombres acomplejados con el tamaño de su polla, obsesionados con el sexo anal y la eyaculación en la boca, que se piensan que la mujer estará dispuesta siempre a follar a todas horas (y se correrá con tan solo penetrarla, ¡JA!). Mujeres acomplejadas con no poder llegar al orgasmo a través de la penetración sin estimulación, obsesionadas con el cuerpo y la postura en el sexo: espalda arqueada, cara de vicio y cero naturalidad.

La sociedad está centrada en representar una ficción. Cuando las personas se dan cuenta de que eso no es posible, se frustran, se cansan y se decepcionan. Pero, insisto, esto no es culpa del porno. Es responsabilidad exclusiva de la educación sexual que se nos ha negado a lo largo de los años. Si se educara en base a la realidad, con pleno conocimiento del cuerpo y del placer, y con total libertad de orientación e identidad, tendríamos a una sociedad activa, plena y feliz que utilizaría el porno para ver sus fantasías más íntimas.

En ocasiones se confunde el sexo explícito con pornografía. Para mí la diferencia más importante es la intencionalidad. ¿Qué pasaría si utilizásemos vídeos explícitos para educar a nivel sexual? ¿Eso sería porno? En absoluto. Su intención es la educación, no la excitación. Por lo tanto, aquellos actos sexuales explícitos utilizados en el arte, en la denuncia, en la educación o en cualquier ámbito posible no forman parte de la pornografía, puesto que su objetivo no es poner cachonda a la población.

Me hace gracia la gente que señala al porno como el máximo representante del falocentrismo, el machismo, el coitocentrismo y la heteronormatividad. ¿No nos damos cuenta de que a través del cine convencional llegamos a un público mucho más amplio y que en él se siguen perpetuando todas estas estructuras? Todavía no he visto una escena en el cine convencional donde se estimule antes de penetrar. Todas las mujeres son penetradas de inmediato y, sin tocarse, sienten un placer que las lleva al orgasmo. Eso sí, después cogen todo el edredón para taparse enteras, no sea que, después de que su amante les haya metido la polla hasta el ombligo, vaya a verles la raja del culo.

El sistema patriarcal se encarga de perpetuar esas estructuras tan criticables, ya que son establecidas a nivel social, político, económico y cultural. Señalar al porno como único causante es negar una realidad mucho más compleja.

Por otro lado, se ha hablado mucho dentro del feminismo de la ilegalización de la pornografía que favorece la mercantilización de los cuerpos y la representación patriarcal del sexo. Bien, conozco a muchas compañeras que son prostitutas o actrices porno. Unas han decidido dedicarse a ello por puro placer, porque les gustaba ese trabajo. Otras, por necesidad. ¿Qué diferencia puede haber entre ellas y una mujer que decida entrar a trabajar en una multinacional de ropa y se pasen los días doblando camisetas? ¿Por qué se admite que alguien acepte un empleo en un puesto de comida rápida, aunque le disguste, y, sin embargo, para trabajar con el sexo sea indispensable que te guste tu trabajo?

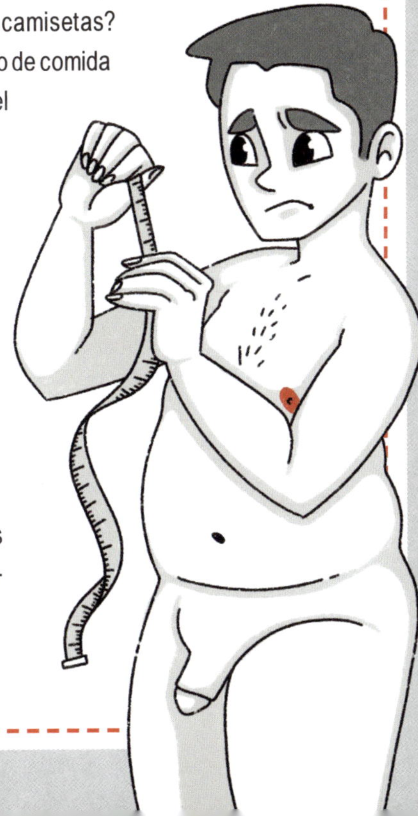

Es evidente que el trabajo sexual implica una psicología muy específica y exige marcar unos límites muy claros entre la ficción y la realidad, pero lo mismo sucede en muchos otros empleos. Dejemos de señalar a aquellas que quieren trabajar con su sexo y empecemos a movernos para que las condiciones laborales sean propicias, para que no tengan que agachar la cabeza o cargar con un estigma social. Dejemos de idealizar o demonizar ese puesto de trabajo, o de asociarlo con una serie de vivencias traumáticas que te llevan a ese punto, y empecemos a identificar la trata, la explotación y las violaciones encubiertas.

Si en algún momento se ilegaliza dicho trabajo, lo único que estaremos haciendo es desproteger a esas mujeres que, por gusto o no, han decidido ejercer. Eso abriría un mercado negro y la total libertad de, ahora sí, mercantilizar los cuerpos y trapichear con personas. ¿De verdad quieres eso? Porque yo no.

Desde el feminismo prosex queremos ofrecer la oportunidad de una mejora del sistema laboral, de las condiciones y del acceso a ello. Una educación social para que clientes/as y trabajadores/as sexuales puedan conocer los cuidados, detalles y herramientas de gestión emocional a través de una formación gratuita. Establecer un sueldo digno o la posibilidad de cotizar con un epígrafe específico. Y, por supuesto, seguir persiguiendo tanto la trata, la explotación o la representación de una mujer cosificada, esclavizada y dispuesta, como los machismos que se esconden tras el deseo y las fantasías escenificadas.

3.9.1. Detrás de la pantalla

Detrás de la pantalla hay personas con sentimientos, deseos, emociones y una vida tan normativa como la tuya o la mía. La inmensa mayoría de ellas cumple con una jornada laboral delante de cámara y con otra detrás, trabajando las redes sociales, subiendo fotografías a sus webs, vendiendo ropa íntima o contactando con otras productoras. Lo que nosotras vemos es solo una pequeña parte de una gran dedicación.

Hay todo un equipo que, dependiendo de la producción y el presupuesto, puede ser más o menos numeroso. Los componentes básicos son los actores y actrices y el cámara. A partir de ahí se pueden incluir más cámaras, un técnico/a de sonido, productor/a, director/a, ayudante de dirección y/o producción, maquillador/a, peluquero/a, atrecista, director/a de fotografía y un largo etcétera. En ocasiones, existen producciones que se asemejan al cine convencional.

Las escenas, que tienen una duración media de cuarenta minutos, suelen tardar en rodarse casi doce horas. Se empieza bien temprano en peluquería y maquillaje para dar paso a las sesiones de fotos, que suelen durar entre una y dos horas. En ellas se representa la escena que irá a continuación, así que los actores y actrices tienen que realizar las posturas que luego aparecerán en pantalla. La persona con pene debe mantener la erección en las instantáneas de penetración, aunque sin llegar a sentir placer, puesto que no puede haber movimiento. Esto, para mí, es el trabajo más duro de un actor porno.

Para las fotografías se pueden falsear las corridas. Recuerdo que, en más de una ocasión, tuve que preparar una mezcla de crema hidratante, con un toque de mostaza y azúcar para embadurnar a la actriz alrededor de la cara y la polla del actor en cuestión. En muchas producciones se utiliza el fármaco Gaviscon, cuya textura y color se asemejan a los del semen. Pequeños trucos del porno, querida.

Una vez finalizada la sesión de fotos empieza la comedia. Es esa parte que todas nos saltamos y que constituye la trama. Una trama tan realista como que el pizzero se tira a la chica joven, la madurita al jardinero o el fontanero acaba arreglando otras tuberías. ¿A ti nunca te ha pasado esto? A mí, a diario. La comedia es la parte dialogada que argumenta el encuentro. A partir de ahí se da paso a la escena de sexo explícito.

Normalmente las posturas y prácticas de las escenas están previamente pactadas, pero en su mayoría siguen la representación del placer masculino. Empiezan con unos pocos besos, siguen con una mamada que dura diez minutos en pantalla, continúan con una penetración vaginal y anal y finalizan con la eyaculación del tío en la cara, boca o *creampie* (eyaculación dentro de la vagina o ano que termina saliendo del orificio). Esta escena se suele grabar sin cortes. El único parón que hay es cuando la persona que dirige avisa de que en cinco minutos el actor se debe correr. Y, efectivamente, a los cinco minutos se corre. No te imaginas la presión que significa todo esto.

A veces también se corta para que la actriz dilate la zona anal o se aplique lubricante, y también en caso de mala gestión emocional.

Una ducha rápida y cada uno a su casa, hasta la próxima vez.

3.9.2. La representación del sexo

¿Sabes por qué la pornografía nos excita? Los seres humanos tenemos unas neuronas llamadas «espejo» que actúan por imitación. Si yo bostezo, automáticamente vas a bostezar tú. Esto es culpa de dichas neuronas.

En el porno estas neuronas espejo tienen un papel fundamental. Cuando vemos el placer en pantalla, actúan por empatía y nos excitan. Si tenemos vulva y estamos viendo cómo le están comiendo el coño a alguien, nos pondrá cachondas. Porque sabemos lo que eso significa o, al menos, lo podemos imaginar, puesto que tenemos el mismo sexo. El problema está en la representación que se centra principalmente en el placer masculino. Vemos largas felaciones, penetraciones aburridas, especial obsesión por el sexo anal, y todo finaliza cuando él se corre. Esta es la razón de que la gran mayoría de las mujeres cisgénero empaticemos poco con estas escenas y terminemos, o bien dejando a un lado el porno, o bien recurriendo al porno lésbico. De hecho, hay muchas que no se consideran bisexuales y que, sin embargo, solo consumen cine de sexo entre mujeres. ¿Por qué? Porque es la única forma de ver su placer representado en pantalla.

Pornhub realiza de forma anual una serie de estadísticas a partir de los datos de tráfico de su página web a nivel mundial. En 2017 reveló que el 26 % de las visitas que recibía eran de mujeres y que un 74 % de ellas veían porno desde sus móviles, frente a un 69,2 % de hombres. Unos datos que van en aumento gracias a la lucha de muchas productoras por ofrecer un contenido diferente y una representación equitativa del placer en pantalla.

Las cosas están cambiando, pero muy lentamente. Todavía son los hombres los que siguen pagando por la pornografía y las pasarelas de pago las que siguen perpetuando los mismos roles. De hecho, la gran mayoría de las pasarelas de pago no aceptan la compra y venta de productos relacionados con la sexualidad, y aquellas que lo hacen exigen el cumplimiento de una serie de condiciones, como, por ejemplo, que no haya ninguna escena con menstruación. Por eso muchas productoras siguen ofreciendo el mismo producto una y otra vez. Para ellas es garantía de éxito.

El porno debería tomar un nuevo rumbo de representación de ambos placeres, de identidades y orientaciones sexuales y dejar de categorizar como fetiches a aquellas personas racializadas y/o transgénero. Al mantener el androcentrismo solo se consigue perpetuar este sistema patriarcal que sufrimos, las malas prácticas sexuales y la supremacía de la normatividad frente a la compleja realidad. Y en esta lucha es donde entra el porno ético y feminista.

3.9.3. Porno ético y feminista

Además de la pornografía más normativa y convencional (aquella llamada *mainstream*), existe un movimiento que conciencia sobre la equidad, la interpretación de los deseos y la diversificación del placer en pantalla. Aunque muchas personas consideran que ambos movimientos van de la mano, lo cierto es que en ocasiones tienen poca relación.

El porno ético se preocupa y lucha por todo lo que hay detrás de la pantalla, es decir, por las condiciones laborales de las personas que trabajan en el sector. Esto no significa que en pantalla estén representando la equidad, en absoluto. Puede que sea porno *mainstream* y ético a la vez. Su principal función es garantizar el mismo sueldo independientemente del género, el acceso a baños y duchas, jornadas laborales dignas y un consenso acerca de las prácticas sexuales preferibles para las personas implicadas. También significa una protección frente a impagos o frente a contratos con los que puedes llegar a hipotecar tu vida. Además se preocupa de evitar el contagio de ITS, obligando a los actores y actrices a realizarse pruebas periódicas cuyos resultados se deben presentar el día del rodaje, y también de preservar sus datos personales.

Por otro lado, el porno feminista lucha por la representación de todos los géneros, orientaciones, culturas y variedades corporales en pantalla. Quiere una igualdad en cuanto a personas racializadas y aquellas que no lo están, es decir, que se deje de perpetuar un porno realizado por y para blancos. Descategorizar a las personas transgénero como un fetiche y posicionarlas al mismo nivel que las personas cisgénero. O acabar con las fantasías heteronormativas incluso en el sexo lésbico. Se trata de llevar al porno la realidad y de poner en escena su representación. Sexo con menstruación, personas con vello y sin, géneros binarios y no binarios, orientaciones sexuales tratadas en igualdad y todo tipo de pieles, rasgos y culturas. Por supuesto, que sea feminista no significa que sea ético, aunque las más de las veces ambos van de la mano.

Un tiempo atrás hubo una campaña de «porno para mujeres» asociada a una directora muy reconocida, Erika Lust. Para mí fue un tremendo error plasmar un sexo más suave, excesivamente argumental y complejo, y asociarlo a la representación del placer de la mujer. Hay muchas que sienten excitación viendo dichas imágenes y películas, pero otras buscan porno más *hardcore* sin la necesidad de llegar a la vejación de la mujer.

No creo en la diferenciación de géneros más allá de la representación del placer por igual en pantalla. Pero, en base a eso, no considero que se deba perpetuar un porno más cuidado, glamuroso, lento, argumental y suave para el gusto específico de la mujer. Sin embargo, encontramos un porno más *amateur,* duro, sin contexto y extremo para el gusto específico del hombre. Creo que todos los géneros pueden encontrar su fantasía en todos los formatos posibles, siempre y cuando su placer esté escenificado.

Por suerte, todo esto también está cambiando, y el concepto de «porno para mujeres» está siendo sustituido paulatinamente por otro más igualitario. Además, son muchas las que se alzan y afirman que consumen porno durante su masturbación. Otras, que quieren probar la experiencia de trabajar en el sector. Y muchas, que están realizando el porno que ellas desean. Se necesitan más directoras, productoras, cámaras y, en definitiva, personal que pueda luchar por la equidad desde dentro. Pero, por suerte, existen muchas productoras que ya lo están haciendo.

3.9.4. PAJOTECA

Seguramente te estés preguntando qué es eso de la «pajoteca». Es un término que suelo utilizar para referirme a ese maravilloso archivo que está en nuestra cabeza y donde se encuentran las mejores imágenes que evocan sexualidad, erotismo y fantasía. Recurro a ellas para masturbarme, por supuesto.

Quizás estés un poco perdida en este universo pornófilo y no sepas dónde aterrizar para empezar a disfrutar del buen porno. Hay demasiadas productoras, y muchas de ellas son machistas, extremas o falocentristas. Ves las mismas escenas una y otra vez, y te pasa igual que con las comedias románticas de Hollywood:
ya sabes cómo van a acabar.

Pero, oye, no desesperes. Aquí tienes una lista de las mejores productoras para llenar tu pajoteca de buen material. De nada.

LUST CINEMA

Lust Cinema es la productora dirigida por Erika Lust. Es una de las principales compañías de la industria del porno que apuestan por el feminismo, la igualdad de género y la inclusión de todas las personas. Sus temáticas incluyen la pasión, la intimidad, el amor, la lujuria y la realización de las fantasías de los espectadores. Si buscas películas con una fotografía alucinante, guiones elaborados y un reparto de infarto, ¡esta es tu productora!

LUCIE MAKES PORN

Lucie Blush es la creadora, directora y actriz de este proyecto que se aleja de los clichés del porno «mainstream». Una mujer curiosa que lleva investigando sobre sexualidad desde hace cinco años y que de forma semanal transmite todas sus fantasías a través de las escenas porno más bonitas que hayas visto.

YANKS

En 2002, Billie y su novio no encontraban porno de mujeres reales teniendo orgasmos reales. Así que decidieron crear un espacio de porno lésbico sin guiones, natural y siempre con un clímax 100% «NO FAKE». Masturbaciones de todo tipo, tijeritas, sexo oral y un universo lésbico que te mojará hasta los tobillos.

FROLICME

Porno glamuroso, cuidado y con una perspectiva muy «soft». FrolicMe es una productora referente dentro de la pornografía feminista. Su estética cuidada y sus fantasías son un deleite tanto visual como sonoro.

JOYBEAR

Otro gran ejemplo de pornografía alejado del «bunga-bunga». Un porno que evoca respeto y erotismo a partes iguales con todo tipo de contenidos: heterosexual, lésbico, solitario y las fantasías más maravillosas del planeta. Son una referencia del porno ético y feminista. Desde que en 2003 iniciaron su andadura en la industria, no han parado de ganar premios de los festivales internacionales más importantes, además de aparecer en programas de televisión y revistas como referente de buena pornografía.

BILE FILMS

puedo ser objetiva con esta oductora. Para mí es una de s mejores. Se enorgullecen hacer films eróticos y no rnografía. Cuentan con las jores actrices «teen» del monto y representan casi todo po de orientaciones sexuas. El porno está muy bien idado y, en ocasiones, es un co «hardcore», ¡que también s gusta, coño!

EAUTIFUL AGONY

ció en Australia en el 2004 ando Richard Lawrence Lauren Olney decidieron ear una web con vídeos de nte masturbándose hasta egar al orgasmo. Querían pturar esas caras que reesentan la pequeña muerte l clímax. Lo que parecía go sin muchas ambiciones convirtió en uno de los rerentes del porno feminista en una de las productoras ie está cambiando la industia.

OEL ALEJANDRO

acido en Barcelona y afincao en Berlín, Noel Alejandro e ha convertido en un «filmaker» referente dentro del orno gay. Sus vídeos son una elicia y cuida cada detalle ue aparece en pantalla. Se entra en captar la intimidad xistente detrás de los sentiientos y los placeres.

ERSTIES.COM

Sus vídeos están grabados por un grupo de mujeres estudiantes amantes del porno feminista. El objetivo es mostrar la sexualidad femenina y el erotismo de forma natural y cercana, a través de mujeres no normativas.

FOUR CHAMBERS

Una de las mejores productoras a nivel internacional dirigida y creada por la actriz Vex Ashley, una joven inglesa que decidió apostar por una pornografía más estética y conceptual. Four Chambers nació a través de una comunidad en las redes sociales y se mantiene gracias al micromecenazgo en Patreon. Siguen explorando nuevas vías tecnológicas, simbologías, mitologías, la alquimia y la intersección intrínseca con el sexo. Una productora independiente y mágica, fan del «DIY» y de las orgías.

PINK & WHITE

La pornografía «queer» es todo un mundo que explorar y, sin duda, esta productora es una de las mayores referentes. Se dedican a difuminar las líneas de género y la fluidez de la sexualidad. Como un medio para el discurso político, utilizan el sexo y el porno para tratar temas sociales.

LUSTERY

Creado por la directora Paulita Pappel, es el lugar ideal para aquellas que aman el porno casero. Lustery es una plataforma llena de parejas «amateur» que deciden compartir su sexualidad con el mundo, ¡sin guiones ni escenas ensayadas! Y si quieres, puedes mandar tu vídeo y debutar en la pornografía.

WILD GALAXIES

Una productora a la que le gusta redefinir las reglas en torno al comportamiento sexual. Cineastas que crean unas películas alucinantes, cuidadas y con una equidad de la representación del placer. Su «target» son aquellas mujeres que quieren emprender el viaje hacia el autodescubrimiento sexual a través de fantasías, intimidades e inseguridades. Y como ellas aclaran, «queremos irrumpir en la industria por nuestro propio placer».

LIBERA TU AMOR

Tras la hegemonía de las identidades, de los cuerpos y del sexo, llega «la hegemonía del amor» o «cómo la sociedad se empeña en que todas las putas relaciones sean iguales». (Reduzco mi odio profundo.) La primera pregunta que deberíamos plantearnos es la siguiente: ¿qué es el amor? Quizás te pueda parecer sencilla, pero en realidad no lo es tanto. ¿Qué es para ti el amor? ¿Qué significa esta palabreja que tanto se utiliza y tan poco se predica? El amor es un sentimiento positivo basado en el afecto hacia una o varias personas. Para mí, el amor te ofrece paz y equilibrio y nunca duele. Si duele, no es amor. Aunque la distancia, la pérdida u otros factores puedan dar una impresión contraria. En ese caso, lo que a ti te duele no es el amor en sí, sino la pérdida, la distancia o esos otros factores.

El amor suma, no resta. Aporta, no aparta. Y, sobre todo, te hace volar más alto.

El interés político, social y económico ha hecho que el amor —y su representación a través de las relaciones— se vea totalmente condicionado por una serie de normas que debemos cumplir sí o sí. Quieren que sigamos ese camino establecido para ser, como ya he dicho a lo largo del libro, fácilmente manipulables. La hegemonía hace que sea mucho más fácil instaurar una idea en la cabeza de un colectivo que en la de un individuo. Si todo el mundo identifica del mismo modo las relaciones de pareja, todos querrán alcanzar las mismas metas y objetivos, o desearán las mismas cosas materiales que perpetúan este capitalismo en el que vivimos. Y qué triste formar parte de esto que todo lo amarga y lo pudre. Qué pena que un sentimiento tan maravilloso y bondadoso como es el amor se vea modificado al antojo de unos cuantos para que puedan tomar las decisiones por nosotras. Joder, no sé, ¿no tienes ganas de vivir relaciones plenas que ofrezcan crecimiento y se adapten a tus propias creencias y valores? ¿No tienes ganas de enviar a tomar por culo toda esta red de mentiras y empezar a vivir por y para ti?

Si hace unos años me hubieses preguntado qué es el amor, te habría contestado que, en el amor, las discusiones, los celos, las posesiones y la agresión física son básicos. Porque, como muchas otras mujeres, sí, yo también pasé por una relación de maltrato. Pero no ese maltrato que nos deja el ojo morado o nos mata. Eso llega luego o, a veces, nunca. El maltrato que se extiende en esta sociedad es sigiloso, no te percatas de su presencia, y cuando lo haces ya es demasiado tarde: te tiene totalmente enganchada. Tenía catorce años cuando conocí a ese chico en la puerta de una discoteca. Me lo presentó una amiga mía y me gustó. Sus rasgos latinos, su sonrisa perfecta y su edad, seis años mayor que yo. Días más tarde empezamos a hablar por Messenger y decidimos quedar. Era la primera vez que tenía una cita. Nos fuimos a un restaurante italiano, cenamos con una luz tenue y muchas miradas. Nos besamos después. Una semana más tarde me llevó de compras a lo *Pretty Woman*. Me compró tantísima ropa que no me lo podía creer. Me regaló ese peluche que tanto me gustaba de una tienda del centro de la ciudad. Un collar que me enamoró. Una escapada a Andorra llena de *striptease* y orgasmos (sin penetración).

Todo era jodidamente maravilloso, la relación perfecta. Aunque discutíamos mucho, pero, bah, qué más da. Pasábamos los viernes por la noche encerrados en mi habitación comiéndonos la vida y follando por el culo, puesto que yo era «virgen», pero él no (y claro, tenía que follar). Como ya te he comentado anteriormente, un día se pasó de entusiasmo y me reventó, literalmente. A mí, una niña de catorce años que estuvo tres días sin poder sentarse. Otro día me miró el móvil sin mi permiso. Otro día dejó de hablarme porque estaba bailando demasiado provocativa en la discoteca. Me hablaba mal de mis amigas y cada vez que quedaba con ellas se enfadaba. Dejé de salir. Me dijo que llevaba demasiado escote aquella noche con sus amigos y que lo hacía para provocar. Pensé que era mejor que, a partir de ese momento, me acompañara a comprar toda mi ropa. Una noche me pinté los labios de un rojo que me encantaba. Me llamó puta y me pidió que me lo quitara.

El sexo con él empezó bien hasta que, más tarde, dejó de funcionar. Venía los martes al mediodía a mi casa cuando no había nadie, se bajaba los pantalones, y a follar. La mayoría de las veces yo ni llegaba al orgasmo. Una vez que se corría, se subía la bragueta y se largaba. Los detalles escaseaban y empezó a regalarme lencería (hortera) que a él le gustaba. Me vestía de colegiala *sexy* todos los viernes por la tarde para seducirle.

Nos apuntamos al gimnasio juntos y se convirtió en un infierno. Hacía una rutina de glúteos y cardio muy intensa casi todos los días. Si no entrenaba fuerte me recriminaba que no había hecho nada. Tenía que esforzarme más, porque si me crecía o se me caía el culo, me dejaba. Una semana me forcé tanto que me hice daño en las lumbares. Estuve todo el finde tumbada en una cama, sin poder moverme. Durante esos años tuve muchísimo dolor lumbar que a menudo me impedía seguir con la vida normal. Pero ahí estaba yo, una chica de dieciséis años, intentando que no se me cayera el culo o engordara un gramo. Como te puedes imaginar, estaba muy delgada. Mucho.

Poco a poco mi mundo desapareció y me sumergí en el suyo. Dejé de llamar a mis amigas, ahora salía con los suyos. Empecé a trabajar con su familia, en su casa, por una miseria de dinero. Así que dejé de buscar otro trabajo. El dinero que recibía (de mi trabajo) me lo gestionaba él: apuntaba cuánta cantidad me llevaba y en qué me lo había gastado. Dejé a mi familia de lado, qué iban a saber ellos lo que era el amor... Él se dedicaba a criticar a mi madre y yo asentía y refrendaba todo lo que él decía. Ahora tenía una nueva familia: la suya. No había nada que no fuese mío, todo era suyo y él me lo cedía. Y así pasaron los años, seis, concretamente. Yo era una adolescente en plena fase de crecimiento metida en una relación de maltrato. Un día discutimos y me empujó contra la pared. Otro día pasó lo mismo. Y al otro me cerró la puerta mientras tenía mi pie en medio. Cuando follamos una tarde le di un tortazo flojo para aumentar la excitación. Me pegó tal hostia que me giró la cara y se largó. Podría seguir con esto y escribir otro libro. Pero creo que no es necesario y puedes empatizar con el dolor que siento ahora mismo.

El último año de relación, en primavera, le fui infiel y me acosté con su mejor amigo; la persona que me sacó de ahí. Sin su ayuda, sinceramente, no sé qué habría sido de mí. Al día siguiente, quise dejar a mi pareja para largarme con su amigo. Se puso a llorar y a suplicar que no lo hiciera. Le perdoné, sabiendo que sería el error que más pesaría en toda mi vida. Y así fue.

Días más tarde me compró un reloj y, dos semanas después, mientras escuchábamos música en su casa, le recomendé que ampliara su horizonte musical más allá de Katy Perry. Me miró y se largó a su lugar de trabajo. Al poco fui a ver qué le pasaba. Me dijo que le había humillado delante de todo el mundo (solo había otra persona en casa) y, acto seguido, en mitad de su discusión, me levantó la mano. En ese momento pude ver en su mirada que el golpe, esa hostia, llevaba mi nombre. Su madre y su hermana lo vieron a través de la ventana. No dijeron nada. Le perdoné, otra vez. Hasta que la infidelidad con su amigo salió a la luz a través de un vídeo muy íntimo que se coló en su ordenador. Le conté todo, con una frialdad excepcional en mí. Cuando vinieron sus padres tuve que explicarles lo ocurrido. También vinieron mi madre y su pareja y nos sentamos todos alrededor de la mesa para hablar de mi relación. ¿La conclusión? Mi blog de sexo era una excusa para ser una guarra. Y sí, así lo fue. Una guarra que no se dejó tocar ni un pelo, que resurgió con más fuerza, más poder, y un crecimiento interior a raíz de la miseria y el dolor. Un dolor tan profundo que creí que era normal, habitual; que el amor era eso.

En cuanto a ti, si es que alguna vez llegas a leer esto, habrán pasado como mínimo siete años desde que me dejaste. Ojalá te des cuenta del daño que me hiciste, de lo mucho que tengo que trabajar en mí misma y en mis relaciones para que tu adoctrinamiento no me condicione. No te deseo nada malo, solo quiero que aprendas. Y si pasas del tema y crees que todo está bien, deseo que toda la mierda que sale de este culo que tanto te gustaba te llegue en forma de *cupcake*. Esa niña de catorce años se ha convertido en una mujer, una mala mujer de veintisiete cuya voz no vas a poder callar nunca más.

4.1. AMOR ROMÁNTICO (DE MIERDA)

Esa hegemonía del amor de la que hablábamos tiene un nombre y se llama «amor romántico». Se anuncia en todas partes; un «flus, flus» de este ¿amor?, y tu relación está perfecta para ser tóxica. ¡Tachán! El amor romántico a veces se confunde con el romanticismo, y poco tiene que ver. Aquí donde me lees, soy una persona tan romántica que a veces tengo que reducir mi pasión por la vida. Adoro las escapadas, las cenas a la luz de las velas, bailar un lento mientras nos miramos a los ojos, dejar toda la casa llena de mensajes bonitos, escribir *whatsapps* eternos explicando todo lo que siento y un largo etcétera digno del manual de James Blunt.

El amor romántico es diferente. Se trata de una serie de creencias y valores que nos transmiten a través de la cultura, principalmente. Libros, música, películas, programas. Lo único que hacemos es actuar por imitación, sin cuestionarnos si eso realmente es lo que queremos o buscamos, si ese tipo de relación nos aporta crecimiento. Nos vuelve gilipollas. Aprendemos a decir «sí» cuando queremos decir «no». Vamos corriendo a aeropuertos en busca del amor de nuestra vida. Sacrificamos nuestros sueños para poder estar con esa persona. Nos casamos, tenemos hijos y nos enorgullecemos de la originalidad de nuestra vida. Somos infieles, engañamos, ocultamos. No sabemos comunicar. ¿Qué te pasa, cariño? Nada. Y nada es lo que se siente cuando pasan los años y no sabemos estar, pero debemos estar. El premio de la antigüedad, ya ves. Nos emocionamos al ver una pareja de ancianos cogidos de la mano y ni tan siquiera nos preguntamos si ellos hubiesen cambiado algo. Discutimos y nos pegamos los mejores polvos de reconciliación llenos de emociones extrañas que no sabemos identificar. ¿Para qué hacerlo? Pasamos las tardes en Ikea y los días en el parque. No sabemos qué hacer más allá de sentarnos en el sofá a ver películas y series que nos enseñan el camino.

Y nosotros lo seguimos. Sin cuestionar.

¿Es esto lo que quieres? Dime, ¿es esto? Porque lo único que te puede aportar este amor romántico de mierda es eso, mierda. Vacío, discusiones, manipulación y sentirte profundamente perdida en mitad de una sociedad que nada se cuestiona y todo lo sabe. Todos estamos cansados de lo mismo, pero somos muy pocos los que nos atrevemos a cuestionar, a cambiar y a encajar un tipo de relación sana en nuestro día a día. El amor romántico es como una droga legal sufragada por el Estado y la sociedad. La montaña rusa que vivimos nos aporta tales chutes de hormonas que no se encuentran de forma habitual. La reconciliación tras una pelea da una sensación de felicidad muy intensa. Y no es que sea así, sino que, en comparación con el extremo negativo, el positivo parece mucho más, eso, positivo.

Si mantenemos un equilibrio emocional durante nuestra vida, lo malo no es tan malo y lo bueno no es tan bueno. Son pequeñas subidas y bajadas que salen de la balanza y que a veces hacen que se incline más hacia un lado u otro. Pero si no sabemos medir esa báscula, de repente estamos en un estado totalmente negativo lleno de enfado, rabia, tristeza, dolor o depresión, entre otros sentimientos. Si partimos de ese punto, aquello que para algunos puede resultar un pequeño golpe de felicidad dentro de la armonía resulta, para los que están en el otro extremo, un chute de adrenalina, serotonina y alegría, un subidón brutal. Y eso es adictivo. Pero no es real. Me costó encontrar la felicidad en el equilibrio lejos del exceso. Vivir sin emociones fuertes que me daban muchísima vida, pero que, al mismo tiempo, me la quitaban en forma de ansiedad y dependencia. Darme cuenta de eso supuso un cambio radical en mis relaciones. Y esta es una de las principales y más básicas creencias del amor romántico. ¿Te suena esta situación? Pues vayamos a por más.

4.1.1. Creencias y valores

Identificar algunas creencias del amor romántico puede resultar sumamente difícil, porque no tenemos nuestro cerebro entrenado para ello. Nos han adoctrinado tanto (tantísimo) que no podemos distinguir la ficción de la realidad, nuestros propios valores de los impuestos. Aquí va una pequeña lista para que te quites la venda de los ojos y puedas ver, por ti misma, la realidad.

» La leyenda de la media naranja

Vivimos buscando una mitad, puesto que nosotras no estamos completas. Nadie lo está sin esa otra persona que la complementa en su totalidad. Nos pasamos la vida buscando esa media naranja para poder subsistir y poder seguir viviendo. De repente, ¡pum! Tanto buscar y resulta que va a tu misma universidad, colegio, trabajo, barrio, discoteca, panadería..., ¡yo qué sé! Con la cantidad de millones y millones de personas que hay en el mundo, qué puta casualidad que esté en el mismo lugar que tú, ¿verdad? Podría haber nacido en la India o en Brasil, pero no, lo tienes ahí, a tu lado. Flipa. Falso, todo mentira. No nos quieren completas, nos quieren a la mitad. De esa forma, buscaremos sin mucho éxito esa otra parte que nos hace totales, ¡para ser personas enteras! La realidad es que tú eres una integridad por ti misma, no necesitas a nadie que te llene. Nadie respira, come, caga, duerme, folla o vive por ti. Eres tú sola, la que por ti misma tienes que salir adelante y tomar decisiones. Así que deja de buscar, porque no hay nada que encontrar. Lo único que vas a descubrir por el camino son otras almas que caminarán contigo un tiempo (días, meses, años o toda la vida). Tú eres la naranja completa.

» Positivización de los celos

El otro día iba por la calle y me crucé con una pareja. Él estaba cabreado y ella le preguntó si era por celos. Él asintió. Ella le abrazó y le dijo: «Ay, qué bonito eres. Si estás celoso es porque me quieres». No, cariño. Si está celoso es por su ego. Tú no le importas una mierda en esta situación. Nos duela o no, esto es así. Los celos son emociones complejas que reflejan muchísimas vivencias, creencias y traumas de nuestro interior. Van de la mano de las posesiones, y ese chico tan «mono» que sintió celos no lo hizo porque su pareja se fuese con otro, sino porque no sentía que ella fuera suya. Los celos solo traen problemas y discusiones si no se gestionan bien. Dolor, desconfianza, dependencia..., y podría seguir y seguir. Obviamente, los vamos a sentir en algún momento, pero se deben deconstruir para saber qué está pasando en realidad. Esto lo trataremos más adelante.

» Positivización de las posesiones

Nos enseñan a poseer las cosas desde que somos infantes. Mi pelota, mi mejor amiga, mi escuela, mi, mi, mío, mío. Y así hasta que morimos. En una sociedad capitalista, las posesiones son importantes. O al menos quieren que así sea. De ese modo, creemos que cuantos más dominios tenemos, más relevantes somos a nivel social. ¿Tienes una casa, un buen coche, un trabajo, una pareja, una familia, una carrera de éxito, un vestidor lleno de ropa, un perro y un gato, una televisión enorme? Plas, plas, qué magnificencia. ¿Sabes? Cuando mueras todo eso será polvo, como tú. Te irás tal y como llegaste a este mundo: con las manos vacías. Y espero que con los bolsillos llenos de experiencias. Las posesiones no caben ahí, ¿no te das cuenta? Nos educan en la posesión y, al final, las relaciones se tornan posesivas: nos creemos con el derecho de exigirle a una persona lo que puede o no puede hacer, como si fuésemos sus dueños. ¿Estamos locos?

» Positivización del sacrificio

¿Te ha surgido una oportunidad laboral en Hong Kong y quieres irte? ¡Genial! Pero ¿y tu pareja? Parece que tengamos que renegar de nuestros sueños cuando estamos en una relación. Y eso se premia. En las películas pasa lo mismo, la mujer emprendedora que acaba rechazando una beca para quedarse con su novio buenorro. ¡Qué bonito es el amor, que todo lo puede! A veces tenemos sueños que se quedan tan enterrados que ni tan siquiera nos damos cuenta de que estuvieron muy presentes en nuestra vida. A mí me pasó estando con mi anterior pareja, cuando, de repente, me di cuenta de que estaba llevando esa vida normativa que tanto odiaba y que mi sueño no se estaba cumpliendo. Siempre me había imaginado como una mujer fuerte, valiente y exitosa en mitad de una gran ciudad, con su gato y su tocadiscos. Así que pensé en retomarlo y lanzarme a por ello. Obviamente, invité a mi pareja a que se mudara conmigo, pero él tenía lazos que no estaba dispuesto a desatar. Bien, ahí se quedó. Pero de cara a familiares y amigos, fui yo quien le abandoné y no al revés. ¿Te das cuenta? Se positiviza el sacrificio. Sacrificar mi vida, mi carrera, mis sueños por una persona que no sé si estará conmigo el resto de mis días. Y aunque lo estuviese, ¡oye, son tus oportunidades! La relación que más te va a durar va a ser la tuya contigo misma. Sacrifica eso por ti.

» El amor todo lo puede

¡Y una mierda! No podemos añadir una cualidad tan grande a un sentimiento tan básico. No, el amor no todo lo puede; aunque haya miles de James y Michael cogiendo un taxi para buscar a su Emily o Rachel al aeropuerto; por mucho que hayan intentado meternos en la cabeza que, si hay amor, ¡da igual todo lo demás! Lo importante es que se quieren. Las relaciones se basan en otros elementos de vital importancia: la confianza, la empatía, el respeto, la comunicación, la escucha activa, los cuidados, la conexión, el apoyo y muchos más, que hacen que los vínculos sean sanos y aporten. El amor es un añadido con mucho peso en toda esta ecuación, por supuesto. Pero de ahí a dejarle toda la carga, para nada. En muchas relaciones tóxicas las personas se quieren muchísimo. El amor está presente, pero falla todo lo demás.

» Ser el todo para la otra persona

Nos inculcan que tenemos que cubrir todas las necesidades de nuestra pareja. A partir de ahora, y como eres tan importante en esta existencia, vas a cubrir todos los ¿vacíos? de tu compañero/a. Todos, sí, porque eres imprescindible en esta vida (y tu ego es demasiado grande). Sus aficiones ahora, de repente, ¡son las tuyas! Nunca te han importado una mierda los ornitorrincos, pero ahora no puedes vivir sin ellos. Jamás quisiste aprender a bailar salsa, pero como tu pareja lleva años haciéndolo, ¡tú le tienes que acompañar, claro! Y de golpe y porrazo se borra la línea que separa tu personalidad de la suya, tus gustos de los suyos, y, con el paso del tiempo, no sabes ni quién coño eres. ¿Eso te gusta a ti o a tu pareja? Con esto no quiero decir que no podamos compartir espacios y actividades con nuestros vínculos. Hagámoslo, pero no por obligación, y siempre dejando un margen que separe tu vida de la suya. Tu pareja es un complemento, pero no es tu totalidad ni tú eres la suya. Recuérdalo.

» Positivizar la discusión

Las discusiones no son negativas, siempre y cuando aporten crecimiento y se realicen a través de una comunicación empática. Si gritamos, insultamos, agredimos o manipulamos a nuestra pareja, le estamos faltando al respeto. Y ninguna relación se sustenta sin ese pilar básico. Un día, paseando por Instagram, me encontré un estado de una *influencer* que hizo que se me cayesen los ojos. Decía algo así: «Otro día más... discutiendo y enfadándonos por tonterías, pero siempre arreglando todo. Al fin y al cabo, no sé qué haría sin ti. Me levanto todas las mañanas con ganas de verte y molestarte, agobiarte con mis abrazos que nunca acaban, chuparte la cara, morderte la lengua... Espero seguir disfrutando de estos pequeños placeres de la vida contigo».

La verdad, ni idea de si siguen juntos o no, pero no tenían un buen augurio con esa actitud. Discutir y enfadarse por tonterías parece que está premiado por la sociedad. «Los que se pelean se desean», o eso dicen. Desde pequeñas nos educan con esta idea. «Si te pega es que le gustas.» Muy bien, haciendo apología del maltrato. Maravilloso. Las discusiones suceden cuando hay dos puntos de vista muy distintos y las personas implicadas no se ponen de acuerdo. A partir de ahí se puede desarrollar una conversación para que ambas personas expongan sus pareceres de forma calmada y empática. Pero el problema es que, por lo general, no es eso lo que sucede y pocas veces se llega a un entendimiento.

» Sin ti no puedo vivir / Me muero sin ti

A veces tengo la sensación de que la gente caga por agujeros externos a ella. O respira por otros pulmones, no sé. ¿Para qué necesitas a la otra persona en tu función vital? Entiendo que se hace para demostrar el dolor emocional y el drama que significa que la otra persona deje la relación, pero, en serio, ¡has salido de muchas rupturas, joder! Y si estás leyendo esto, ninguna te ha matado. Así que, por favor, deja de perpetuar la dependencia y empieza a decírtelo a ti misma, porque sin ti no puedes vivir, y eso sí que es totalmente cierto.

» Los dramas

Dios, cómo odio los dramas. No los soporto. La constante pelea, los llantos, los gritos y los abandonos para después volver a sus brazos, una vez más. No entiendo cómo hay gente que sigue manteniendo relaciones tóxicas aun sabiendo que lo son, o que de repente se lanzan a los brazos de su propia telenovela y disfrutan protagonizándola. Los dramas lo único que hacen es desequilibrar esa balanza que está milimétricamente nivelada entre el caos absoluto y la fantasía de una relación idílica. Lo que entendemos por dramas en ocasiones está mal interpretado. No hace falta montar un numerito para ser un amante de los dramas. Los dramas pueden ser sigilosos y se pueden perpetuar a lo largo del tiempo sin ni tan siquiera darte cuenta. Por eso es importante analizar las cuestiones y saber si estamos cayendo en ellos o no.

» El sexo como base relacional

El sexo no puede ser una base, puesto que hay relaciones que no mantienen ese tipo de encuentros íntimos y siguen siendo relaciones afectivo-románticas. En la sociedad se le da tanta importancia al sexo en la pareja que, si falla durante un tiempo, saltan todas las alarmas. Y es el pegamento para absolutamente todo.

» Falta de comunicación

¿Cuántas veces has visto o te ha pasado que finges estar enfadada con tu pareja para que pregunte qué pasa y cuando lo hace contestas: «Nada»? Es absurdo. Si te pasa algo, ¡dilo! Comunícalo, tu pareja no es vidente (y aunque lo sea…). Es importante que transmitas todas tus emociones en ese momento e intentes expresarlo desde tu punto de vista y tu perspectiva con respeto y empatía. No sirve de nada estar cabreada y hacerte la dura, la ofendida o la pasota. Esto solo agravará más la situación y te sentirás peor, puesto que tu pareja quizás ni se entere y es posible que no te pregunte nada al respecto.

» No saber estar sola

Hay personas que no saben vivir solas y, especialmente, vivir solteras. Tienen la necesidad de estar en relaciones constantemente y no saben lidiar con la soledad física. Tampoco es problema de la persona, ya que nos educan para estar constantemente socializadas y rodeadas de pantallas que nos bloquean los pensamientos. Todo esto te puede llevar a tener parejas con las que realmente no sientes un vínculo especial, pero que mantienes porque, en el fondo, no quieres volver al mercado y sentir que nadie te escribe o está enamorado de ti. Si crees que eres así ten mucho cuidado con iniciar nuevas relaciones. Plantéate siempre hacia dónde van y por qué las tienes. Qué sientes realmente. Y no te autoengañes.

» «Ya no es como antes»

¡Madre mía la cantidad de veces que se utiliza esta expresión! Me parece absurdo pensar que una relación no es como antes. ¡Por supuesto que no! Las relaciones evolucionan y pasan por muchas fases. Es imposible comparar los primeros meses con el último año. Al principio tienes un hervidero de hormonas que te crean esa profunda necesidad por esa persona y, a medida que pasa el tiempo, todo se va equilibrando, empiezas a conocer a tu compañero/a y se abre otra nueva etapa. Este aspecto de cambio, aunque socialmente se penalice y se negativice, en realidad es algo muy positivo. Si las cosas evolucionan significa que estás viva y que la relación se mantiene activa, ¡celébralo!

» Planes convencionales

El camino es el mismo para todas: encontrar a alguien, vivir en pareja, casarse, tener hijos y morir. Si tienes más de treinta y cinco años y estás soltera, ¿qué coño estás haciendo con tu vida? ¿Y los hijos? ¿Y el marido? Se te pasa el arroz... Lo sabes, ¿verdad? Ay, joder, me cansa tantísimo esto. Después vivimos frustradas y sin saber por qué. Están manipulando nuestra vida y nos meten a presión lo que debemos ser, a lo que debemos aspirar. Sin que tan siquiera nos planteemos lo que nos hace felices o nos aporta plenitud. ¿Esto es lo que quieres para tu vida? Si la respuesta es afirmativa, adelante entonces. Si la respuesta es negativa, ¿por qué coño sigues con esa idea en la cabeza? Todavía perviven muchas creencias y valores que se han quedado al margen, pero, ahora que tienes las herramientas y los ideales principales establecidos, vamos a ver cómo rompemos con ello.

4.1.2. Romper con lo establecido

Tenemos que empezar a construir nuestras propias relaciones, aquellas que deseamos y queremos. Profundizar y reflexionar sobre ello para poder crear vínculos basados en

nuestras propias creencias y valores. No tiene ningún sentido que todas, absolutamente todas las relaciones que tenemos en nuestra vida sigan un patrón parecido a las del resto del mundo. Cada persona es distinta y cada unión es única. Imagina que quieres cambiar tu compañía de móvil. Vas a una tienda y te explican todas las opciones que hay: más GB, llamadas ilimitadas, *roaming*, etc. Escoges en base a tu dispositivo y a tu propio interés entre la amplia oferta que te proponen. Ahora piensa por un momento qué pasaría si únicamente tuviéramos un mismo paquete para todo el mundo. Da igual tu dispositivo, tendrías 60 llamadas gratis y 2 GB. Si necesitas más, ¡no puedes! Es absurdo, ¿verdad?

Esto es exactamente lo que pasa con las relaciones. Se piensan que todos somos el mismo dispositivo y que tenemos las mismas necesidades. Eso se traduce en que, cuando empezamos un nuevo noviazgo, ni tan siquiera nos sentamos para hablar sobre lo que queremos. ¿Una relación abierta o cerrada? ¿Está bien si me voy de viaje con mi mejor amigo? ¿Cómo nos vamos a comunicar? Y demás. Nos vamos encontrando por el camino con estas cuestiones y nos enfadamos porque la otra persona no está actuando como nosotras queremos. ¿En serio? ¡Si ni siquiera hemos hablado del tema! Rompamos con estas cosas, joder. Ya va siendo hora. Cuando empieces una nueva relación, siéntate y charla sobre lo que queréis. Las formas de comunicación que vais a tener o las dinámicas de pareja que vais a empezar. Únicamente de esta forma se podrá construir una base sólida sobre la que asentar el vínculo. De lo contrario, prepárate para peleas y discusiones, frustración, rabia y enfado.

Acabar con lo establecido también es fijarse en nuevos modelos relacionales y apostar por ellos. La monogamia se ha definido como la única opción viable y posible en las parejas, cuando la realidad es muy diferente. A nuestro alcance está la posibilidad de replantear el amor y su expresión. ¿Por qué no lo hacemos? Como ya hemos visto en el primer apartado del libro, más allá de la monogamia existen un sinfín de nuevos modelos relacionales que se adaptan a tus formas de concebir el amor y las parejas. Si realmente la monogamia no es para ti, ¿por qué seguir con ella? ¿De qué tienes miedo?

Estoy cansada de que el amor se presente con el mismo envoltorio y la misma toxicidad. Ver cómo la gente mantiene relaciones porque no es capaz de dejar a su pareja. Cómo es infeliz y está perdida en un mundo que parecía ser de cuento de hadas, pero no lo fue. Estoy cansada de que la princesa sea siempre rescatada o de que el príncipe sea el más *sexy* del reino. De que los «te quiero» se confundan con los «te necesito» y las expectativas campen a sus anchas por cualquier tipo de vínculo que se establezca. Estoy hasta el coño de que se miren los móviles, de las infidelidades, de los «¿y si...?» y de los «no sé, tú sabrás». Necesitamos empezar de nuevo y establecer una base mucho más fiel, segura y sana para poder ser más felices y, sobre todo, más libres. Y para esto último da igual si tienes una relación abierta o cerrada. La libertad no va de acciones, va de sensaciones. En serio, las relaciones son mucho más sencillas de lo que nos han vendido. Y si no te lo crees, pasa esta página y sigue leyendo.

4.2. «IT'S THE FINAL COUNTDOWN»

Tinonino tinoninoni tinonino tinoninoninoni tinoni tinoninoninoni noniiiii... IT'S THE FINAL COUNTDOWN! No sé por qué me ha venido esta canción a la cabeza justamente para tratar este capítulo. Quizás sea una señal de mi subconsciente para acabar con el amor romántico de mierda. Sí, empieza la cuenta atrás para la toxicidad, la falta de comunicación, las rupturas dramáticas, la nula gestión emocional o las expectativas. Bienvenida a la era de la inteligencia emocional. (Ahora vas a tener el «tinonino» todo el rato en la cabeza. Ya verás.)

4.2.1. Gestión emocional

¿Te acuerdas de cuando te dieron esta asignatura en el colegio? ¿No? Pues yo tampoco. La gestión emocional es algo tan necesario en nuestra vida que ni siquiera se educa. Fíjate, seguro que te ha servido más el álgebra que esto. *Equisdé*. La gestión emocional es un básico para nuestro kit de supervivencia en este mundo. Se trata del conocimiento y de la habilidad para comprender qué sentimos, por qué lo sentimos y qué podemos hacer para dejar de sentirnos así. En definitiva, controlar nuestras emociones para que no nos pasen malas jugadas en situaciones complejas y, por supuesto, para entender cómo se siente la otra persona.

No somos robots. Sentimos. Y esas emociones afectan a nuestro día a día y, sobre todo, a nuestros pensamientos. Si de repente sentimos ira, el pensamiento será muy destructor hacia la persona que tengamos delante. Pero si no sentimos nada, seremos unas personas racionales incapaces de empatizar. Es por eso por lo que tenemos que buscar

el equilibrio entre el factor emocional y el racional con el fin de tener una vida plena, feliz y sin dramas. Esto suena muy bonito e idílico, pero lo cierto es que lleva un gran trabajo detrás. Neurocientíficos han estudiado que las personas podemos tener más de seis mil pensamientos al día, el 95 % de los cuales serán los mismos que el día anterior y que la semana pasada, si bien estos últimos en un porcentaje un poco menor. ¿Esto qué significa? Sencillamente, que si tenemos un pensamiento tóxico seguirá ahí día tras día. Eso evidencia que cambiar de actitud y aprender nuevos pensamientos no es tarea fácil, pero tampoco es imposible.

Todo empieza con la identificación de las ideas, es decir, si conocemos en qué pensamos y cómo somos será mucho más sencillo acabar con ello. Únicamente cuando creamos consciencia hacemos que las cosas estén presentes y, por lo tanto, podemos empezar a trabajarlas. Soy una persona dramática. Es lo que he vivido desde que era pequeña y está muy en mí. Sin embargo, odio los dramas profundamente. También tiendo a la idealización de las cosas y de las personas. A complacer a todo el mundo sin establecer una jerarquía o una lista de prioridades. Actúo por impulsos y suelo ser un tanto negativa. Todo esto es un fino esbozo de mis principales tendencias emocionales. Conocerlas ha hecho que sepa identificarlas y trabajarlas con herramientas que he ido desarrollando con el paso de los años. Por eso es tan importante saber quién eres y cómo sueles actuar. A veces cuesta verlo por ti misma, lo sé. Pero nadie te va a conocer mejor que tú.

Para identificar conductas también puedes preguntarle a tu entorno sobre ello. ¿Cómo sueles actuar frente a un problema? ¿Sueles ser racional o emocional? ¿Optimista o pesimista? ¿Te agobias con facilidad? ¿Eres orgullosa y guardas rencor? La sinceridad por parte de estas personas que te acompañan en tu vida es muy importante. Eso, y tu aceptación. Aunque algunas cosas te puedan sonar superextrañas, debes tener la mente abierta. Quizás la forma que tienes de verte a ti misma es muy diferente de lo que proyectas. La gestión emocional es de las cosas que más benefician a la salud mental (y física) propia. Pero por más que leas libros sobre *mindfullness* o empieces a investigar sobre el tema, no se van a solucionar todos tus problemas ni vas a adquirir, de repente, una inteligencia emocional sobresaliente. Eres tú quien debes desarrollar tus propias herramientas basándote en tu forma de ser y en el autoconocimiento.

De todas formas, vamos a tratar varias técnicas básicas de gestión emocional más genéricas y luego nos centraremos en aquellas que nos ayuden a manejar emociones complejas, como los celos.

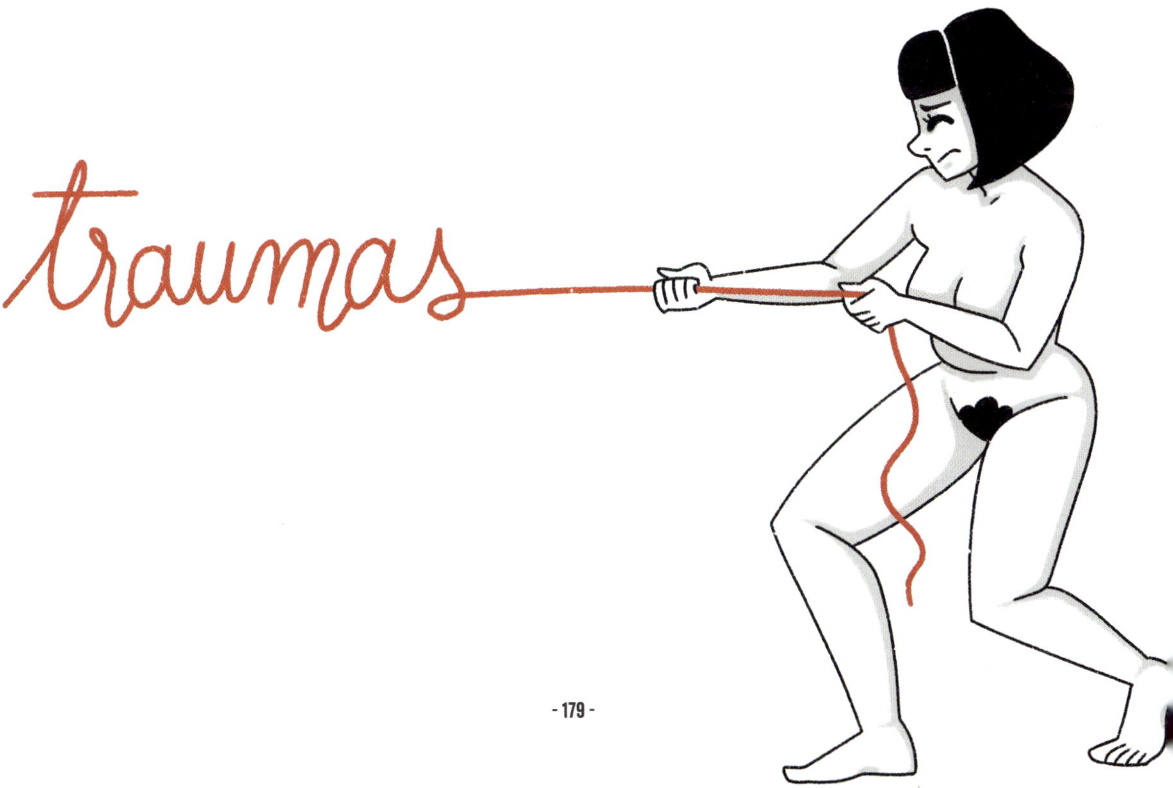

1. SITUACIONES QUE ESTÁN BAJO TU CONTROL. Existen momentos que de forma súbita sacuden nuestra vida y la dejan boca abajo. Pero también hay situaciones que están bajo nuestro control y que podemos cambiar. Por ejemplo, ir con prisas a todas partes, dejarlo todo para el último momento o evitar enfrentarte a un problema. Si eres una persona que tiende al estrés, puedes controlar las sustancias que activan el sistema nervioso central, como la cafeína, la nicotina o el azúcar. Ponte música relajante que te traslade a un recuerdo bonito, ve al trabajo andando o levántate antes para no ir de mal humor a los sitios. Organízate todo el trabajo, cómprate una agenda molona y reserva un espacio para ti misma todos los días. ¡Estas son situaciones que puedes potenciar y mejorar!

2. EVITAR LOS PENSAMIENTOS NEGATIVOS. A mí personalmente me ayuda imaginar mi mente como un cielo enorme lleno de nubes. Cada nube es un pensamiento propio. Los pensamientos llegan y se van, como las nubes por el cielo. Están de paso, nada más. Coger uno y aferrarme a él no sirve en absoluto, simplemente me causa más angustia y negatividad. Por eso, intento hacer uso de la imaginación cuando tengo pensamientos que me agobian y me los figuro desvaneciéndose en el horizonte. A veces necesito desviar mi atención hacia otro lado en vez de idear esta técnica. Si, por ejemplo, me duele que alguien esté teniendo más éxito que yo o me inquieta no saber si voy a llegar a fin de mes, intento centrarme en cuestiones positivas que me estén sucediendo en ese momento de mi vida, como que tengo un trabajo que me llena o que alguien ha dicho algo muy bonito sobre mi forma de comunicar.

3. OLVÍDATE DEL FUTURO. No entiendo cómo hay gente que en septiembre ya está pensando en las vacaciones del verano siguiente. ¡Si todavía falta un año! Pensar en el futuro únicamente me traía agobios y mucha presión. Si las cosas no salían como había proyectado, me frustraba muchísimo y tenía la sensación de que no conseguía nada de lo que me proponía. En realidad, está bien hacer planes, pero a muy corto plazo. Todo lo demás puede variar y debemos estar abiertas a ello. El futuro es algo que se va construyendo a medida que avanza el tiempo. Es una proyección del presente, nada más. Únicamente existe y se define a través de las acciones y decisiones que tomemos AHORA. Por lo tanto, ¡céntrate en eso! ¿Qué vas a hacer hoy? ¿Y qué puedes hacer ahora para conseguir ese objetivo a corto plazo? ¡A por ello! Ojo, con esto no quiero decir que no tengas metas a largo plazo, en absoluto. Simplemente que no te

las tomes tan a pecho y estés abiertas a los cambios de rumbo que puedas experimentar en la vida (que van a ser muchos).

4. **RECUERDA DE DÓNDE VIENES.** A veces pensamos que no avanzamos, que por más que nos esforcemos no conseguimos nada. Es posible que no hayas alcanzado esa meta o ese sueño que tienes en tu mente, pero ¡estás progresando! Medir tus acciones y tus resultados debe servir para saber si estás en el buen camino, no para calificarte. Y si quieres ver todo lo que has crecido, date la vuelta y mira hacia atrás.

5. **EL MOMENTO DE LA RAYADA MENTAL.** Si tienes un pensamiento negativo o alguna preocupación, posponla. Tómate un tiempo al día de no más de diez minutos para pensar en tus rayadas mentales. ¿Te acuerdas de la técnica de la pulsera del no-pensamiento? ¡Pues es una buena aliada para esta herramienta emocional!

6. **¿QUÉ ES LO PEOR QUE PUEDE PASAR?** El abuelo de un ex siempre decía que si el problema era el dinero, no había problema, porque dinero no hay. Esto me ayudó mucho en cómo tomarme las preocupaciones. Empecé a jerarquizarlas para entender las consecuencias que tendrían sobre mí. De ese modo, solo me preocupan aquellas cuestiones que pongan en riesgo mi vida. La pregunta que me suelo hacer es: «¿Esto me va a matar?». Si es afirmativo, entonces pongo todo lo que está de mi parte para evitarlo. Si, aunque lo intente, no lo consigo, me digo a mí misma: «Bueno, de algo tendremos que morir al final». Si la respuesta es negativa, no es tan importante ese problema.

7. **TEN FE.** Los puntos siempre se conectan. Steve Jobs explicaba en un discurso que cuando fue a la universidad se apuntó a Tipografía. Eso fue clave para que Apple desarrollara nuevas líneas tipográficas en el Mac, algo que se tradujo en una novedad mundial. Jobs concluía diciendo que, al final, todos los puntos se conectan, aunque no lo alcancemos a ver en ese momento. Así que ten fe. Lo que hoy puede ser una desgracia, quizás mañana sea una oportunidad. Que te despidan de tu trabajo puede ser el empujón final para empezar ese proyecto personal que no te atreves a desarrollar. En serio, los puntos siempre se conectan. Siempre.

8. **LA MEDITACIÓN COMO TU MAYOR ALIADA.** Mucho se ha hablado de la meditación, y, en mi opinión, se ha hecho mal. Parece que si no te pones música zen y estás quieta durante veinte minutos no meditas, ¿verdad? Nos tienen muy engañadas. Ese es un tipo de meditación que te puede funcionar o no. ¡Pero hay muchas más! La danza, tocar un nuevo instrumento, colorear mandalas, hacer yoga o tantra, maquillarte o leer pueden ser algunas técnicas que te ayuden a relajar la mente. Porque el objetivo es ese: poner el «mute» durante un ratito y expresar todo lo que llevas dentro.

Recuerda que en muchas ocasiones tendemos a magnificar los problemas y a autoexigirnos cuestiones que no están a nuestro alcance. Los «debería hacer esto» se pueden sustituir por «me gustaría» o «preferiría». La sociedad no nos enseña a decir que «no» y esto es algo sumamente importante. Haz aquello que te gustaría hacer y date la oportunidad de negar aquellas acciones que no sean prioritarias para una misma. Y, por último, pero no menos importante: analiza la forma en la que te hablas. A veces somos muy crueles con nosotras mismas y nuestros errores. Acuérdate de que todo el mundo se equivoca, incluida tú, y que, en ocasiones, las decisiones que tomamos en un momento determinado se basan en la información de la que disponemos en ese espacio temporal. El arrepentimiento llega cuando se amplían los conocimientos que te proporciona el futuro. Pero no te castigues, porque en el momento en que tomaste la decisión no contabas con esa información.

4.2.2. Los celos y su deconstrucción

Como has podido comprobar, la gestión emocional está en todos los aspectos de nuestra vida. En mi caso, no caí en su importancia hasta que no abrí mi relación. Fue gracias al poliamor que empecé a tomar conciencia de mis emociones y a trabajar sobre ellas. De no haberlo hecho podría haberlo enviado todo a la mierda en un pispás.

La pregunta que más me han repetido acerca de mi vida poliamorosa ha sido: «¿Cuántas relaciones tienes?» (en un intento sensacionalista por ponerte más o menos medallas de honor), y, cómo no: «¿Sientes celos?». ¿Alguna vez nos hemos planteado lo que son los celos? Se presentan en nuestra sociedad como una totalidad, pero en realidad se trata de una emoción compleja que abarca varias emociones simples. Los celos hay que deconstruirlos para saber qué estamos sintiendo exactamente. Sentir celos no es posible, hay un más allá. Puedes sentir inseguridad, envidia, miedo, tristeza y un largo etcétera que se combina y forma lo que conocemos como «celos».

Tanto si mantienes una relación abierta como si no, te voy a dar la herramienta que me salva en la gestión emocional de los celos en pareja. ¿Preparada? Lo primero que hago es añadir un porcentaje a tres emociones negativas básicas: el miedo, la tristeza y el enfado. Hago un gráfico circular separando las partes relacionadas con cada emoción. ¿Cuánto enfado siento? ¿Y tristeza? ¿Y miedo? Eso me ayuda a saber qué está pasando en ese momento por mi mente y a materializarlo. Además, en

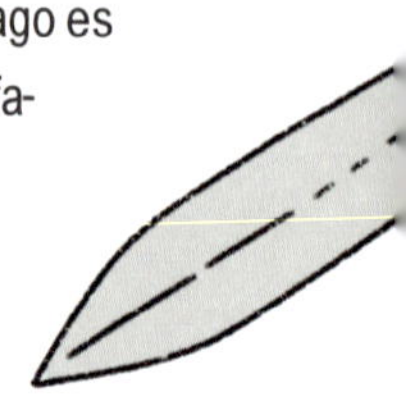

un futuro me va a servir de referencia para comprender cómo suelo funcionar cuando tengo celos, y es una representación gráfica que puedo compartir con mi(s) pareja(s).

Una vez conseguido esto, hago tres columnas. Una donde pongo todos los pensamientos e ideas relacionadas con el miedo. Otra con el enfado y otra con la tristeza. Por ejemplo, «que le guste más la otra chica que yo» es claramente un concepto relacionado con el miedo. «Que las cosas no vuelvan a ser como antes» tiene que ver con la tristeza. Y «estar sola un sábado por la noche» me enfada. Escribe tantas ideas como se te ocurran en cada columna. No tengas prisa y haz un ejercicio de introspección. Cuando obtengas una buena lista, ¡relaciona ideas similares! Así podrás deducir reflexiones más globales, como el miedo al abandono, la tristeza frente al cambio o el enfado de estar sola.

El siguiente ejercicio requiere máxima concentración y sinceridad. Pon en una hoja en horizontal una columna con el epígrafe «Pensamientos», otra titulada «¿Por qué me siento así? / ¿De dónde nace?» y finalmente una última con la cabecera «Cómo dejar de sentirme así». Bien, empieza a escribir en cada fila las ideas globales que has trabajado en el ejercicio anterior. El miedo al abandono, por ejemplo, ¿por qué crees que sientes eso? Puede que tu padre en su momento se alejara de ti o que tu ex decidiera largarse. Encuentra el inicio del hilo y empieza a tirar de él. Eso hará que salgan todos esos traumas y mierdas que tenías bien enterrados. Finalmente, en la última columna escribe posibles soluciones. Tienen que ser mantras, frases sencillas que te hagan sentir mejor cuando recurras a ellas en casos de urgencia.

Estos ejercicios me ayudan a darle forma a mis emociones y a conocerme en profundidad. Aunque hay momentos de crisis en los cuales es difícil hacer este tipo de rutinas. En estos casos, te aseguro que lo mejor es respirar hondo y pensar mucho antes de hablar. Parece mentira, pero esto te ayudará a entender por qué dices lo que dices y de dónde nace. Sé sincera contigo misma en todo momento y empatiza con la persona que tienes delante. Recuerda que tu filtro mental es algo muy personal y que la concepción que tienes de los hechos y de la realidad es tuya, propia. Nadie está en ti para entender qué sientes o qué te pasa. Por eso es tan importante la comunicación. El problema es que nos comunicamos como el culo. Y eso lo vamos a solucionar ahora mismo.

4.2.3. Comunicación empática

La gran mayoría de las parejas no sabe comunicarse. Es más, la gran mayoría de las personas tampoco. Gritos, insultos, faltas de respeto y un sinfín de elementos que dificultan la comunicación al máximo. ¿Por qué lo hacemos? Se presentan varios motivos. El principal es que no nos han enseñado nunca a comunicarnos. En muchas ocasiones no lo hacemos puesto que no alcanzamos a descifrar qué está pasando en nuestro interior. Qué sentimos y por qué. Qué es lo que nos hace sentir así, con esta emoción o sentimiento tan interno. Todo lo que hacemos es un reflejo de nuestro interior, y es ahí donde tenemos que mirar. Pero a veces da miedo, ¿verdad?

Otro motivo de la mala comunicación es el ego. Se interpone demasiado, en un intento de protección y autodefensa. En ese momento, es tu peor enemigo. Cuando el ego se entremezcla en la discusión pasa algo muy curioso: todo lo que vayas a decir en ese momento será para hacerle daño a la persona que tienes delante. ¿Y eso? Quieres que sienta lo mismo que estás sintiendo tú. El dolor que hay en tu interior se lo devuelves en forma de palabras nocivas, frases y acciones que van directamente a la parte más emocional de la persona. Luego, por supuesto, nos arrepentimos. No queríamos decir eso, pero ya es tarde. Esa persona está igual de jodida que tú. Plas, plas. Enhorabuena. ¿Qué has conseguido?

Ego. Eso es. Levantar un muro de autodefensa, equilibrar la balanza a golpe de dolor y después darte cuenta de lo que has hecho. No merece la pena, en absoluto. De ahí la necesidad de una buena gestión emocional, consciencia y, muy especialmente, una brillante comunicación empática. Aprender a comunicarnos correctamente es cuestión de mucho esfuerzo y constancia. Como siempre, hemos aprendido a hacerlo mal, muy mal.

Actuamos por imitación y plasmamos lo que hemos visto en casa o en la televisión. Para nosotras es lo normal, pero ¿es eso lo correcto?

No soy una gurú de la buena comunicación ni de las relaciones maravillosas. He hecho (y hago) daño igual que tú. Pero intento reducirlo al máximo y desarrollar nuevas técnicas que me permitan ser más feliz y tener vínculos sinceros y respetuosos. Todo lo que te voy a decir es el resultado del trabajo que he ido desempeñando a lo largo de los años, desde que me di cuenta de la importancia de una buena comunicación en la pareja. Lo primero es la comprensión. Saber que mi filtro mental no es la verdad absoluta y que puedo estar equivocada. Parto así de la base de la autocrítica y de la escucha activa, dos conceptos que lamentablemente no están muy de moda en este mundillo del amor. Reducir el ego hace que pueda aprender de mis errores para conocerme mejor y evitar volver a herir a alguien la próxima vez. Pero también me permite escuchar qué está pasando en ese momento sin interrupciones internas de mis propios pensamientos.

Es posible que quizás tengas a una persona muy enfadada delante de ti. Puede que todavía no sepas ni qué ha pasado, pero algo ha hecho que él o ella esté muy disgustado/a. Respira hondo. Todo lo que vaya a decir esa persona a partir de ahora será para hacerte daño y para que puedas sentir lo mismo que ella siente en su interior. No te lo tomes como algo personal y empatiza. Deja que se desahogue, que suelte todo lo que lleva dentro. Si hay algo que realmente te duele, díselo con educación y calma. Esto último es sumamente importante: añadir más leña al fuego solo lo avivará. Obviamente, todo esto lo estamos tratando en un contexto de tensión, pero sin ningún tipo de maltrato físico o verbal. Si en algún momento esa persona te pone la mano encima o te agrede verbalmente, échala de casa y rompe el vínculo. Por muy enfadada que esté una persona nunca se pueden sobrepasar estos límites básicos.

Cuando se haya calmado, lo primero que debes decir es un «te entiendo» y, en caso de que no sea cierto, puedes comentar: «Siento que estés tan dolido y me gustaría comprender qué ha pasado de forma calmada para que pueda entender la situación y ayudarnos a mejorar». Repite esto las veces que haga falta hasta que comprendas qué ha pasado. Normalmente las cosas no son ni blancas ni negras, sino que tienen ambas caras, por lo tanto, la responsabilidad suele estar repartida. Pide perdón por aquello que hayas hecho mal tú, pero no acarrees siempre con la culpa de todo. Esto impide que la persona que tienes delante pueda aprender y crecer. Y las relaciones van de eso: de aprendizaje y crecimiento personal.

Puede que seas tú la persona que se sienta disgustada. La forma de comunicarlo es vital y debes hacerlo a través de la comunicación empática. ¿Cómo se consigue? Fácil. Normalmente la gente suele culpar a los demás de las cosas que ella siente. Ejemplo: «Como tú has salido con tus amigos, yo me siento disgustada». Esto crea un efecto barrera en el otro interlocutor y lo único que se consigue es una pelea. Es muy violento y, en definitiva, estás responsabilizando al otro de tus sentimientos y emociones. No es justo por más que la haya cagado. Nadie es responsable de lo que sientes más que tú misma. En este ejemplo hemos puesto la acción por delante de los sentimientos o emociones. En la comunicación empática se hace justamente al revés. «Me siento disgustada ahora mismo porque has salido con tus amigos.» ¿Ves cómo cambian las cosas? ¡Con tan solo alterar el orden! De este modo, inconscientemente, no estás acusando a la otra persona de tus emociones, pero sí que le estás explicando que hay cierta relación en ellas. Hemos puesto la parte emocional por delante de la acción. Tachán. Magia.

Hay varios ejercicios de comunicación empática que se pueden practicar con el fin de reforzar la comunicación en pareja. Si tienes problemas de orden y ambos habláis a la vez, sin respetar al otro, podéis marcar un tiempo. Aquella persona que tenga el «objeto del habla» (cualquier elemento que haya por casa, desde una botella de agua hasta un lápiz) tiene derecho a expresar de forma clara y respetuosa todo lo que siente durante el tiempo establecido (diez o veinte minutos). Es vital que se escuche de forma activa y se intenten buscar soluciones. Otro ejercicio que puede resultar genial para aquellas personas a quienes les cuesta expresar su interior a través de la comunicación, es diseñar etiquetas con cada emoción y tenerlas a mano para casos de urgencia. Cuando estéis inmersos en una conversación o discusión y no sepáis qué pasa en vuestro interior, coged los rótulos y expresad por qué sentís ira, tristeza, miedo o envidia. ¿Qué es lo que te hace sentir así y por qué?

En ocasiones la estamos cagando y no nos damos cuenta. Quizás hemos tenido un mal día, estamos en una reunión de amigos y de repente decimos algo que hiere a nuestra pareja. Lo ideal sería hablarlo más tarde, en total y plena intimidad. Pero hay momentos críticos que requieren esa comunicación inmediata, ya que, de no producirse, se pueden desencadenar un sinfín de indirectas dolorosas que incomodan al personal. Estableced una palabra de urgencia, algo muy *random,* como «lentejas» o «pato». Automáticamente, la persona sabe que su pareja acaba de utilizar la palabra de emergencia y que está en una situación de dolor interior. Te necesita. Os podéis retirar disimuladamente y tener una charla urgente alejados del resto de personas. Eso sí, es imprescindible no utilizar esta palabra a la ligera para librarnos de la gestión emocional propia. No podemos depender de nuestra pareja para que nos equilibre la balanza de agitación interna constantemente.

Frases como «te comprendo», «te entiendo», «estoy aquí», «quiero ayudarte a crecer» o «quiero hacerlo bien» son básicas durante cualquier conversación o discusión. Son anti-*drama-is-coming* y aumentan la confianza y la apertura de tu pareja. Con el paso del tiempo incluso entenderás qué dinámicas son aquellas que le molestan a ese/a compañero/a de vida y por qué. Puede que esa persona no haya superado que su ex se fuese con otra y por eso siente miedo. O que durante su infancia sufrió *bullying* y ahora le da pánico lo que los demás piensen de ella. Quizás no soporta el abandono porque se sintió sola de pequeña o necesite convertirse en un témpano de hielo cada vez que se emociona, con el fin de no revivir el dolor que le causó su primer amor. Los traumas y vivencias se archivan en nuestro interior condicionando nuestra existencia y forma de actuar. Es importante conocer los propios, pero también los de la persona con la que convivimos. Únicamente de ese modo podrás entender por qué se enfada tanto —por algo que tú consideras una tontería— y cómo puedes ayudarla. Y, ojo, esto de «una tontería» jamás lo digas en voz alta, aunque lo pienses. Lo que para ti es insignificante puede ser un mundo para la otra persona. Respétalo.

Siempre hay cuestiones que nos encienden a la mínima, que de golpe nos hacen actuar de forma inconsciente y con toda nuestra artillería pesada. Puedes identificarlas por ti misma, puesto que, en muchas ocasiones, no entiendes por qué te has puesto de ese modo (aunque en el fondo lo sepas).

En definitiva, para conseguir una buena comunicación empática podemos seguir este esquema de discusión:

- HABLAR SOBRE LOS HECHOS OBJETIVAMENTE Contad cada uno, de forma pausada y clara, qué creéis que ha pasado desde la perspectiva de vuestro filtro mental.
- EXPONER LOS SENTIMIENTOS «Me he sentido muy triste al respecto.» Utiliza frases sencillas que puedan explicar qué sientes claramente.
- TRATAR LAS CONSECUENCIAS Entender que los actos conllevan consecuencias es algo básico en la gestión emocional. Por lo tanto, habla sobre los efectos que se han desarrollado por la acción.
- BUSCAR UNA SOLUCIÓN De nada sirve dejar un problema abierto. Una discusión es una gran oportunidad para conocer a la otra persona y establecer herramientas novedosas que reforzarán vuestra base relacional.

Un ejemplo de conversación siguiendo este esquema sería: «Ayer mientras estábamos comiendo empezamos a hablar sobre irnos a vivir juntos. Me he sentido un poco agobiada con el tema, puesto que nunca me lo había planteado, y por ese motivo actué de forma exagerada. Entiendo que te doliese y que pienses que no quiero que avance nuestra relación. Podemos comprobar si estamos preparados para la convivencia, haciendo un viaje o viviendo una temporada en mi casa. ¿Te parece?».

Finalmente, la última técnica de comunicación empática es la «técnica del sándwich». Se trata de decir algo bueno, después algo malo y, finalmente, acabar con algo bueno. Normalmente las personas recuerdan el inicio y el final de las conversaciones. Si ambos son positivos, quitarás peso al asunto. Imagina que quieres abrir tu relación. La conversación sería algo así: «Cariño, sabes que eres muy importante en mi vida y que este tiempo ha sido increíble y maravilloso. Pero, tras mucho investigar y reflexionar sobre el tema, me he dado cuenta de que soy no monógama y me gustaría plantearte la posibilidad de abrir la relación. Esto no significa que quiera romper, en absoluto, para mí eres muy especial y quiero apostar al máximo por la pareja, puesto que te quiero muchísimo».

Los miedos y los sentimientos se deben exponer y hablar. De nada sirve que nos callemos o que actuemos como si la otra persona supiera qué está pasando. Estas conversaciones deben ser una excusa para mejorar la conexión y la relación. Tratar las discusiones con empatía y como una oportunidad de crecimiento mutuo hará que cambie la percepción de estas situaciones y te muestres más abierta y más objetiva frente a ellas. No te frustres si no eres capaz de hacerlo a la primera o a la segunda. Gestionar las emociones y comunicarlas correctamente es un proceso que requiere mucho tiempo y trabajo. Sé benévola contigo y aprende de tus errores a través de la autocrítica. Recuerda que la relación más duradera que vas a tener es contigo misma, ¡haz todo lo posible para conocerte y crecer!

4.2.4. Gestión del espacio y tiempo

Cuando llevamos mucho tiempo con una persona o dependiendo de nuestro nivel de entrega en las relaciones, podemos cometer el enorme fallo de no gestionar bien el espacio y el tiempo. Da igual si acabas de empezar, si lleváis dos años, si vivís juntos o si cagáis con las puertas abiertas. La creación y gestión de un espacio y tiempo propios es algo vital para que no te olvides de quién eres y qué te gusta hacer. En una relación prolongada puede suceder que quienes la componen acaben fusionándose hasta el punto de que sea difícil distinguir dónde acaba uno y dónde empieza el otro. Aunque a nivel social esto se premie, en realidad es un problema, ya que a la larga es uno de los principales síntomas de la dependencia emocional. Por más que quieras pasar mucho tiempo con esa persona, que no puedas evitar escribirle día y noche, por más que te guste y quieras hacer todo tipo de planes con él o ella, es imprescindible que dispongas de tu momento de desconexión. Esto se puede establecer al inicio de la conversación relacional, ya sea en el mismo acuerdo (que trataremos más adelante) o con una charla casual. Señalar tu espacio y el tiempo que quieres dedicar a tu mundo es crucial para que no haya malentendidos. Por supuesto, es algo que puede variar, pero mantén siempre tu rincón.

Sal con tus amistades de fiesta, dedícale un tiempo a tu afición, apúntate a clases de algo que te apasione, lee un libro por las noches en el sofá mientras escuchas *jazz* o date un baño de espuma mientras te masturbas. Lo esencial es conectar contigo misma, saber quién eres y no olvidarlo nunca.

Si vivís juntos puede ser una bonita excusa para alquilar un piso con más habitaciones y que cada uno tenga su propio espacio. Así tú decorarás ese cuarto a tu gusto y la otra persona al suyo. Si alguno quiere pasar una noche fuera de la cama principal, ¡puede hacerlo! Y si de repente quieres pegarte un atracón de palomitas y de tu serie favorita con tu maravilloso gato, podrás hacerlo en tu espacio propio. En definitiva, la gestión de

ese lugar es propia de cada uno. Entiendo que, tal y como está el precio del alquiler, esto pueda sonar más a un sueño idílico que a una realidad. *I know*, amiga, yo también llego a fin de mes como buenamente puedo. Si no dispones de ese espacio, procura aislarte dentro de la casa y pasar tiempo contigo misma alejada de la relación. Puede ser en el baño, o en la cama, mientras tu pareja está en otros lugares. Aunque pueda parecer que estás evitando a tu pareja, en realidad no es así. Insisto en la significación de pasar ese momentito a solas contigo para poder conocerte. Después de tanto tiempo en pareja, la dependencia aumenta, los gustos se acaban hegemonizando y los espacios difuminando. Y después, en la ruptura, es tremendamente doloroso darte cuenta de que no sabes quién eres ni qué te gusta. Simplemente eres un reflejo de lo que una vez fuiste con otra persona. Pero ¿dónde quedaste tú?

4.2.5. Las relaciones tóxicas

No vengo aquí a erigirme como la salvadora de este mundo, pero he experimentado y he visto relaciones tan tóxicas que podría hacer un manual con todas ellas. Lo primero que debemos diferenciar es una relación de maltrato de una relación tóxica. Las relaciones de maltrato sí que implican toxicidad, pero las relaciones tóxicas no son sinónimo de maltrato. ¿Se entiende?

A continuación te presento una serie de preguntas básicas a las que deberás responder con un «sí» o un «no».

→ ¿Crees que tu pareja es tu alma gemela o tu media naranja?
→ ¿Te sientes una persona vacía si no está contigo?
→ Si no la tienes cerca, ¿la echas de menos como si fuese una necesidad?
→ ¿Piensas que no podrías vivir sin esa persona?
→ ¿Sientes celos a menudo?
→ ¿Crees que sentir celos es algo que aviva el amor?
→ ¿Alguna vez ha bromeado tu pareja sobre ti delante de sus amigxs?*
→ ¿Alguna vez se ha metido tu pareja con tu aspecto físico o algún detalle del mismo?*
→ ¿Bromea sobre tu peso, altura y demás características físicas?*
→ ¿Sientes que discutes a menudo con tu pareja?
→ ¿Crees que enfadarse y discutir es algo positivo?

→ ¿A veces no sabes por qué se enfada debido a que no te comunica lo que le sucede?*
→ ¿Te ha insultado o te ha enviado a la mierda alguna vez?*
→ ¿Te ha empujado alguna vez?*
→ ¿Te ha pegado alguna vez?*
→ ¿Te ha amenazado alguna vez?*
→ ¿Has sentido miedo estando con tu pareja?*
→ ¿Te ha controlado el móvil o las redes sociales alguna vez?*
→ ¿Se ha enfadado porque salieses con tus amistades?*
→ ¿Controla tus gastos económicos?*
→ ¿Tienes miedo de dar tu opinión cuando estás con gente y con tu pareja?*
→ ¿Le resta importancia a tus problemas?
→ ¿Le resta importancia a tu opinión?
→ ¿Sientes que siempre tienes la culpa?
→ ¿Cedes a mantener relaciones sexuales aunque no tengas ganas?*
→ ¿Te compara con otras parejas anteriores o actuales?
→ ¿Alardea de sus experiencias sexuales y afectivas?
→ Cuando vas a un evento y tu pareja no está, ¿te sientes vacía?
→ ¿Tienes la necesidad de estar constantemente en contacto con esa persona?
→ ¿Sientes que tus intereses se han modificado y ahora se basan en los suyos?
→ ¿Sientes que ya no eres un individuo sino un conjunto?
→ ¿Tienes tu propio círculo de amistades?
→ ¿Has sentido chantaje en tu relación?
→ ¿Cedes constantemente a lo que dice tu pareja?
→ ¿Has cancelado varios planes por estar con tu pareja?
→ ¿Crees que sacrificarte por tu pareja es algo positivo?
→ ¿Sientes que tu pareja no se implica en la relación?

Aquellas preguntas que tenían un asterisco (*) son preguntas que en su mayoría responden a un maltrato psicológico y/o físico. Si has contestado que sí a casi todas (o todas), me temo que te encuentras en una relación de maltrato, por lo tanto, debes pedir ayuda a profesionales para que puedan sacarte de ahí. Seguramente tú misma te hayas dado cuenta de ello y estés negándote una y otra vez lo sucedido. «Es mi culpa», «ya cambiará», «fue solo una vez» y un largo etcétera lleno de excusas que lo único que harán será ponerte en peligro. Sal de ahí. YA.

Si, por el contrario, has contestado «no» a la mayoría de las preguntas, ¡bien! Seguramente tu relación no se base en la toxicidad *(a priori),* pero sigue leyendo por si te sientes identificada con algún modelo de relación tóxica. Y, finalmente, si tu respuesta ha sido afirmativa a buena parte de estas preguntas, me temo que estás en una relación tóxica. No te asustes, no pasa nada. Todo se trabaja y se modifica. Lo más importante es crear consciencia de ello para que puedas hacer algo. ¿Qué tipo de relaciones tóxicas tenemos? Hay muchísimas, pero vamos a tratar las más comunes.

» LA DEPENDENCIA EMOCIONAL Dependes de tu pareja para hacerlo absolutamente todo. Le echas de menos cuando vas a eventos sin esa persona. Haces planes siempre con él o ella presente. Has llegado a cancelar planes con amistades por quedarte siempre con tu pareja. No sabes trabajar o emprender si no es con tu novio/a. Y, en definitiva, toda tu gestión emocional cae sobre los hombros de la otra persona, siendo esta la responsable de tu felicidad.

- **LA COMPETITIVIDAD** Existe competitividad en las relaciones. Puedes comparar constantemente los ingresos, el trabajo, el físico, el talento, los seguidores, el éxito... En el caso de las personas poliamorosas y/o con relaciones abiertas, también se compite en las relaciones sexuales y/o afectivas que se tienen.
- **EL TERRORISMO EMOCIONAL** Se trata de una relación basada en el chantaje emocional constante por ambas partes. Cuando necesitas algo y sabes que lo vas a conseguir a base de manipular y aprovechar los sentimientos y emociones de tu compañero/a. Esto también implica que durante las discusiones se utilice el conocimiento que tenemos de la persona para usarlo en su contra y hacerle daño.
- **LAS DISCUSIONES Y LOS POLVOS DE RECONCILIACIÓN** Esto es algo que no entenderé jamás. En mi caso, después de una discusión, necesito equilibrar todas mis emociones para que todo vuelva a su orden. Los polvos de reconciliación tan salvajes y frenéticos son adictivos y lo único que quieres es volver a discutir para volver a follar como en ese momento. Y este bucle denota toxicidad lo mires por donde lo mires.
- **LAS MONTAÑAS RUSAS** El desequilibrio y la inestabilidad emocionales conforman un tipo de relación tóxica que para muchas personas puede ser adictiva. Lo que ves como bonito es mucho más maravilloso después de una discusión. Pero, eso sí, los enfados son tan dramáticos que caéis en picado en un universo de insultos y chantaje emocional.
- **LAS MENTIRAS** Hay relaciones que se basan en las mentiras constantemente. Ocultar algo que has hecho, con quién has quedado o cualquier cosa relacionada contigo y tu entorno. Es absurdo basar una relación en las mentiras, ¿dónde piensas que vas a llegar?
- **EL MIEDO** No se trata de tener miedo de tu pareja (esto es una relación de maltrato), sino de temer el abandono, de tener miedo de no ser suficiente, de que todo se acabe... Es algo constante, no puntual.
- **RELACIONES QUE NOS LLENAN** Cuando tenemos un vacío buscamos relaciones que cubran ese hueco que hay en nosotros. Y eso puede crear una dependencia emocional extrema.
- **BASADAS EN LA CODEPENDENCIA** Esto significa que no existe una identidad propia, sino una unión completa de dos personas. Os habéis fusionado en un solo ente y eso

multiplica las probabilidades de que, el día de mañana, la ruptura, en caso de producirse, sea mucho más dolorosa.

- BASADA EN LA IDEALIZACIÓN Se trata de una relación donde uno de los miembros quiere cambiar al otro en base a sus propios ideales. Puedes ayudar a las personas a crecer, pero no puedes cambiarlas. Hay mucha gente ahí fuera que quizás encaje mejor contigo.
- BASADA EN TU PASADO QUE JUSTIFICA TU PRESENTE Obviamente, todos tenemos experiencias en nuestra mochila vital que interfieren en mayor o menor grado con el presente. Pero a lo que me refiero es a traumas de anteriores relaciones que te hacen ser tóxica en el presente. Ejemplo: que tu anterior pareja te pusiera los cuernos no significa que ahora tengas que ser una controladora obsesa.
- SIN COMUNICACIÓN O COMUNICACIÓN PASIVO-AGRESIVA La conversación que ya hemos visto anteriormente del «no sé, tú sabrás» es claramente un indicio de relación tóxica. Esto, querida, podría arder en el infierno mientras comemos *pizza*. Si tu relación se basa en una comunicación agresiva con faltas de respeto, gritos e insultos, o simplemente no hay comunicación alguna, sí, es una relación tóxica.
- BASADA EN LAS EXPECTATIVAS Esto lo trataremos en el capítulo correspondiente, porque las expectativas son el cáncer de las relaciones.
- BASADA EN EL AMOR ROMÁNTICO (DE MIERDA) Ya hemos visto las mierdas que representa el amor romántico. Si tu relación se basa en alguno de esos ideales, es muy posible que sea tóxica.

Quizás te hayas sentido identificada con algún tipo de vínculo tóxico descrito anteriormente. Bien, que no cunda el pánico. Vamos a ver cómo sería una relación sana y qué podemos hacer para mejorar nuestras interacciones.

4.2.6. Las relaciones sanas

Para mí hay tres ingredientes básicos en toda relación, a saber, la confianza, la comunicación y el respeto. Podríamos añadir también la empatía y el amor.

Conseguir una relación sana es relativamente sencillo, pero antes debemos pasar por una serie de pasos que no lo son tanto. Lo primero que debes hacer es reinventarte, es decir, olvidar todo lo que has aprendido o te han inculcado hasta el momento. Ya sabes que existe una hegemonía del amor, ¡rompe con ella! Si no, lo único que harás será reproducir una y otra vez patrones de amor romántico que has aprendido a través de la cultura principalmente. Destrozar ese amor establecido también conlleva aprender a escucharte a ti misma. Cuando estás en mitad de la discusión actuamos por ego. En ese momento, escucha por qué haces las cosas, cuál es tu objetivo con lo que vayas a decir y qué te aportará. Quizás debas callarte durante unos instantes o necesites reflexionar. No pasa nada, hazlo sin problema. Si la otra persona se pone nerviosa, dile que prefieres pensar antes de hablar, porque no quieres herir sus sentimientos.

La gestión del ego es básica para una relación de pareja. Por lo tanto, es vital que sepas que no eres nadie para el universo y que tu perspectiva es muy subjetiva. La realidad es algo que pasa por tu filtro mental, tenlo en cuenta. Gestionar todo esto también te ofrece la oportunidad de analizarte y ver con autocrítica tus anteriores relaciones. Quizás estás repitiendo patrones de forma inconsciente y no entiendes por qué fracasas en el amor. Eso sí, una cosa es autocrítica, y otra muy distinta es la autodestrucción. Todas nos equivocamos en algún momento, pero nos sirve para crecer.

Trabajar el interior es vital para pasar al siguiente nivel: el exterior. Para mí, en las relaciones sanas lo más importante es la comunicación, hablar siempre. A veces puede resultar un peñazo, pero es la herramienta más directa que tenemos para entender a las otras personas y para expresar todo lo que sentimos. Di claramente qué necesitas y comunica tus expectativas. Comunicarse es imprescindible, pero sobre todo con sinceridad. Aunque, ¡cuidado! Una cosa es ser sinceros y otra cosa es cometer un «sincericidio». A veces debemos obviar ciertas cuestiones para no herir a nuestra pareja. Cuestiones que no es necesario o imprescindible que se sepan. En el caso de una relación abierta, si tu pareja pregunta qué tal ha ido con la otra persona, puedes expresar el encuentro con un simple «bien», «muy bien» o «mal». Deja que sea él o ella quien pregunte en caso de querer conocer más detalles. Pero si de repente le cuentas el polvazo que te has pegado, cómo te ha comido el coño y la cantidad de orgasmos que has tenido..., seguramente le cueste mucho más gestionarlo.

El espacio y el tiempo propios son muy importantes, así que respeta su intimidad. No revises ni su móvil, ni sus redes sociales, ni nada por el estilo. Es su vida privada y debes aceptarlo. La dependencia emocional es un claro signo de toxicidad en la relación. En las relaciones sanas, sus miembros no dependen el uno del otro, simplemente se complementan sin caer en necesidades. Y por supuesto, una buena gestión emocional facilitará muchísimo tu interacción con el mundo y tu capacidad de identificar qué está pasando. En caso de no saber cómo gestionar algo, ¡díselo a tu pareja! Seguro que esa persona te puede ayudar a conocerte mejor y te da una perspectiva muy diferente de la que tú tienes. Celos, posesiones y todo lo relacionado con el amor romántico no contribuyen en modo alguno a mantener una relación sana. Coge toda esa mierda y tírala al cubo de la basura. Y, en lo que al sexo se refiere, este no debe utilizarse jamás como un termómetro para medir si la relación va bien o mal. Es un complemento, una forma más de comunicarse. Simplemente eso.

Finalmente, sé comprensiva con los errores de tu pareja y entiende lo que ha podido pasar en su cabeza. Cuanto más conoces a una persona, más comprendes qué es lo que la ha llevado a hacer una cosa u otra.

Ninguna relación sana se basa en la agresión física o verbal, en el maltrato psicológico, la manipulación, la humillación, el sexo sin consenso, el control, la posesión y todo aquello

que te limite y te enjaule. El amor nos da alas para volar más alto y las relaciones sanas nos ofrecen una posibilidad de crecimiento relacional y personal. Es a partir de eso que podemos comprendernos mejor y recibir en reciprocidad emociones sanas y positivas que nos nutran como seres en esta existencia. Como siempre digo, el amor es paz y equilibrio. Y ese es el principal síntoma de una relación sana.

4.2.7. Cómo superar una ruptura

Está claro que la ruptura no es plato de buen gusto para casi nadie. Aunque te hayas quitado de en medio a ~~un pedazo de trozo de mierda con patas~~ una pareja conflictiva,

lo cierto es que siempre cuesta salir de eso. Los recuerdos, la rutina, esas pequeñas cosas que te evocan las risas y las miradas, reducen el mundo básicamente a un sinfín de indirectas que acaban instigándote a que te plantees si deberías retomar la relación. Da igual si te han dejado o has dejado, al final sientes el mismo dolor y te planteas las mismas cosas: ¿lo habré hecho bien? ¿La he cagado? ¿Me arrepiento? ¿Le escribo a las cuatro de la mañana aun yendo borracha? Lo primero que se revienta al experimentar una ruptura, aparte de la relación, es tu autoestima. Te miras en el espejo y te ves fea, acabada, con los ojos hinchados, las ojeras que te llegan al suelo y ese puñetero grano que bautiza tu primer día de soltera. Es lógico que pase todo esto, pues no paras de llorar y llorar. Todo dentro de la normalidad, no te preocupes. Hay un duelo, has terminado una relación que, por muy bonita o muy mala que haya sido, duele. Y punto. No podemos dejar que la autoestima caiga tanto. No te culpes ni te responsabilices de la ruptura. Esto siempre es cosa de dos (o de más, si hay otras personas implicadas). La única relación de la cual eres 100 % responsable es de la que mantienes contigo misma. Por lo tanto, para aumentar la autoestima ve al capítulo correspondiente y practica alguno de los ejercicios sugeridos. Seguro que te es de gran ayuda.

Es genial que te tomes unos días de ermitaña en casa, sumida en la oscuridad, viendo películas románticas y comiendo helado. Pero eso solo puede durar unos pocos días. El resto debes salir a la calle. Arréglate y reúnete con tus amigas. Vete de fiesta, bebe unos chupitos a tu salud, camina por la naturaleza y conecta con la Madre Tierra, nuestra querida Pachamama. Debes conocerte lo suficiente como para saber qué es lo que a ti te funciona y te hace estar bien. ¿Pintar un cuadro? ¿Irte de viaje? ¡Hazlo! Ponte esa falda que llevas años sin sacar de paseo, córtate el pelo, hazte un cambio de *look* o (des) maquíllate. Siéntete guapa, *sexy,* estupenda y sal a comerte el mundo.

Cuando estás en plena ruptura entras en un bucle de porqués y arrepentimientos que lo único que hacen es que te plantees una y otra vez tu existencia sin él o ella. Olvídate de eso, necesitas despejar la mente. Busca un *hobby,* algo que siempre hayas querido hacer y nunca te hayas propuesto en serio. ¿Danza? ¿Acuarela? ¿Fotografía? ¿Chino? ¿Cerámica? ¡Hay tantas formas de despejar la mente y conocer gente nueva! Una nueva afición hará que te sientas más satisfecha contigo misma. La inactividad origina pensamientos negativos, y los pensamientos negativos promueven la inactividad. Es un círculo vicioso que debes romper y del que debes salir.

Déjate llevar y llora cuando tengas que hacerlo. No quieras estar siempre feliz, no eres un robot. Eres un ser humano y tienes emociones. La sociedad no tiene ningún respeto hacia el dolor de los demás y siempre pretende que estemos sonrientes. ¡Pues no! Si sientes que quieres reír, hazlo. Si quieres llorar, hazlo. Haz todo aquello que tu cuerpo te pida y no te culpes por ello. Estar un día triste no significa que no seas feliz. Aprovecha la ruptura para analizar la relación y aplica la autocrítica. Eso te ayudará a no cagarla la próxima vez y, sobre todo, te permitirá crecer mucho. Vas a pasar una temporada de introspección absoluta, así que aprovéchala para conocerte más a fondo y ver cómo funcionas en este tipo de situaciones.

¿Amistad con tu ex? ¿Sí o no? Se puede, por supuesto. Para mí las relaciones no se rompen, sino que evolucionan. Pero siempre que ambas partes pongan ganas y quieran que así sea. Si una sola persona quiere mantener la amistad y la otra no, adiós. La amistad seguramente llegará en un futuro, pero es difícil que lo haga de forma inmediata. Todavía sentís mucho dolor y mucho apego, y eso solo os llevará a polvos vacíos y reproches sin sentido. Además, el sexo con tu ex ya sabes cómo es, ¿por qué no pruebas otros cuerpos?

NO SEAS *STALKER*. *Stalker* es el que mira y curiosea las redes sociales de otras personas. Por lo tanto, no *stalkees* si tu pareja está con otra persona o sale mucho. Las redes sociales son una parte mínima de la totalidad que significa la vida. Mantente al margen de todo eso, pero, si no lo haces, ten presente que lo que puedas ver no constituye toda la verdad.

A ser posible, tómate un tiempo para estar contigo misma y reflexionar. Cuando se rompe con alguien añadimos nuevos miedos o traumas a nuestra mochila vital y, si estos no se gestionan correctamente, corremos el peligro de que puedan interferir en futuras relaciones. Pero si de repente el destino es tan caprichoso que pone en tu camino a una persona increíble y empiezas a sentir algo muy profundo, plantéate si lo que sientes es porque quieres llenar un vacío (el que ha dejado tu ex) o porque realmente quieres tener una nueva pareja.

No idealices ni dramatices la anterior relación. Ni todo fue tan maravilloso, ni tampoco fue tan malo. Hay un punto neutral que refleja a la perfección lo que significó. Agradece todo lo que te aportó esa persona, el crecimiento, las vivencias, y déjalo estar. Sal de esa burbuja y cómete el puto mundo, ¡que es tuyo! Eres poderosa, tienes magia y puedes conseguir salir de esa espiral. Permítete estar triste y estar sola. Y ¿sabes? ¡Que le den por culo! Si quiere estar con otra, si quiere estar solo o es un gilipollas, ¡que le den! Lo más importante es el respeto que te tienes y el amor propio. Y eso no se lo puede llevar una ruptura (ni veinte). «Que. Le. Jodan.»

4.2.8. Las (putas) expectativas

Las odio. Profundamente. Las metería en una caja enorme y las quemaría mientras bailo y río maléficamente. Las expectativas son pensamientos que se basan en esperar algo de alguien. Puede ser una palabra, frase o expresión, hasta acciones. El problema es que ese pensamiento no se llega a comunicar y, como en muchas ocasiones no se cumple, nos frustramos. Y lo que es peor: responsabilizamos a la otra persona y nos enfadamos.

¿Te cuento un secreto? Las personas no son videntes. No saben leer la mente. Por lo tanto, es imposible que esa persona sepa lo que esperas de ella, o de la relación en general. Si quieres que vaya a buscarte al trabajo con un ramo de flores y no lo hace, ¡no te enfades! Esperar cosas de los demás hará que te desilusiones constantemente y acabes percibiendo el vínculo bajo una visión negativa y pesimista.

Aunque lo cierto es que las expectativas a veces están relacionadas con algunos temas fundamentales: ahí ya no lo llamo «expectativa», sino «cuestiones básicas de una relación». ¡Tachán! Si has tenido un accidente y tu pareja pasa de todo, no está cumpliendo con lo que esperabas, es verdad, pero tampoco lo está haciendo con unos elementos imprescindibles en cualquier vínculo: el apoyo y los cuidados. Lo mismo pasa con las amistades, los familiares o, en resumen, con todo tu entorno. En cualquier relación existen obligaciones básicas de cuidados que nos aportan seguridad, confianza y felicidad. Pero todo lo que se salga de eso, son expectativas y tú eres la única responsable de ellas.

Lo ideal sería no creárselas, pero eso, querida, es prácticamente imposible. Siempre están presentes, puesto que nuestra mente es muy imaginativa y no para de idear posibles realidades más idílicas y románticas. Si las tienes, comunícalas. Es muy sencillo. ¿Te gustaría que fuese a buscarte al trabajo? ¡Díselo! ¿Quieres que te envíe flores? ¡Dale esa idea! A partir de ese momento, ese deseo deja de ser una expectativa y pasa a ser una sugerencia que la persona acepta o rechaza. Y tampoco puedes enfadarte, puesto que cada uno es libre de hacer lo que le salga de los mismos genitales.

También pasa al contrario. Solo debes dar cuando te lo pidan, quieras y puedas. Si no te apetece, no puedes económicamente o no te lo han pedido, ¡no es tu responsabilidad! Aplica esto a todas tus relaciones y, créeme, vivirás mucho más tranquila y más acorde a tus ideales. Si tu pareja necesita algo te lo dirá. A veces, que te comunique sentimientos o emociones no significa que espere que hagas algo al respecto. Si quiere ayuda, él o ella te pedirá cómo debes hacerlo y qué puedes aportar. No puedes jugar a adivinar qué le puede ir bien, puesto que tú no eres esa persona. Y no podemos basar las relaciones en suposiciones, ¡es algo totalmente inexistente!

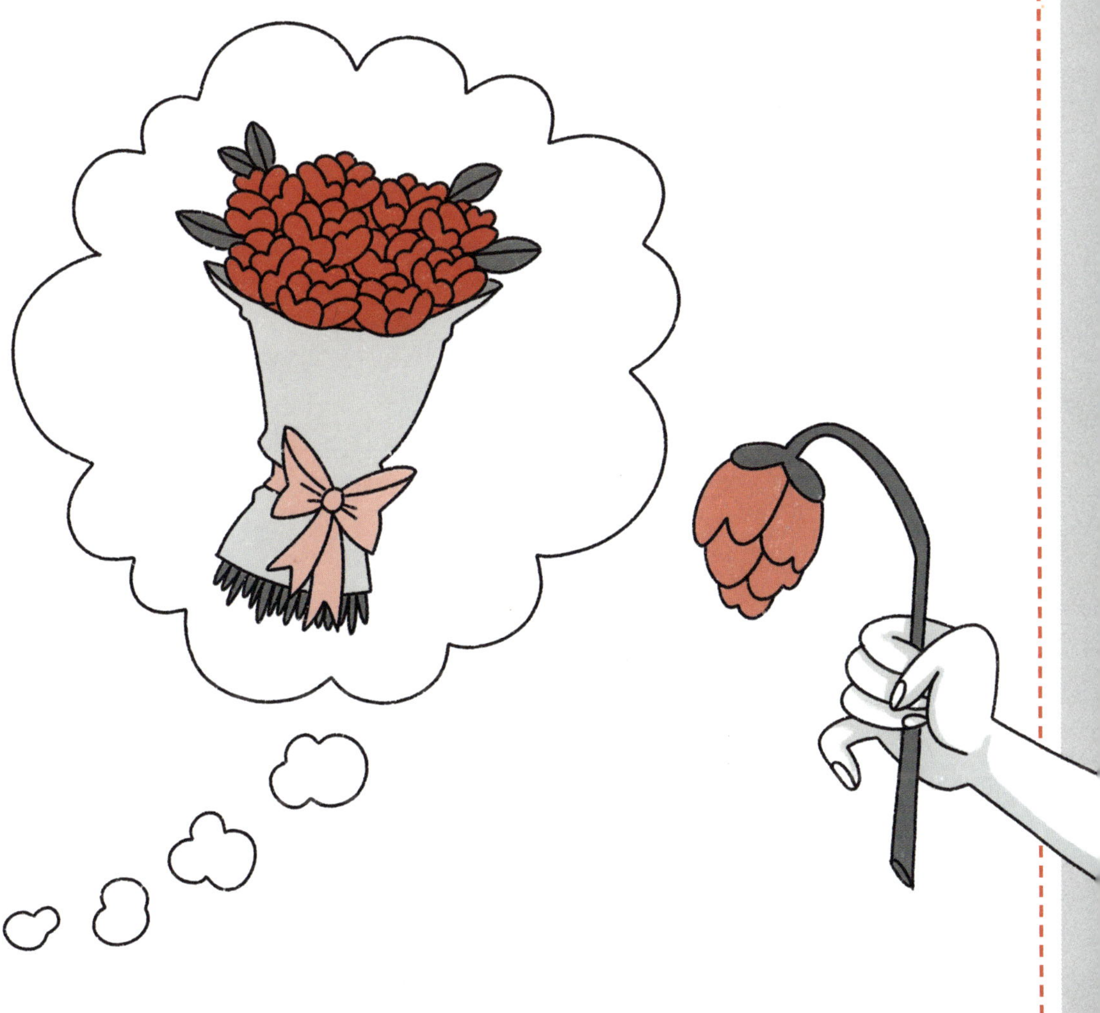

Mi mundo empezó a cambiar cuando dejé de esperar cosas de los demás (o de la vida) y viví, comuniqué y busqué todo aquello que quería. Plantearse metas y objetivos está genial, porque desarrollas una serie de pasos y acciones que te llevan a intentarlo y, quizás, a conseguirlo. Pero cuando trabajamos con las expectativas, lo único que hacemos es esperar que ocurra algo, un milagro, un golpe de suerte, la magia del destino. Y, la verdad, eso raramente ocurre. La suerte es una actitud.

4.3. CÓMO HACER UN ACUERDO RELACIONAL

Cuando a la gente le digo que tengo un acuerdo o contrato con todas las relaciones que inicio, se sorprende. «¿Un contrato? ¿Les haces firmar un contrato para estar contigo?» Bueno, la verdad es que está lejos de ser exactamente eso.

No, no se trata de un contrato mercantil o de algo inamovible que quede grabado para toda la existencia. Eso ya lo hacen los matrimonios y nadie se ha quejado de eso hasta el momento. Pero resulta que si me reúno con mi pareja para hablar sobre qué es lo que queremos en la relación, ya no está tan bien. ¿En serio?

El acuerdo o contrato es un documento escrito u oral donde se establecen las bases relacionales. Está especialmente recomendado (y es casi obligatorio) para aquellas relaciones que sean abiertas, aunque todos los modelos relacionales deberían hacerlo. No tienes que firmarlo ante ninguna institución jurídica, ni registrarlo en el ayuntamiento de tu pueblo o ciudad. Es tan sencillo como sentarte una tarde con las personas implicadas, abrir una botella de vino y charlar sobre vuestro vínculo. La sinceridad tiene que ser el ingrediente básico y los reproches se quedan fuera.

Es importante saber que los acuerdos evolucionan con el tiempo. Siéntate con tu pareja las veces que haga falta para revisarlo una y otra vez y ver en qué puntos estáis de acuerdo y cuáles han cambiado. Puede que tras experimentar determinadas situaciones pienses de forma distinta o quieras modificar algo.

Ahora bien, ¿verbal o escrito? Soy partidaria de hacerlo por escrito, puesto que mi mente es nula para recordar lo que habíamos establecido y, en caso de dudar, siempre puedo acceder al documento y revisarlo. Pero lo hago así porque me conozco, ¡no hace falta que lo hagas igual! Observa cómo fluye todo y adáptate a medida que avanza la relación.

A continuación verás un modelo relacional. En este caso está más desarrollado para personas en relaciones abiertas, pero si practicas la monogamia puedes hacerlo igual. ¿Preparada?

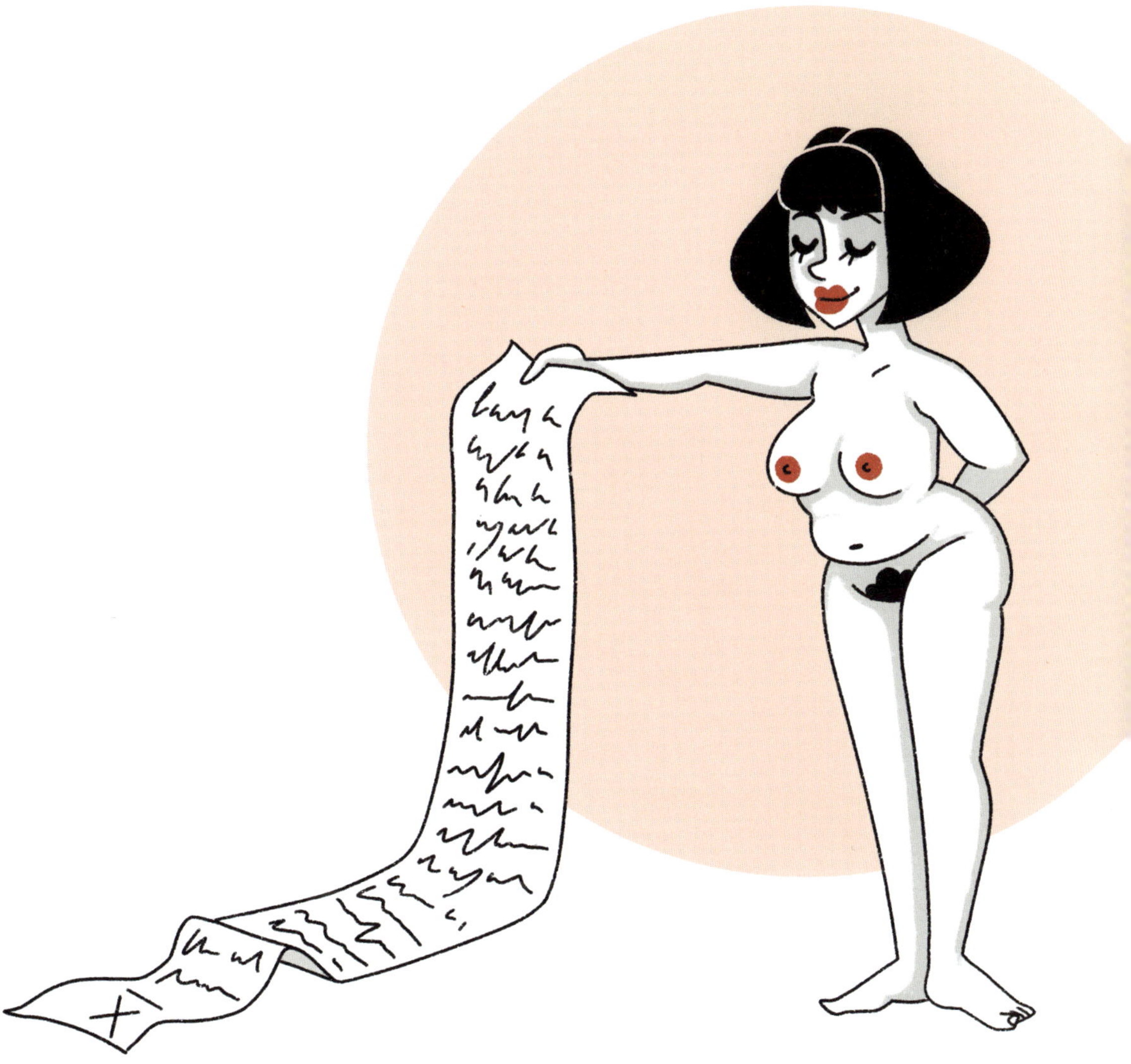

ACUERDO RELACIONAL

1. ¿QUÉ TIPO DE RELACIÓN TENEMOS?

☐ Monógama
☐ No monógama
☐ «Swinger»
☐ Liberal
☐ Poliamorosa jerárquica
☐ Poliamorosa no jerárquica
☐ Anárquica relacional
☐ Polisexo
☐ Multipareja (tríos o grupos)
☐ Sin etiquetas
☐ Exclusividad afectiva y sexual
☐ Exclusividad afectiva
☐ Exclusividad sexual
☐ Sin exclusividad afectiva ni sexual
☐ Otros: ____

Descripción de la relación:

____
____
____
____

Nos basamos en los principios de comunicación, confianza, empatía, sinceridad y respeto para llevar a cabo este acuerdo. El conocimiento y el consenso de todas las partes implicadas es vital para poder desarrollar y construir vínculos.

2. ¿QUÉ TIPO DE RELACIÓN QUEREMOS CON OTRAS PERSONAS?

☐ Relaciones afectivas
☐ Relaciones sexuales
☐ Relaciones afectivas y sexuales
☐ Otros: ____

3. PRÁCTICAS SEXUALES

3.1. Prácticas sexuales convencionales permitidas

☐ Flirteo
☐ Caricias
☐ Besos
☐ Sexo oral

☐ Penetración vaginal
☐ Penetración anal
☐ «Sexting»

3.2. Prácticas sexuales no convencionales permitidas

☐ BDSM (sadomasoquismo)
☐ Especificar prácticas: ______________________________________
____
☐ Tantra
☐ Fetiches
☐ Tríos
☐ Orgías
☐ Exhibicionismo
☐ Voyerismo
☐ Sexo en locales o clubs «swinger»
☐ Otros: ____
____

4. ¿CUÁNDO PODEMOS VER A NUESTRAS RELACIONES?

☐ Sin restricciones
☐ Fines de semana
☐ Entre semana
☐ Todos los días excepto fechas señaladas: ______________________
☐ Otros: ____
____

5. ¿DÓNDE PODEMOS VER/TENER RELACIONES SEXUALES CON NUESTRAS RELACIONES?

☐ Casa donde convive la pareja o uno de los miembros del acuerdo
☐ Casa de las personas no incluidas en el acuerdo
☐ Hotel
☐ Otros: ____
____

6. ¿CÓMO NOS PROTEGEMOS FRENTE A LAS ETS E ITS?

☐ Preservativo en el sexo oral
☐ Preservativo en la penetración
☐ En el caso de que haya un acuerdo de fluidos* especificar con quién(es): ____
____

*Acuerdo de fluidos: personas con las que está permitido mantener relaciones sin protección frente a ETS o ITS.

☐ Analítica cada 3 meses
☐ Analítica cada 6 meses
☐ Analítica anual

7. DERECHO A VETO*

☐ No
☐ Sí

Especificar: ____
____
____
____

*El derecho a veto es el poder que se tiene como miembros de la relación para frenar, parar o prohibir la relación de otro de los miembros. Antes de utilizar este derecho, todas las partes de la relación se comprometen a comunicar la preocupación a la parte implicada de forma clara, empática y sincera.

8. COMUNICACIÓN

8.1. Cómo nos comunicaremos las intenciones

____
____
____
____
____
____
____
____
____

8.2. Cómo nos comunicaremos las acciones llevadas a cabo

____
____
____
____
____
____
____
____

9. OTROS

9.1. Viajes con otras relaciones

☐ Corta duración
☐ Media duración
☐ Larga duración
☐ No permitidos
☐ Otros: ____
____
____

9.2. Actividades

☐ Permitidas
☐ No permitidas
☐ Otros: ____
____
____

10. CÓMO ACTUAR ANTE UNA DISCUSIÓN

____
____
____
____
____
____
____
____
____
____
____

11. INCUMPLIMIENTO DE CLÁUSULAS

____
____
____
____
____
____
____
____
____
____
____

DE UN PRINCIPIO
EL FIN

Empiezo las cosas igual que las acabo: en la cama, con una copa de vino. O la botella entera, qué más da. Dispuesta a escribir las últimas palabras de este, mi primer libro, que tú estarás leyendo en cualquier lugar.

No me gustaron nunca las despedidas, me ponen triste. El anhelo de lo que un día fue y sabes que ya no será. Esa sensación de separación y muerte al mismo tiempo. De sentir que si alguien no está en ese momento, no existe. Es raro. Definitivamente no me gusta. Pero es inevitable.

Puede que este libro te haya enseñado cosas que no conocías. Puede que simplemente sea un manual de mierda escrito en varias páginas que vayas a tirar a la basura (ojalá que no). Pero también puede que te haya cambiado tanto y haya sembrado en ti la misma semilla que la revolución hizo en mí. Algo que no puede parar de crecer, que nadie puede volver a borrar, ocultar o desgarrar. Eso, hermana, no lo puedes detener. La información corre por tus venas como la sangre roja que hay bajo tu piel y que alimenta todo tu organismo. Está en ti como está en mí. Y, fíjate, podemos endulzar esta amarga despedida con este vínculo en la distancia, con algo que nos unirá para siempre; la misma lucha, esa que nos hace respirar.

Quiero verte libre, romper con lo establecido, liberarte de esa puta venda y que te asomes al mundo. Tienes el poder de cambiarlo, está en ti. Regala este libro, lee a otras autoras, habla sobre ello, expande el conocimiento, escribe tus reflexiones, propón el tema de conversación en clase o con la familia, con tu pareja o con tu gato, ¡me da igual! Pero que nadie te pare, no ahora. Conoces todo lo que nos rodea, eres partícipe de esta sociedad. Tú construyes día a día la existencia del ser humano en este mundo, cámbiala. Hagámoslo. Salgamos a la calle y llenemos las esquinas de gritos y manos moradas. Apaguemos los móviles y hablemos en los bares. Ama el momento que estás viviendo, este ahora tan vivo. Una nueva ola de feminismo que inunda las calles, que destroza los muros. Sí, estos cimientos se van a caer, joder.

Sé mala. No tengas miedo. A veces la caída parece más pronunciada desde el abismo. Es todo mentira, da el salto. Hazlo, empieza a ser tú misma. Déjate pelos en los sobacos si te da la gana. Maquíllate con purpurina todos los días. Ponte ese sombrero que tanto te gusta o esa falda que te tiene loca. Sal a la calle sintiéndote tuya, porque te perteneces. A nadie más que a ti misma. El resto es solo contexto.

Te quiero libre, hermana. Porque la felicidad empieza cuando decides ser tú. Porque te vas a conocer a un nivel que amarás haber vivido bajo tu piel en esta existencia. Porque tus gritos de placer y descontrol se escucharán en todas las esquinas. Porque te masturbas cuando te da la gana, que para eso es tu cuerpo y tú decides. Porque eres pura magia, un ser increíble conectado con el universo. Escucha tu sangre, ámala. Expresa tu creatividad interna, descontrola tu talento. Apuesta por esa vida que siempre quisiste porque solo vas a vivir una vez, joder. Solo tienes una oportunidad. No te arrepientas de no haberlo hecho y no te lleves a la tumba todos los «¿y si...?» que una vez te planteaste. La cagarás mucho, fracasarás y tendrás miedo de que todo vuelva a pasar nuevamente. Y pasará. Pero aprendes, creces y vuelves más fuerte. Porque emprendes, apuestas y la vida siempre provee. Tarde o temprano, todos los puntos se conectan, de verdad.

Sé que estoy alargando esta despedida sin sentido, diciendo todo aquello que le diría a alguien a quien quizás no tengo el placer de volver a sentir, como eres tú. Ya ves, aquí estamos las dos llorando abrazadas en las páginas de este libro que no quiero terminar. En realidad, creo que tengo miedo de no haber conseguido nada en ti, que te muestres indiferente ante todo. Y no sé qué más decir para darte el empujón. Aunque quizás ahora tienes tal subidón de adrenalina que, tras cerrar este trozo de papel, decidas enviarlo todo a la mierda y largarte a cumplir tus sueños. Sabes que yo también pasé por eso y que ahora estoy más feliz que nunca. Si tuviese que morir hoy, estaría justamente donde quiero estar. Intenta hacerte esta pregunta al espejo todas las mañanas y que la respuesta sea afirmativa. Si un día es negativa, cámbialo. Porque no sabes si ese será tu último día.

Mi madre me dice que nunca me arrepienta de nada y, aunque la cague y tenga locuras que rondan mi mente, ella siempre está ahí. Esperándome para poner su hombro donde yo pueda llorar o cogerme fuerte de la mano para poder celebrar.

Voy a acabar este libro con las palabras de ella, mi madre. «Yo voy a estar en ti para decirte que todo saldrá bien, que te lances al abismo, que salgas adelante, que eres poder y fortaleza. Yo estaré aquí siempre que me busques, cuando me quieras escuchar. Nunca me iré. Cuando necesites escuchar mi voz, en ti estará. Jamás te sentirás sola porque me tienes a mí a tu lado. Adelante, atrévete. Haz con tu cuerpo, tu coño y tu vida lo que quieras. Pero haz algo.»

Aquí serás eterna, mala mujer.

ÍNDICE

Para terminar,
aquí tienes una *playlist* para tus masturbaciones y polvazos

MALA MUJER

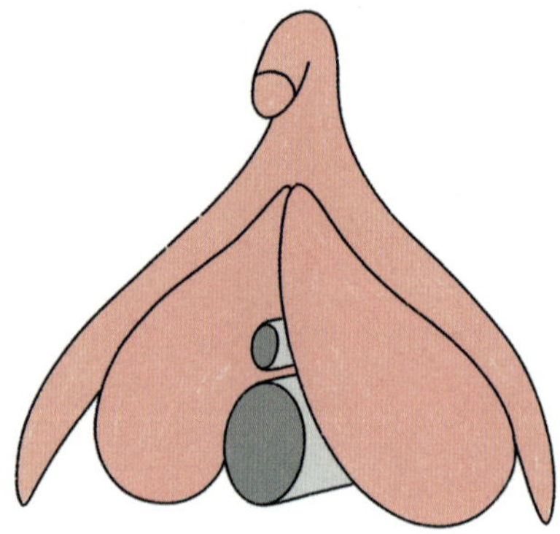

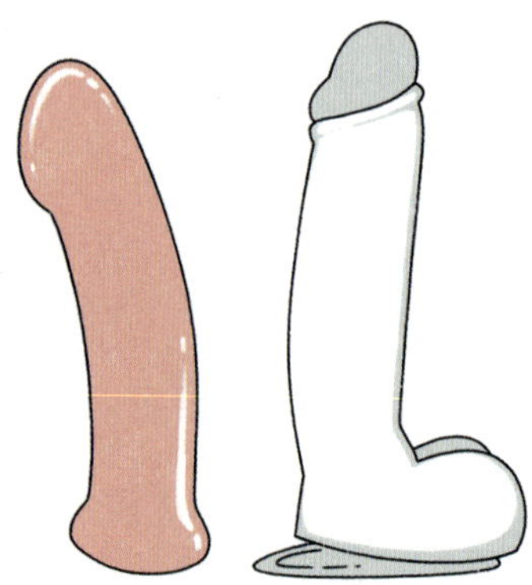

LAS *mujeres* ESTAMOS CONECTADAS CON EL RITMO DEL *Universo*

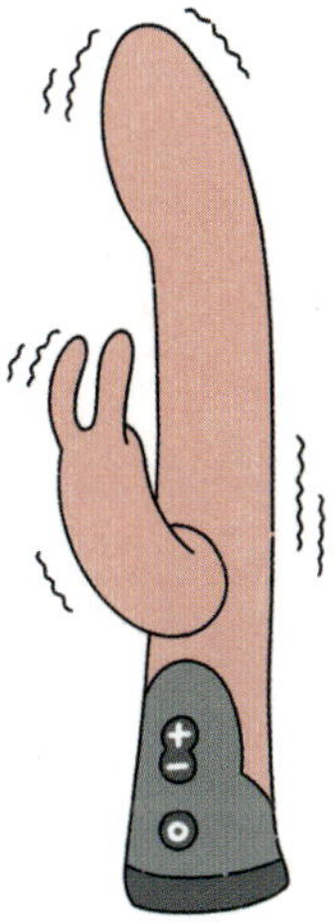

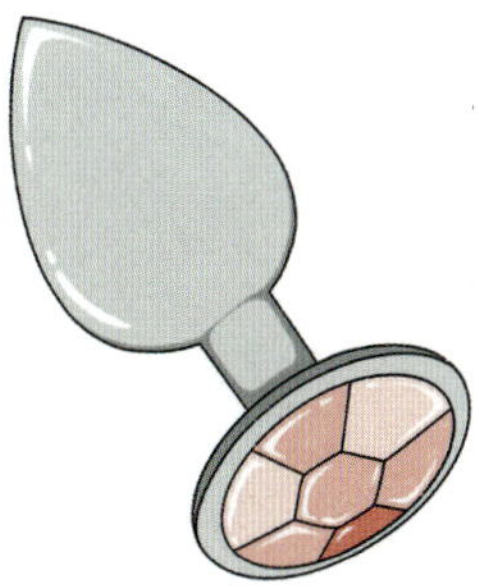

estamos *mitificadas* porque nunca somos *suficiente* y siempre somos *demasiado*

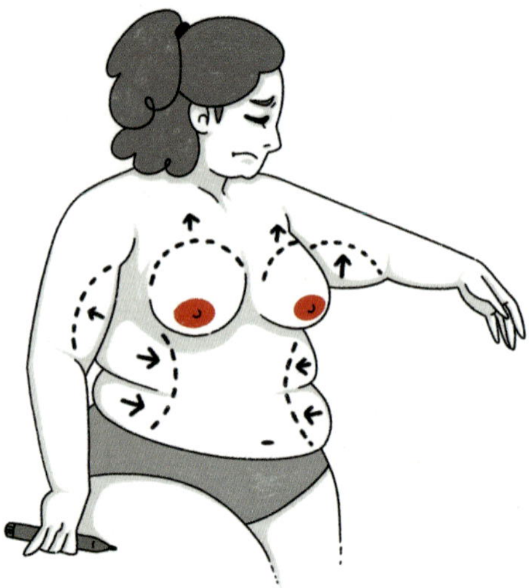

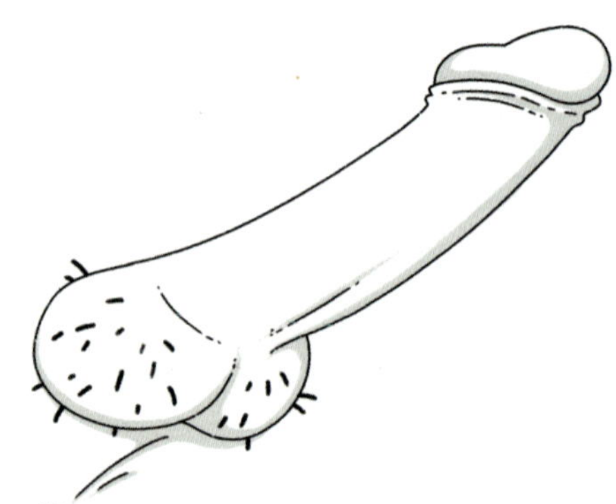

COÑO

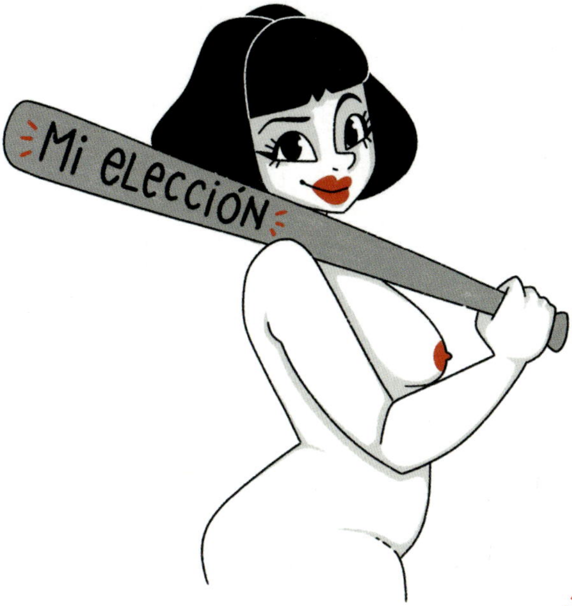

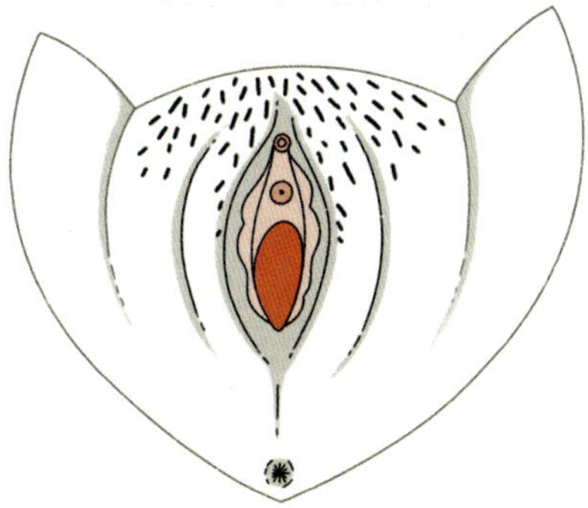

INAL
CAN
ZA
BLE

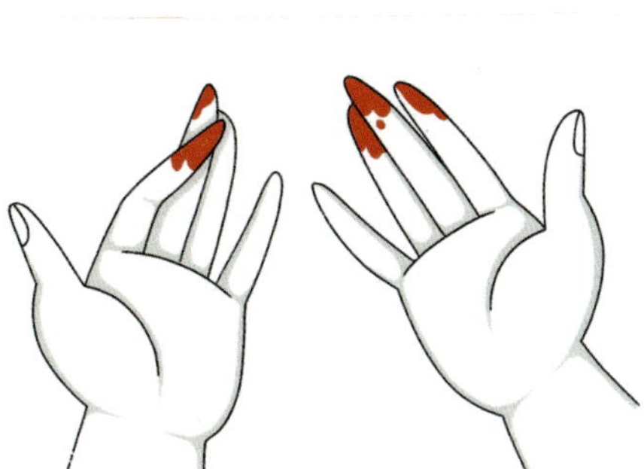